CB060335

Fernando Pessoa
O BANQUEIRO ANARQUISTA
E OUTROS CONTOS ESCOLHIDOS

PREFÁCIO *Alexei Bueno*

3ª EDIÇÃO

EDITORA
NOVA
FRONTEIRA

© Copyright da tradução de *A very original dinner* by Ana Maria Freitas, 2018.

Direitos de edição da obra em língua portuguesa no Brasil adquiridos pela EDITORA NOVA FRONTEIRA PARTICIPAÇÕES S.A. Todos os direitos reservados. Nenhuma parte desta obra pode ser apropriada e estocada em sistema de banco de dados ou processo similar, em qualquer forma ou meio, seja eletrônico, de fotocópia, gravação etc., sem a permissão do detentor do copirraite.

EDITORA NOVA FRONTEIRA PARTICIPAÇÕES S.A.
Rua Candelária, 60 — 7º andar — Centro — 20091-020
Rio de Janeiro — RJ — Brasil
Tel.: (21) 3882-8200

Imagem de capa: Max Beckmann, *Autorretrato (detalhe)*
O.S.T, 1927
Harvard Art Museum

Os contos reunidos nesta antologia foram selecionados a partir das seguintes edições portuguesas:
O mendigo e outros contos. Porto: Assírio & Alvim, 2012;
A estrada do esquecimento e outros contos. Porto: Assírio & Alvim, 2015;
Contos escolhidos. Porto: Assírio & Alvim, 2016;
Contos completos. 4 ed. Lisboa: Antígona, 2017;
A porta e outras ficções. Porto: Assírio & Alvim, 2017.

As notas no rodapé das páginas foram elaboradas para esta edição. As notas ao fim de cada conto são originárias das edições-base portuguesas mencionadas acima.

CIP-Brasil. Catalogação na fonte
Sindicato Nacional dos Editores de Livros, RJ

P567b
 Pessoa, Fernando, 1888-1935
 O banqueiro anarquista e outros contos escolhidos / Fernando Pessoa; Prefácio Alexei Bueno. - 3. ed. - Rio de Janeiro: Nova Fronteira, 2022. (Clássicos de Ouro)

 272p.
 ISBN 978-65-5640-402-8

 1. Contos portugueses. I. Bueno, Alexei. II. Título. III. Série.

18-52243 CDD: 869.3
 CDU: 82-34(469)

Sumário

Prefácio ... 7

Um jantar muito original .. 19
A very original dinner ... 41
A perda do iate *Nada* .. 61
O crime do Dr. Cerdeira .. 75
A estrada do esquecimento .. 81
Uma carta da Argentina ... 85
Uma tarde clerical .. 91
O eremita da Serra Negra ... 101
O vencedor do tempo .. 111
O peregrino .. 135
A hora do Diabo .. 155
O banqueiro anarquista .. 169
Um grande português .. 197
Maridos .. 201
O adiador ... 203
A carta da corcunda para o serralheiro .. 207
A caçada ... 211
A perversão do Longe .. 215
O mendigo ... 223
Memórias de um ladrão ... 231
[Manuel Fontoura] ... 235
O Soares e o Pereira ... 241
A teoria e o cão (conto de O. Henry traduzido por
Fernando Pessoa) ... 243
Os caminhos que tomamos (conto de O. Henry traduzido
por Fernando Pessoa) ... 253
A decisão de Georgia (conto de O. Henry traduzido por
Fernando Pessoa) ... 259

Prefácio

A enorme presença de Fernando Pessoa no panorama da literatura universal do século XX — aquela *Weltliteratur* teorizada por Goethe — repousa maciçamente em sua obra poética, gigantesca em todos os sentidos aos quais se pode outorgar tal adjetivo. Nos outros gêneros, onde mantém uma posição sobranceira o *Livro do Desassossego*, o que podemos constatar é que Pessoa foi muito mais prosador, e grande prosador, do que ficcionista. Mesmo na admirável obra inacabada atribuída a Bernardo Soares, o que há de ficcional quase se limita à caracterização do personagem ou heterônimo, o alto valor do livro tendo origem muito mais na sua magnífica prosa reflexiva — tal caráter filosófico domina toda a sua obra, em todos os gêneros em que se manifestou — do que em qualquer forma de narratividade, em quaisquer acontecimentos que sejam contados.

Para dar um exemplo máximo da grandeza a que podia chegar tal Fernando Pessoa prosador, prosador e não ficcionista, vale a pena reproduzir integralmente — cortá-lo de uma só palavra seria um crime — o texto que compôs o autor de "Os Passos da Cruz" em homenagem, oito anos depois do seu suicídio, a Mário de Sá-Carneiro, seu maior amigo, seu companheiro de *Orpheu*, num momento em que pretendiam reeditar-lhe as obras, texto aparecido na revista *Athena*, de novembro de 1924, e que, na sua pequena extensão, mostra a qualidade brônzea, régia, digna de ser gravada em pedra — hierática, poderíamos dizê-lo —, a que pode chegar a prosa em nossa língua:

MÁRIO DE SÁ-CARNEIRO
(1890-1916)

Atque in perpetuum, frater, ave atque vale!
CAT.

Morre jovem o que os Deuses amam, é um preceito da sabedoria antiga. E por certo a imaginação, que figura novos mundos, e a arte, que em obras os finge, são os sinais notáveis desse amor

divino. Não concedem os Deuses esses dons para que sejamos felizes, senão para que sejamos seus pares. Quem ama, ama só a igual, porque o faz igual com amá-lo. Como porém o homem não pode ser igual dos Deuses, pois o Destino os separou, não corre homem nem se alteia deus pelo amor divino; estagna só deus fingido, doente da sua ficção.

Não morrem jovens todos a que os Deuses amam, senão entendendo-se por morte o acabamento do que constitui a vida. E como à vida, além da mesma vida, a constitui o instinto natural com que se a vive, os Deuses, aos que amam, matam jovens ou na vida, ou no instinto natural com que vivê-la. Uns morrem; aos outros, tirado o instinto com que vivam, pesa a vida como morte, vivem morte, morrem a vida em ela mesma. E é na juventude, quando neles desabrocha a flor fatal e única, que começam a sua morte vivida.

No herói, no santo e no gênio os Deuses se lembram dos homens. O herói é um homem como todos, a quem coube por sorte o auxílio divino; não está nele a luz que lhe estrela a fronte, sol da glória ou luar da morte, e lhe separa o rosto dos de seus pares. O santo é um homem bom a que os Deuses, por misericórdia, cegaram, para que não sofresse; cego, pode crer no bem, em si, e em deuses melhores, pois não vê, na alma que cuida própria e nas coisas incertas que o cercam, a operação irremediável do capricho dos Deuses, o jugo superior do Destino. Os Deuses são amigos do herói, compadecem-se do santo; só ao gênio, porém, é que verdadeiramente amam. Mas o amor dos Deuses, como por destino não é humano, revela-se em aquilo em que humanamente se não revelara amor. Se só ao gênio, amando-o, tornam seu igual, só ao gênio dão, sem que queiram, a maldição fatal do abraço de fogo com que tal o afagam. Se a quem deram a beleza, só seu atributo, castigam com a consciência da mortalidade dela; se a quem deram a ciência, seu atributo também, punem com o conhecimento do que nela há de eterna limitação; que angústias não farão pesar sobre aqueles, gênios do pensamento ou da arte, a quem, tornando-os criadores, deram a sua mesma essência? Assim ao gênio caberá, além da dor da morte da beleza alheia, e da mágoa de conhecer a universal ignorância, o sofrimento próprio, de se sentir par

dos Deuses sendo homem, par dos homens sendo deus, êxul ao mesmo tempo em duas terras.

Gênio na arte, não teve Sá-Carneiro nem alegria nem felicidade nesta vida. Só a arte, que fez ou que sentiu, por instantes o turbou de consolação. São assim os que os Deuses fadaram seus. Nem o amor os quer, nem a esperança os busca, nem a glória os acolhe. Ou morrem jovens, ou a si mesmos sobrevivem, íncolas da incompreensão ou da indiferença. Este morreu jovem, porque os Deuses lhe tiveram muito amor.

Mas para Sá-Carneiro, gênio não só da arte mas da inovação nela, juntou-se, à indiferença que circunda os gênios, o escárnio que persegue os inovadores, profetas, como Cassandra, de verdades que todos têm por mentira. *In qua scribebat, barbara terra fuit.* Mas, se a terra fora outra, não variara o destino. Hoje, mais que em outro tempo, qualquer privilégio é um castigo. Hoje, mais que nunca, se sofre a própria grandeza. As plebes de todas as classes cobrem, como uma maré morta, as ruínas do que foi grande e os alicerces desertos do que poderia sê-lo. O circo, mais que em Roma que morria, é hoje a vida de todos; porém alargou os seus muros até os confins da terra. A glória é dos gladiadores e dos mimos. Decide supremo qualquer soldado bárbaro, que a guarda impôs imperador. Nada nasce de grande que não nasça maldito, nem cresce de nobre que se não definhe, crescendo. Se assim é, assim seja! Os Deuses o quiseram assim.

A influência estilística do Padre Antônio Vieira — Príncipe da língua portuguesa, no dizer de Pessoa — é de uma evidência gritante no que acabamos de ler. E, se fizemos tal citação, foi com o único intuito, já que reunimos neste livro somente obras do Fernando Pessoa ficcionista, de não escamotear que antes dele — autor de peças tantas vezes fragmentárias, inacabadas — implacavelmente se elevam o poeta e o prosador, o prosador puro, sem narratividade, ou com ela muito atenuada.

A peça principal do *corpus* sempre variável e variado dos contos pessoanos é, sem dúvida, "O banqueiro anarquista", publicado na revista *Contemporânea*, em 1922, por sua qualidade construtiva, por sua extensão e, no caso específico do autor, por sua integridade de obra édita. O conto, obra de desmonte em regra das utopias de ação revolucionária, mantém uma estrutura dialogal, ainda que fortemente centrada

no desenvolvimento implacável do raciocínio do protagonista, restando ao personagem que o induz a explicar a sua teoria de ação e de vida a narração da ambiência e a condução do diálogo através dos apartes, o que faria de "O banqueiro anarquista" uma obra facilmente adaptável ao palco. Individualista feroz, aristocrático até a medula, homem de direita, mas com provável horror a qualquer governo existente, e que espicaçou Salazar, o Presidente do Conselho de Ministros, em versinhos cruéis, Fernando Pessoa não disfarça, nesse conto célebre, seu horror às ideologias revolucionárias oriundas, mais ou menos diretamente, da Revolução Francesa, e a verdade é que tal conto possui uma inarredável capacidade de irritar qualquer leitor de esquerda, até pela sua insofismável e crua dialética, como bem notamos neste trecho:

> É este o argumento com que as bestas que defendem a "ditadura do proletariado" a defenderiam se fossem capazes de argumentar ou de pensar. O argumento, é claro, não é deles: é meu. Ponho-o, como objeção, a mim mesmo. E, como lhe vou mostrar..., é falso.
> Um regime revolucionário, enquanto existe, e seja qual for o fim a que visa ou a ideia que o conduz, é *materialmente* só uma coisa — um regime revolucionário. Ora um regime revolucionário quer dizer uma ditadura de guerra, ou, nas verdadeiras palavras, um regime militar despótico, porque o estado de guerra é imposto à sociedade por uma parte dela — aquela parte que assumiu revolucionariamente o poder. O que é que resulta? Resulta que quem se adaptar a esse regime, como a única coisa que ele é *materialmente, imediatamente,* é um regime militar despótico, adapta-se a um regime militar despótico. A ideia, que conduziu os revolucionários, o fim, a que visaram, desapareceu por completo da *realidade* social, que é ocupada exclusivamente pelo fenômeno guerreiro. De modo que o que sai de uma ditadura revolucionária — e tanto mais completamente sairá, quanto mais tempo essa ditadura durar — é uma sociedade guerreira de tipo ditatorial, isto é, um despotismo militar. Nem mesmo podia ser outra coisa. E foi sempre assim. Eu não sei muita história, mas o que sei acerta com isto; nem podia deixar de acertar. O que saiu das agitações políticas de Roma? O império romano e o seu despotismo militar. O que saiu da Revolução Francesa? Napoleão e o seu despotismo militar. E V. verá o que sai da Revolução

Russa... Qualquer coisa que vai atrasar dezenas de anos a realização da sociedade livre... Também o que era de esperar de um povo de analfabetos e de místicos?...

"Um grande português", que poderíamos pôr na categoria dos contos de raciocínio — subgênero que tem sua origem em Edgar Allan Poe, ao qual Pessoa sempre esteve muito ligado — trata-se de uma deliciosa narração pseudo-histórica, na qual se atribui a invenção do célebre golpe, ou de uma de suas variantes, a certo Manuel Peres Vigário, lavrador e negociante de gado ribatejano. Como sempre, a origem dos golpes dos estelionatários são espúrias, aparentadas com as falsas etimologias — no geral bem mais absurdas —, o que não afeta em nada a mestria da narrativa.

Em "O eremita da Serra Negra", narrativa que se inicia na primeira pessoa, para subitamente transformar-se em diálogo com um personagem indeterminado, o que encontramos é uma longa divagação sobre questões metafísicas, conduzidas pelo protagonista, *alter ego* do poeta. Obviamente, a reserva criada pela condição ficcional pode perfeitamente dar lugar a raciocínios que não seriam os do próprio Pessoa. Um, como este:

> Deus — a havê-lo — não pode ser bom ou de todo bom, porque há injustiças *aqui*; e não sendo bom ou de todo bom que esperar para este mundo ou para outro da bondade que ele não tem?

nos parece, por exemplo, bastante insustentável, ou mesmo primário, para quem assumia a sua ligação com a Cabala, dizendo-se cabalista cristão, ou próximo ao cristianismo gnóstico. Tais contradições são, no entanto, numerosíssimas em Pessoa, que nos momentos em que buscava engendrar um novo paganismo obviamente se afastava de qualquer filiação cristã, sem esquecer a sua relação bastante próxima com a Teosofia, filosoficamente inconciliável, ao último nível, com a Cabala. Resta-nos constatar que o Fernando Pessoa adepto sempre o foi de maneira eclética, quando não contraditória. Se a Cabala e o cristianismo gnóstico quase se complementam, se uma quase conduz ao outro, como constatamos num Pico della Mirandola, num Jacob Boehme ou num Éliphas Lévi, a entrada da Sociedade Teosófica ou do paganismo neste meio é de todo anômala. Estranho ou não, esse dueto entre o rabino Shimon bar Yochai e Madame Blavastsky, tal posição é sustentada, de forma ainda mais

explícita, no conto "A hora do Diabo", no qual o personagem-título afirma diretamente:

> Dizem-me que todas estas coisas podem ser esclarecidas à luz da Cabala e da Teosofia, mas são esses assuntos de que nada sei...

Fora essas contradições, o texto é da maior importância na análise filosófica do que é uma das constatações mais sólidas do autor, a da impossibilidade da cognição, que dá origem aos versos célebres do poema "Natal":

> Cega, a Ciência a inútil gleba lavra.
> Louca, a Fé vive o sonho do seu culto.
> Um novo Deus é só uma palavra.
> Não procures nem creias: tudo é oculto.

O mais impressionante nesse texto é a sinceridade da dor que a impossibilidade da cognição e a vacuidade de tudo causam ao protagonista, e que podemos sentir com uma empatia quase física. O conto — se de fato podemos encerrá-lo nesse gênero — termina com um longo aconselhamento ao desconhecido ouvinte, aconselhamento pessoano até a medula, em que se destaca um reiterado elogio ao celibato e um refúgio numa espécie de individualismo heroico, tudo profundamente coerente com a vida do autor de *Mensagem*. O mais marcante no conto, no entanto, continua a ser a descrição do horror insuportável que existiria na simples hipótese de um universo sem qualquer saída transcendente, horror puro, inenarrável, que a Humanidade quase inteira felizmente não percebe, como o percebiam muito bem o autor ou o seu contemporâneo brasileiro Augusto dos Anjos.

Em "A hora do Diabo", que acabamos de citar, um dos mais poéticos entre os textos reunidos neste livro, inclusive com momentos de muito bela visualidade, o elemento central é um longo monólogo do próprio, no qual aparecem algumas das mais claras características pessoanas, a crença na possibilidade de qualquer coisa e a descrença na certeza de todas elas, até na da existência de si próprio. Esta dúvida até em relação ao próprio eu pode ter alguma significação na gênese dos heterônimos, cuja importância sempre nos pareceu algo exagerada. Se Pessoa tivesse escrito a exata obra que escreveu assinando-a toda com o seu nome

real, a grandeza intrínseca de suas partes seria a mesma. Da mesma maneira, se Goethe tivesse usado um nome persa para assinar o *Divã Ocidental-Oriental*, um nome germânico (talvez o seu próprio) para as baladas românticas, um outro latino para as *Elegias romanas*, um quarto nome para os seus epigramas satíricos, e assim por diante, isso em nada aumentaria ou diminuiria o valor de tais obras. Tudo se limita — sem negar o fascínio da fantasia dramática dos heterônimos pessoanos — à questão de escritores que se exprimem num único ou em variados registros e maneiras.

"A perversão do Longe" narra um insólito encontro, em Lisboa, no Cais das Colunas, entre o narrador e um personagem misterioso. A fala deste introduz alguns temas caros ao autor: as viagens — ele que tão pouco viajou fora das estritas necessidades biográficas —, os lugares imaginários, a distância, além de certa temática sexual bastante curiosa no reservado Pessoa. Ao fim, outra reiterada característica sua, ficamos na dúvida entre tudo ter sido real ou apenas sonhado, postulação que o poeta comumente estendia a si mesmo e ao próprio universo criado, ou o que nomeamos como tal.

Em "O mendigo", já na primeira fala do protagonista nos deparamos com as mais típicas visão e angústia pessoanas em relação a si e às coisas:

— Para mim, continuou ele, o fato essencial e pasmoso das coisas é elas realmente serem. O fato de qualquer coisa ser é milagroso. O outro fato milagroso é estar eu aqui, a ter consciência que elas são. Gozo este horror com todas as formas da minha alma. Conheço bem que nem as coisas são o que parecem, nem eu o que me sinto ser.

Mais uma vez a estrutura da narrativa é dialogal, ou quase a de um monólogo interrompido por apartes. Todo o texto é metafísica pura, como quase toda a obra de Pessoa, curiosamente tão lido e admirado no Brasil, apesar da parvoíce pátria ter transformado a palavra metafísica — aqueles que nem sabem o que ela significa — numa espécie de termo chulo. Há, por outro lado, nas divagações do protagonista sobre a Natureza, às vezes de um belíssimo lirismo panteísta, uma proximidade evidente com certos versos de Alberto Caeiro. Em certo momento da narrativa, ao menos em aparência, o autor como que a abandona para anotar esquematicamente o próprio sistema filosófico-metafísico que

ele/o protagonista estão criando, e cuja ambição não deixa de nos lembrar o de Poe em seu *Eureka*.

"Memórias de um ladrão", narrativa na primeira pessoa, é, sem dúvida, um dos textos mais fragmentários e incompletos entre os que se reúnem neste livro, não só pelas várias partes truncadas como pela ausência de uma continuação que se impõe, o que, no entanto, não lhe anula o interesse. A impressão de inacabado também envolve a narrativa "A estrada do esquecimento", mais um *clima* prévio a algo do que propriamente uma narrativa, embora sem as lacunas de "Memórias de um ladrão". Caso mais estranho é o de "O peregrino", narrativa longa, de índole fortemente simbolista — o Simbolismo tão presente na poesia do Pessoa-ele mesmo, na de Sá-Carneiro ou na do companheiro de ambos em *Orpheu*, Alfredo Pedro Guisado — já que a história se desenvolve na primeira pessoa até que, subitamente, quando surge a frase ou quase didascália "Em casa dos pais", tudo passa para uma espécie de esquema do conto inteiro, na terceira pessoa, depois do qual a narração na primeira pessoa retorna apenas no penúltimo parágrafo, encerrando tudo.

O conto "Maridos", este representa um caso à parte na obra ficcional do autor de "Tabacaria". Narrativa curta, toda na primeira pessoa, não destituída de humor, resume-se unicamente na confissão, perante um juiz e um júri, por uma mulher de evidente origem popular e vulgar, de ter matado o marido por tédio, após algumas considerações igualmente vulgares sobre a questão do querer ou do não querer, e da situação da mulher em relação aos homens. Nada, *a priori*, menos pessoano do que este curioso texto, mas a variedade pletórica do gênio do autor não nos permite excluir quaisquer domínios, quaisquer possibilidades.

"O adiador", também uma narrativa curta, é a constatação ironicamente amarga, através do estranho personagem que lhe dá título, da vida humana normal como caminho sem volta para a completa mediocridade — a reflexão sobre certos fulgores da inteligência infantil que se apagam com os anos nos recorda o que afirmava Almada Negreiros a respeito da capacidade inata das crianças para o desenho — ou, mais radicalmente, da implacável inutilidade de todo o esforço humano, tema caro a Pessoa, que, desde a juventude, tantas vezes se julgou um abandonado da vontade.

"A carta da corcunda para o serralheiro" — título digno de um folheto de cordel português, origem direta, temática e graficamente, dos nossos, como o comprova a magnífica coleção deles reunida por Arnaldo

Saraiva — é outra narrativa atípica, consistindo numa carta, escrita às vésperas da morte, e que não será enviada ao destinatário, por uma pobre mulher corcunda que entretinha uma paixão oculta pelo serralheiro Antônio. Como em "Maridos", Pessoa aí se coloca na alma de uma personagem feminina e popular, descrevendo uma profunda carência afetiva como ele próprio a deve ter sentido durante toda a sua breve vida.

"A caçada", por influência do título, e como de início parece ao leitor, deveria ser uma narrativa venatória, só que, no caso, a caça era outro homem, um criminoso, o que dá ensejo a um desfecho que é uma reflexão moral.

Como no caso de "A carta da corcunda para o serralheiro", "Uma carta da Argentina" é um conto epistolar. O narrador também se encontra à beira da morte, não da morte natural, como no caso da corcunda, mas da morte por execução, por haver assassinado a mulher. O destinatário, conhecido de longa data do protagonista, deve receber a carta, que não é uma missiva platônica — digamos assim — como a que escreveu a corcunda, para satisfação própria. Em certo momento o narrador faz uma confissão que poderia ser assinada pelo próprio Pessoa:

> Desde aquela parte obscura da minha infância em que comecei a tomar consciência dos contornos da minha individualidade, encontrei-me sempre uno e o mesmo numa fixa atitude espiritual: fui sempre um indivíduo que nunca fez senão sonhar…

Infelizmente, o conto "Uma carta da Argentina" está claramente inacabado, parando no momento mesmo em que o protagonista, ao que tudo indica, iniciaria a narração das origens e motivações do seu crime, e de como ele se consumou.

"Uma tarde clerical" nos parece uma das narrativas mais distantes de um estado de finalização entre as incluídas neste volume. Toda a primeira parte do texto é um diálogo filosófico, com muitas reflexões sobre a consciência humana e a relação indivíduo/sociedade, entre o protagonista livre-pensador e o padre jesuíta Eusébio Quelhas. Pouco antes do final, a partir da frase "Era uma vez um homem que estava à espera do elétrico", tem início uma moralidade que parece de todo independente do texto anterior, embora no último parágrafo reapareça a figura do padre Quelhas, o que prova a unidade da narrativa, mas não o acabamento de seus elementos constituidores. O sempre brilhante fluxo

de raciocínio de Fernando Pessoa invariavelmente salva o interesse de textos como esse, tão claramente inacabados em sua estrutura.

"Manuel Fontoura", título escolhido a partir do nome do personagem que dialoga com o narrador, é uma narrativa curta que tem por tema as relações conjugais, julgadas com uma ironia cruel. Claramente em esboço, como outras que já comentamos, a narrativa "O crime do Dr. Cerdeira" começa com o anúncio de um crime pavoroso e a descrição, bastante humorística, do personagem-título, assistente de biologia na Faculdade de Medicina, motivo de escárnio dos alunos, especialmente depois que sabemos, através deles, de sua paixão por uma Condessa. A esse início seguem-se dois trechos, narrados pelo próprio personagem, que terminam sem que o anunciado crime se explicite.

"O vencedor do tempo" se inicia com a afirmação categórica de que a base de inspiração do conto — como nele mesmo se confessa — foi o famoso "*Time Machine*" de H.G. Wells, embora o seu desenvolvimento posterior o afaste de todo desta dívida inicial. Paradoxalmente, embora o próprio autor chame a narrativa de conto, mais uma vez, com a exceção do início e do fim, e das pequenas intervenções do interlocutor, estamos perante uma meditação que é pura filosofia, pura metafísica, passando dos pré-socráticos a Kant e Hegel. O Professor Serzedas, o protagonista, não é mais, ainda uma vez, do que um *alter ego* de Pessoa, lançando afirmações inconfundivelmente suas, na sua atração pelo paradoxo e no resto:

> É assim que o panteísmo tem razão em dizer que Deus pensa em nós e o antipanteísmo de dizer que pensamos fora de Deus; é assim que o materialismo tem razão porque o mundo é real, e o idealista também porque o mundo não é real...

até a página final, onde, a partir da frase:

> O horror que então aconteceu não aconteceu devagar nem depressa. Aconteceu simplesmente.

voltamos, subitamente, a algo de ficcional, que não deixa de nos recordar o desenlace da trama de *A confissão de Lúcio*, de Sá-Carneiro.

"A perda do iate *Nada*" é em parte uma narrativa realizada, ainda que fragmentária, em parte o esquema previamente anotado dela, o

mesmo que acontece, aliás, em "O crime do Dr. Cerdeira". Mais uma vez a ação — o que sempre nos recorda a obsessão do próprio Pessoa com o fato de que sofreria de uma certa impotência da vontade, ou pletora do lado reflexivo, contemplativo, que lhe impediria de chegar à ação — naufraga, desde o início, nas reflexões filosóficas, e agora também especificamente estéticas, entre descrições de plasticidade fantástica, do Capitão Ayakwamm. Há, nessa narrativa, sobretudo na fala final do narrador, ecos longínquos do Edgar Allan Poe de "Uma descida no Maelström" e d'*A narrativa de Arthur Gordon Pym* — não esqueçamos que Pessoa traduziu "O Corvo", "Annabel Lee" e "Ulalume" —, bem como do Melville de *Moby Dick*.

"O Soares e o Pereira" é, na sua pequena extensão, mais uma moralidade do que um conto. Partindo de uma situação de ódio recíproco entre dois empregados de um mesmo escritório — situação talvez vivida pelo autor, ou dele bem conhecida, na mais do que medíocre vida de "correspondente comercial" a que lhe coube por destino, vergonha para a sua época e seu ambiente —, a narrativa termina com um sábio elogio das vantagens táticas do desprezo, materializada na inversão de uma celebérrima máxima latina, que o encerra.

"Um jantar muito original" é a tradução do original inglês "*A very original dinner*", que logo após ela se reproduz, narrativa assinada por Alexander Search, heterônimo juvenil do autor — o conto é de junho de 1907 —, que neste idioma, que era a segunda língua do poeta, se expressava. É de notar em tal conto, perfeitamente conforme as normas do gênero como poucos dos aqui reproduzidos, no seu humor negro à beira do fantástico, mais uma vez certa reminiscência de Poe. Do mesmo modo, é força constatar como no Pessoa de 19 anos já existia o pleno domínio da narrativa, além de outras características tipicamente suas.

Os três contos traduzidos de O. Henry — e neste caso tratamos de contos em regra, as hábeis *short stories* do autor — são exatamente isso, traduções muito bem feitas, por um escritor perfeitamente bilíngue, de três contos muito bons. Difícil seria imaginar duas figuras mais dessemelhantes que o estadunidense O. Henry e o português Fernando Pessoa, com a exceção, para além da literatura e da pobreza, de ambos terem morrido precocemente, aos 47 anos, em consequência do muito álcool que consumiram. A ambiência estritamente norte-americana das três narrativas sobrevive perfeitamente em português, no sagaz e amargo "A teoria e o cão", no cruelmente fantástico "Os caminhos que tomamos", e

na comovente "A decisão de Georgia", que nos recorda, na ambiência e no andamento, algumas das obras-primas que no gênero escreveu o nosso Monteiro Lobato. Não sendo obras originais de Pessoa, a qualidade dos relatos e a tradição praticamente firmada de incluí-los entre as narrativas dele próprio justificam perfeitamente a sua presença neste livro.

★

Como boa parte das narrativas aqui reunidas não chegaram a um estado definitivo, são de importância primordial para o leitor os sinais gráficos que marcam as omissões, os trechos acrescentados pelo editor, as palavras ilegíveis ou restituídas, assim como as numerosas variantes assinaladas numericamente e reproduzidas ao fim de cada texto.

A ordem dos textos é cronológica, em alguns casos com as datas restituídas por evidências diversas, e cobre um período que se estende de 1907 a 1935, ano da morte de Pessoa. Após a sequência de textos datados, ainda que de forma aproximativa, seguem os cinco contos sem datação, "A perversão do Longe", "O mendigo", "Memórias de um ladrão", "Manuel Fontoura" e "O Soares e o Pereira", e após eles, finalmente, os três contos traduzidos de O. Henry, todos publicados em vida do autor, entre 1924 e 1925.

A ortografia seguida é a brasileira, tendo em vista as diferenças numerosas que perduram entre as de Portugal e Brasil, entre outros motivos pelo critério majoritariamente fonético que serviu de base às últimas reformas em relação a países nos quais houve uma divergência fonética em diversos vocábulos, se bem que as diferenças no uso do idioma sejam muito mais de índole prosódica, semântica e sintática do que simplesmente ortográfica.

Alexei Bueno

Abreviaturas e sinais convencionais usados nesta edição
□ espaço deixado em branco pelo autor
[] texto acrescentado pelo editor
[.] palavra ilegível (cada ponto corresponde a uma palavra)
[palavra] inclusão de palavra em falta
var.: variante
subp.: subposta
sobrep.: sobreposta

UM JANTAR MUITO ORIGINAL*

Diz-me o que comes, dir-te-ei o que és.
Alguém

I

Foi durante a décima quinta sessão anual da Sociedade Gastronómica de Berlim que o Presidente, Herr Prosit, fez o famoso convite aos seus sócios. É claro que a sessão era um banquete. À sobremesa gerara-se uma grande discussão acerca da originalidade na arte culinária. A época era má para todas as artes. A originalidade estava em decadência. Também na gastronomia se verificava uma decadência e uma fraqueza. Todas as produções culinárias que se designavam por "novas" não passavam de variações de pratos já conhecidos. Um molho diferente, um modo ligeiramente diferente de condimentar ou de temperar — era deste modo que o último prato diferia do anterior. Não existiam verdadeiras novidades. Só existiam inovações. Tudo isto se lamentava no banquete com uma unanimidade de opiniões, numa variedade de tons e com vários graus de veemência.

Embora a discussão fosse acalorada e convicta, havia, no entanto, entre nós, um homem que, apesar de não ser o único a estar calado, se fazia notar pelo silêncio, pois era sobretudo dele que se esperaria uma intervenção. Este homem era, obviamente, Herr Prosit, o presidente da Sociedade, que dirigia a reunião. Herr Prosit era o único que não prestava atenção ao que se discutia — estava calado, mais do que desatento. Faltava a autoridade da sua voz. Estava pensativo — ele, Prosit; estava em silêncio — ele, Prosit; estava sério — ele, Wilhelm Prosit, presidente da Sociedade Gastronómica.

O silêncio de Herr Prosit era, para a maioria dos homens, uma coisa estranha. Ele assemelhava-se (passe a comparação) a uma tempestade. O silêncio não se coadunava com a essência daquilo que ele

* Tradução de Ana Maria Freitas. Pessoa planejava enviar o conto, de 1907, para o jornal inglês *Cassel's*. Por isso, o assina como Alexander Search, um *alter ego* de juventude.

era. O silêncio não estava na sua natureza. E, tal como uma tempestade (continuando a comparação), o silêncio era nele a pausa e o prelúdio para uma explosão maior que todas. Era esta a opinião a seu respeito.

O Presidente era, em muitos aspectos, um homem notável. Era um homem alegre e social, mas era-o, no entanto, com uma vivacidade anormal, com uma postura ruidosa que se assemelhava a uma disposição constantemente antinatural. A sua sociabilidade parecia patológica; os seus ditos de espírito, embora não dessem, de modo algum, a aparência de ser forçados, pareciam interiormente impelidos por uma faculdade de espírito que não era a faculdade humorística. O seu sentido de humor parecia falsamente verdadeiro, a sua inquietude naturalmente assumida.

Na companhia dos amigos — e ele tinha muitos — mantinha uma corrente contínua de júbilo, todo ele era alegria e todo ele riso. É, no entanto, digno de nota que este homem estranho nunca revelasse habitualmente, no seu rosto, uma expressão de júbilo ou de alegria. Quando parava de rir, quando se esquecia de sorrir, parecia cair, pelo contraste revelado na sua face, num estado de seriedade antinatural, próxima, de certo modo, da dor.

Se isto se devia a uma infelicidade fundamental do seu caráter, ou a desgostos de uma vida anterior, ou a qualquer outra doença do espírito — eu, que narro isto, não me atrevo a responder. Aliás, esta contradição do seu caráter, ou pelo menos, das suas manifestações, era somente entendida pelos mais observadores; os outros não o notavam, nem era necessário que notassem.

Como numa noite em que as tempestades se sucedem uma após outra, mas com intervalos, aquele que testemunha o acontecimento diz que toda a noite foi tempestuosa, esquecendo-se dos intervalos entre os trovões e caracterizando a noite pelo aspecto que lhe chamou mais a atenção; do mesmo modo, seguindo uma tendência da humanidade, os homens consideravam Prosit um homem alegre, porque aquilo que nele mais chamava a atenção era o seu ruidoso júbilo, a sua estrondosa alegria. Com a tempestade, a testemunha esquecia o profundo silêncio dos intervalos. Neste homem, com a sua gargalhada selvagem, esqueceríamos facilmente o silêncio triste, o abatimento carrancudo dos intervalos da sua natureza social.

A expressão do Presidente, repito, possuía e deixava perceber e traía esta contradição. Faltava animação àquele rosto risonho. O seu

perpétuo sorriso assemelhava-se ao esgar grotesco daqueles em cujos rostos o sol bate, que, nesse caso, é a contração natural dos músculos perante uma luz forte; e, neste, uma perpétua expressão, das mais antinaturais e grotescas.

Era habitualmente dito (por aqueles que sabiam que ele era assim) que enveredara por uma vida de divertimentos para escapar a uma espécie de natureza nervosa, ou, quanto muito, a uma morbidez familiar, pois era filho de um epilético e tinha tido como antepassados, para além de muitos libertinos extravagantes, vários inequívocos neuróticos. Ele próprio pode ter sofrido dos nervos. Mas disto não tenho a certeza.

O que posso dar como certo sem qualquer dúvida é que Prosit tinha sido trazido para a sociedade a que me refiro por um jovem oficial, também ele meu amigo e uma pessoa muito alegre, que o tinha descoberto algures, tendo achado muita graça a algumas das suas partidas.

Esta sociedade — aquela em que Prosit se movia — era, para dizer a verdade, uma dessas marginais e duvidosas sociedades que não são raras, constituídas por elementos de alto nível e de baixo nível, numa síntese curiosa, comparável à de uma reação química, pois possuem frequentemente um caráter novo, muito próprio, diferente do dos seus elementos. Esta era a sociedade cujas artes — temos de designá--las artes — eram comer, beber e amar. Era certamente artística. Não menos certo que era grosseira. E juntava estas coisas sem desarmonia.

Deste grupo de pessoas socialmente inúteis, humanamente insignificantes, era Prosit o chefe, por ser o mais grosseiro de todos. Não posso obviamente entrar na simples mas intrincada psicologia deste caso. Não consigo explicar aqui a razão para o fato do chefe de uma sociedade desta natureza ter sido escolhido de entre a sua camada mais baixa. A literatura tem gasto muita sutileza, muita intuição com casos deste tipo. São manifestamente patológicos. Poe deu aos sentimentos complexos que lhe dão origem, pensando que eram um único, o nome geral de perversidade. Mas o caso que relato é este e nenhum outro. O elemento feminino da sociedade vinha, convencionalmente falando, de baixo; o elemento masculino da camada superior. O suporte desta combinação, o hífen deste conjunto — ou, melhor, o agente catalisador desta reação química — era o meu amigo Prosit. Os centros, os lugares de encontro da sociedade eram dois: um certo restaurante ou o respeitável hotel X, conforme os festejos fossem uma pândega vazia de ideias, ou uma sessão artística, casta e masculina, da Sociedade Gastronômica de

Berlim. No primeiro caso, é impossível qualquer informação; nenhum indício é possível que não toque as raias da indecência. Pois Prosit não era normalmente grosseiro, mas sim anormalmente; a sua influência baixava o propósito dos mais baixos desejos dos seus amigos. No que se refere à Sociedade Gastronômica, as coisas eram melhores; representava o lado espiritual das aspirações concretas daquele grupo.

Acabei de dizer que Prosit era grosseiro. É verdade; ele era isso mesmo. A sua exuberância era grosseira, o seu sentido de humor manifestava-se grosseiramente. Informo-vos de tudo isto com cuidado. Não escrevo um louvor, nem uma calúnia. Estou a desenhar, tão pormenorizadamente quanto consigo, um caráter. Tão bem quanto a visão da minha mente me permite, sigo os trilhos da verdade.

Mas Prosit era sem dúvida grosseiro. Pois mesmo na sociedade onde, por estar em contato com elementos de nível socialmente elevado, ele era, por vezes, obrigado a viver, não perdia muita da sua brutalidade inata. Entregava-se a ela semiconscientemente. As suas piadas nem sempre eram inofensivas, nem agradáveis; quase todas eram grosseiras, embora, para os que eram capazes de apreciar a "graça" de tais exibições, fossem suficientemente engraçadas, suficientemente espirituosas e suficientemente bem arquitetadas.

O lado positivo desta falta de educação era o seu caráter impulsivo, na medida em que era indicador de paixão. Pois o Presidente empenhava-se apaixonadamente em tudo em que se metia, especialmente nos seus empreendimentos culinários e nos seus casos amorosos; nos primeiros, era um poeta da degustação, aumentando de dia para dia a sua inspiração; nos últimos, a baixeza do seu caráter atingia sempre uma horrível excelência. Apesar disso, não se podia duvidar da sua paixão, tal como do caráter impulsivo da sua jovialidade. Arrastava os outros consigo pela violência da sua energia, criava neles a paixão, animava o seu impulso sem consciência do que fazia. Mas a sua paixão era de si próprio, dirigida a si próprio, era uma necessidade orgânica; não se destinava à relação com o mundo exterior. É verdade que esta paixão não podia ser mantida durante muito tempo; mas, enquanto durava, a sua influência como exemplo, mesmo inconsciente, era imensa.

Mas note-se que, sendo o Presidente apaixonado, impulsivo, com um fundo grosseiro e rude, ele era todavia um homem que nunca se zangava. Nunca. Ninguém conseguia enfurecê-lo. Além disso, estava sempre disposto a agradar, sempre pronto a evitar uma discussão.

Parecia desejar que todos estivessem sempre de bem com ele. Era curioso observar o modo como reprimia a sua raiva, como a controlava com uma firmeza que ninguém esperaria nele, pelo menos quem lhe conhecia a natureza impulsiva e apaixonada, os seus amigos mais íntimos.

Creio que era sobretudo por essa razão que Prosit tinha tanta popularidade. De fato, se considerarmos que era grosseiro, brutal, impulsivo, mas que, no entanto, nunca agia com brutalidade, revelando raiva e agressividade, nunca se mostrava impulsivo na zanga — talvez nós, ao tomarmos inconscientemente isto em consideração, estabelecêssemos a nossa amizade a partir desta base. Além disso, havia o fato de ele estar sempre pronto a agradar, a ser agradável. Quanto à sua rudeza entre homens isso tinha pouca importância, pois o Presidente era um bom companheiro.

Torna-se, portanto, agora óbvio que a atração (por assim dizer) de Prosit residia nisto: na sua insusceptibilidade à raiva, no seu desejo de agradar, na estranha fascinação exercida pela sua exuberância grosseira, talvez até mesmo, enfim, na intuição, inconscientemente sentida, do ligeiro enigma presente no seu caráter.

Chega! A minha análise do caráter de Prosit, sendo talvez excessivamente detalhada, é, no entanto, insuficiente, pois creio que não percebeu ou não deu o devido relevo a elementos que indiciavam uma síntese final. Aventurei-me para além da minha capacidade. A minha compreensão não consegue encontrar equivalência na clareza do meu desígnio. Por isso, não direi mais.

Uma coisa emerge, no entanto, de todas as minhas palavras: o aspecto exterior do caráter do Presidente. Fica claro que, fossem quais fossem as intenções concebíveis, ou os objetivos imagináveis, Herr Prosit era um homem alegre, um tipo estranho, um homem habitualmente alegre que impressionava os outros com a sua alegria, um homem importante na sociedade, um homem com muitos amigos. Como as suas tendências grosseiras davam o tom à sociedade masculina em que vivia, isto é, como criavam o ambiente, desapareciam por excessivamente óbvias, passavam, a pouco e pouco, para o domínio do inconsciente; não eram notadas, tornavam-se imperceptíveis.

O jantar já estava no fim. A conversa aumentava, no número dos que falavam, no barulho das suas vozes combinadas, discordantes,

interpenetradas. Prosit mantinha-se em silêncio. O orador principal, o Capitão Greiwe, discursava liricamente. Insistia na falta de imaginação (como ele dizia) que não deixava produzir iguarias modernas. Entusiasmou-se. Na arte da gastronomia, observou, eram sempre necessários novos pratos. O seu modo de ver era estreito, limitado à arte que conhecia. Argumentava falsamente, explicava que só a novidade importava em gastronomia. E este podia ser o seu modo sutil de dizer que a gastronomia era a única ciência e a única arte. "Abençoada arte", exclamou o Capitão, "aquela cujo conservadorismo é a revolução permanente!" "Dela se pode dizer", continuou, "o que Schopenhauer dizia do mundo, que se mantém pela sua própria destruição".

"Então, Prosit", disse um sócio sentado no outro extremo da mesa, ao reparar no silêncio do Presidente; "Então, Prosit, ainda não nos deu a sua opinião! Diga alguma coisa, homem! Está distraído? Está melancólico? Está doente?"

Todos olharam para o Presidente. O Presidente sorriu-lhes no seu modo habitual, com o seu sorriso habitual, malicioso, misterioso, meio sem graça. E, no entanto, aquele sorriso tinha um sentido; anunciava, de certo modo, a estranheza das palavras do Presidente.

O Presidente quebrou o silêncio, que era feito à medida da resposta esperada.

"Tenho uma proposta a fazer, um convite", disse. "Estão atentos? Posso falar?"

Quando ele disse isso, o silêncio pareceu tornar-se mais profundo. Todos os olhares se viraram para ele. Todas as ações, todos os gestos, pararam imediatamente, pois todos ficaram atentos.

"Meus senhores", começou Herr Prosit, "vou convidá-los para um jantar como nunca tiveram, na minha opinião. O meu convite é, ao mesmo tempo, um desafio. Mais tarde explicarei."

Houve uma breve pausa. Ninguém se mexeu, exceto Prosit, que acabou de beber um copo de vinho.

"Meus senhores", repetiu o Presidente de um modo eloquentemente direto, "o meu desafio a qualquer um de vós consiste nisto, que, daqui a dez dias, eu darei uma nova espécie de jantar, um jantar muito original. Considerem-se convidados."

De todo o lado choveram murmúrios pedindo explicações, perguntas. Qual a razão de tal convite? O que significava? Qual era a proposta?

Qual a razão de usar uma expressão tão obscura? Falando claro, qual era o desafio que tinha feito?
"Na minha casa", disse Prosit, "no largo".
"Está bem."
"Vai transferir para a sua casa o local de reunião da sociedade?"
"Não; é só nesta ocasião."
"E vai ser alguma coisa assim tão original, Prosit?", inquiriu obstinadamente um sócio que era curioso.
"Muito original. Uma total novidade."
"Bravo!"
"A originalidade do jantar consiste", acrescentou o Presidente, como se falasse depois de refletir, "não naquilo que transmite ou mostra, mas no que significa, naquilo que contém. Desafio qualquer dos senhores (e poderia mesmo dizer "qualquer pessoa, em qualquer lado") a dizer, no final, de que forma é original. Ninguém, garanto, irá adivinhar. É este o meu desafio. Talvez pensassem que seria por ninguém conseguir dar um banquete mais original. Mas não, não é isso; é como disse. Como veem, é muito mais original. É original para além das vossas expetativas."
"Podemos saber", perguntou um sócio, "qual o motivo do seu convite?"
"Sou levado a isso", explicou Prosit, e havia uma expressão sarcástica no seu olhar decidido, "devido à discussão que tive antes do jantar. Alguns dos meus amigos aqui presentes terão ouvido a disputa. Podem informar os que queiram saber o que se passou. O meu convite está feito. Aceitam?"
"Claro! Claro!" gritaram de todos os lados da sala.
O Presidente acenou com a cabeça, sorriu; divertido com alguma visão interior que guardava para si, ficou de novo em silêncio.
Quando Herr Prosit acabou de fazer o seu espantoso desafio e o convite, as conversas que decorriam separadamente entre os sócios recaíram sobre o seu verdadeiro motivo. Alguns eram de opinião que esta era outra piada do Presidente; outros que Prosit tinha querido afirmar mais uma vez a sua habilidade culinária, o que era racionalmente inútil, pois (diziam) ninguém a tinha posto em causa, mas agradava à vaidade que todos têm na sua arte. Outros ainda estavam certos que o convite tinha sido realmente feito devido à rivalidade gastronômica existente entre certos jovens da cidade de Frankfurt e o Presidente. Em

breve se concluiu, como verão os que leem isto, que o fim do desafio era de fato este terceiro — o fim imediato, quero eu dizer, pois, como o Presidente era um ser humano, e especialmente um ser humano muito original, o seu convite continha os traços psicológicos das três intenções que lhe eram imputadas.

A razão pela qual não se acreditou imediatamente que a verdadeira razão de Prosit para o convite residia na disputa (como ele próprio dissera), era o fato do desafio ser demasiado vago, demasiado misterioso para parecer mais do que uma resposta a uma provocação, para parecer uma vingança e nada mais. Por fim, contudo, teve de se acreditar.

A discussão que o Presidente mencionara tinha sido (contava quem sabia) entre ele e os cinco jovens de Frankfurt. Estes não tinham qualquer particularidade, a não ser o fato de serem gastrônomos; era esse, creio, o único fator a merecer a nossa atenção. A discussão com eles tinha sido longa. O argumento que defendiam era, se bem me lembro, que um prato qualquer que um deles inventara, ou um jantar qualquer que tinham dado, era superior a um qualquer feito gastronômico do Presidente. Fora isto que dera origem à disputa; em redor deste centro, a aranha da discórdia tinha tecido laboriosamente a sua teia.

A discussão tinha sido encarniçada da parte dos jovens; suave e moderada da parte de Prosit. Era seu hábito, como já referi, nunca se entregar à raiva. Nesta ocasião, no entanto, ficara quase zangado por causa do calor que os seus antagonistas punham nas respostas. Mas permaneceu calmo. Pensou-se agora que isto se sabia, que o Presidente se preparava para pregar uma gigantesca partida aos quatro jovens, para se vingar, à sua maneira, da desagradável discussão. Por isso, a expetativa não tardou a aumentar; rumores de uma partida gigantesca começaram a correr, histórias de uma vingança notavelmente original. Considerando o caso, e o homem, estes rumores justificavam-se; assentavam toscamente na verdade. Todos eles foram, mais tarde ou mais cedo, contados a Prosit; mas ele, quando os ouvia, abanava a cabeça e, embora parecesse apreciar devidamente as intenções, lamentava o seu formato grosseiro. Ninguém, dizia ele, tinha adivinhado. Era impossível, dizia, que alguém adivinhasse. Tudo seria surpresa. Conjetura, adivinha, hipótese eram ridículas e inúteis.

É claro que estes rumores aconteceram mais tarde. Voltemos ao jantar onde o convite fora feito. Termináramos. Dirigíamo-nos para a sala de fumo quando encontramos os cinco jovens, de aparência relativamente elegante, que cumprimentaram Prosit com alguma frieza.

"Ah, meus amigos", explicou o Presidente virando-se para nós, "estes são cinco jovens de Frankfurt que eu há tempos venci num desafio sobre questões gastronômicas…"

"Não me parece que nos tenha derrotado", retorquiu um dos jovens com um sorriso.

"Bem, deixemos as coisas como estão, ou como estavam. Para dizer a verdade, meus amigos, o desafio que acabei de fazer à Sociedade Gastronômica" (indicou-nos com um gesto largo) "é muito mais importante e de uma natureza muito mais artística." Explicou-o aos cinco jovens. Eles ouviram o mais indelicadamente que conseguiam.

"O desafio que acabei de fazer foi a pensar em vós!"

"Ah! foi a pensar em nós? E o que é que temos a ver com isso?"

"Ah! Em breve vão descobrir! O jantar é daqui a duas semanas, a dezessete."

"Não queremos saber da data. Não precisamos de saber."

"Não; têm razão" disse o Presidente com um risinho de satisfação, "Não precisam. Não será necessário. No entanto", acrescentou, "vão estar presentes no jantar."

"O quê!" exclamou um dos três jovens. Dos outros dois, um arreganhava os dentes num sorriso e o outro olhava-o fixamente.

O Presidente arreganhou também ele os dentes.

"Sim, e irão contribuir materialmente para ele."

Os cinco jovens manifestaram fisionomicamente a sua dúvida quanto a isto e o seu quase desinteresse no assunto.

"Ora!" disse o Presidente, enquanto eles se afastavam. "Quando me proponho fazer uma coisa, faço-a, e quando digo que vão estar presentes no jantar, garanto que vão, e que hão-de contribuir para a sua apreciação."

Isto foi dito num tom de desprezo tão óbvio e tão marcado que os jovens se zangaram e se apressaram a descer as escadas.

O último voltou-se. "Estaremos lá em espírito, talvez", disse ele, "a pensar no seu fracasso".

"Não, não; estarão mesmo lá. Estarão lá em corpo — em corpo, garanto-vos. Não se preocupem com isso. Deixem tudo por minha conta."

Um quarto de hora mais tarde, depois da reunião ter acabado, desci as escadas com Prosit.

"Acha que eles vão estar presentes, Prosit?" perguntei-lhe, enquanto vestia o sobretudo.

"Com certeza", disse ele, "Tenho a certeza disso".

Saímos juntos — eu e Prosit — e separamo-nos à porta do hotel.

II

Em breve chegou o dia em que o convite de Prosit se ia cumprir. O jantar teve lugar na casa de Prosit, às seis e meia da tarde.

A casa — aquela que Prosit dissera ficar "no largo" — não era, a bem dizer, a sua casa, mas a de um velho amigo seu que vivia fora de Berlim e que emprestava a casa a Prosit, quando o Presidente desejava. Estava sempre à sua disposição. No entanto, ele raramente precisava dela. Alguns dos primeiros banquetes da Sociedade Gastronômica tinham-se realizado aí, até se ter verificado que o hotel era mais conveniente — pelo conforto, pela aparência e pela localização. Prosit era bem conhecido no hotel; os pratos eram confeccionados segundo as suas indicações. A sua capacidade inventiva podia manifestar-se tão livremente ali como em casa, com cozinheiros que eram seus ou dos sócios, ou vindos de qualquer restaurante; e não só a sua arte tinha a mesma liberdade de se manifestar, como a execução dos seus planos era rápida, melhor; eles eram postos em prática de modo mais caprichado e mais exato.

Quanto à casa em que Prosit vivia — ninguém a conhecia, nem se preocupava em conhecer. Para alguns banquetes era usada a casa que acabei de referir, para os casos amorosos ele tinha um pequeno apartamento; pertencia a um clube — não, dois clubes —, e era visto com frequência no hotel.

Ninguém conhecia, dizia eu, a casa de Prosit; era vulgarmente aceite que ele tinha uma, para além dos lugares que frequentava e que já mencionei. Mas ninguém suspeitava onde era a casa. Também desconhecíamos as pessoas com quem ele vivia. A identidade dos companheiros da sua intimidade nunca fora mencionada por Prosit. Nem sequer dissera se eles existiam. Essa era somente a conclusão a que chegava o nosso raciocínio, simples e básico nestes assuntos. Prosit tinha estado, sabíamos nós — embora não me lembre de quem nos dera essa informação — nas Colônias — em África, ou na Índia, ou

noutro lugar qualquer — e tinha aí feito a fortuna de que vivia. Até aí sabíamos nós, o resto só com vagar se podia investigar.

O leitor sabe agora o suficiente acerca do estado das coisas para dispensar mais observações, quer acerca do Presidente, quer acerca da própria casa. Avanço, portanto, para a cena do banquete.

A sala em que a mesa do banquete tinha sido posta era grande e comprida, embora não fosse imponente. Não havia janelas laterais, mas somente portas que davam para várias salas. Ao fundo, no lado virado para a rua, havia uma esplêndida janela, alta e larga, que parecia respirar ela própria o ar que deixava entrar. Ocupava o espaço de três vulgares janelas grandes e preenchia-o bem. Estava dividida em três partes por meio de simples divisórias no seu caixilho. Apesar da sala ser grande, aquela janela bastava; dava luz e ar ao todo; nenhum canto era privado das coisas mais naturais da Natureza.

No meio da sala de jantar, uma mesa comprida tinha sido posta para o banquete; à cabeceira, sentava-se o Presidente, de costas para a janela. Eu, que escrevo isto, por ser o sócio mais antigo estava sentado à sua direita. Os outros detalhes não são importantes. Os sócios presentes eram cinquenta e dois.

A sala estava iluminada por candelabros situados sobre a mesa, três no total. Devido à hábil disposição dos seus ornamentos, as luzes incidiam somente sobre a mesa, deixando quase no escuro o espaço entre ela e as paredes. Parecia, pelo efeito criado, o arranjo de luzes sobre mesas de bilhar. No entanto, como neste caso o efeito não era obtido, como no outro, através de um dispositivo destinado a um uso evidente, o que ficava na mente era, quanto muito, uma sensação de estranheza em relação às luzes da sala de jantar. Se houvesse outras mesas secundárias, a sensação de obscuridade entre elas teria sido mais chocante. Como só havia uma mesa, isso não acontecia. Eu próprio só notei isto mais tarde, como o leitor que me acompanha verá. Apesar de eu, como todos os outros que ali estavam, ter procurado aspectos estranhos por todo o lado, não me apercebi disto por qualquer razão.

Em parte, não me consigo lembrar do modo como a mesa estava posta, arranjada, ornamentada e, em parte, isto não precisa de ser lembrado. A diferença que podia existir entre esta e outras mesas de jantar era uma diferença dentro da normalidade, e não uma diferença causada pela originalidade. Neste caso, a descrição seria estéril e sem objetivo.

Os sócios da Sociedade Gastronômica — cinquenta e dois, como já disse — começaram a chegar às seis menos um quarto. Uns três, lembro-me eu, chegaram faltava um minuto para a hora do jantar. Um — pelo menos um — apareceu já nós estávamos sentados à mesa. Nisto, neste aspecto da sessão, como era habitual entre artistas, todo o cerimonial era posto de parte. Ninguém se ofendeu com o atraso.

Sentamo-nos à mesa numa febre contida de expectativa, de interrogação, de suspeita intelectual. Ia ser, todos nós nos lembrávamos, um jantar muito original. Cada um de nós tinha sido desafiado — desafiado a descobrir qual era a originalidade do jantar. Era esta a dificuldade. Estava a originalidade em algo que não era visível, ou em algo óbvio? Seria em algum prato, em algum molho, em algum arranjo? Era um detalhe trivial do jantar? Ou tratava-se, ao fim e ao cabo, da qualidade do banquete em geral?

Como era natural, pois estávamos todos com o mesmo estado de espírito, todas as coisas possíveis, tudo o que pudesse ser vagamente provável, tudo o que fosse racionalmente improvável, impossível, era causa de suspeita, de autointerrogação, de perplexidade. Residia a originalidade naquele aspecto? Era naquilo que se continha a partida?

Deste modo, todos nós, os convidados, assim que nos sentamos para jantar, começamos a escrutinar pormenorizada e curiosamente os ornamentos e as flores que estavam sobre a mesa e, não só isso, também a decoração dos pratos, a disposição das facas e dos garfos, os copos, as garrafas de vinho. Vários tinham já examinado as cadeiras. Não poucos tinham, aparentando descontração, dado a volta à mesa, dado a volta à sala. Um espreitara para debaixo da mesa. Outro tateara rápida e cuidadosamente a parte inferior da mesma. Um sócio deixou cair o guardanapo e debruçou-se muito para o apanhar, o que conseguiu com uma dificuldade quase ridícula; tinha querido verificar, disse-me depois, se existiria um alçapão que, a certa altura do banquete, nos engolisse a nós, ou só à mesa, ou a nós e à mesa ao mesmo tempo.

Não consigo agora recordar com exatidão quais eram as minhas suposições ou as minhas conjecturas. No entanto, lembro-me com clareza que eram bastante ridículas, tão ridículas como as que eu referi a respeito de outros.

Uma após outra passavam pela minha mente noções fantásticas ou extraordinárias, num processo de associação de ideias puramente automático. Tudo era, ao mesmo tempo, sugestivo e insatisfatório. Bem

considerado, tudo continha uma singularidade (como tudo em todo o lado). Mas nenhuma coisa apresentava, claramente, nitidamente, indubitavelmente, a marca de ser a chave do problema, a palavra oculta do enigma.

O Presidente tinha-nos desafiado a descobrir a originalidade do jantar. Feito o desafio, considerando a capacidade de pregar partidas pela qual Prosit era famoso, ninguém podia dizer qual a dimensão do embuste, se a originalidade era, de propósito, ridiculamente insignificante, ou se estava escondida numa inconveniência excessiva, ou, pois isso era possível, consistia em nem sequer haver qualquer originalidade. Era este o estado de espírito com que todos os convidados — digo-o sem exagero — se sentaram para comer um jantar muito original.

Estávamos atentos a tudo.

A primeira coisa a ser notada foi que o serviço era feito por cinco criados negros. Os seus rostos não se podiam ver bem, não só por causa do traje um pouco extravagante que tinham vestido (que incluía um estranho turbante), mas devido também à singularidade da iluminação que, tal como nas salas de bilhar, apesar de não ser utilizado o mesmo dispositivo, incidia sobre a mesa e deixava na escuridão tudo em redor.

Os cinco criados negros estavam bem treinados; não excelentemente, mas bem treinados. Revelavam isto em muitas coisas, percetíveis sobretudo por homens como nós, que se relacionavam diária e significativamente com este tipo de pessoas por causa da nossa arte. Pareciam ter sido bem treinados, no exterior, para um jantar que era o primeiro que serviam. Foi esta a impressão que o seu serviço deixou no meu cérebro experiente; mas eu, naquele momento, desvalorizei-a, não vendo nada de extraordinário nisso. Não se encontravam criados em qualquer lado. Talvez, pensei no momento, Prosit os tivesse trazido consigo do local onde tinha estado, no estrangeiro. O fato de não os conhecer não era razão para duvidar disto, pois, como já disse, a vida mais íntima de Prosit, tal como o sítio onde vivia, não eram do nosso conhecimento, ele mantinha-os em segredo, na sua privacidade, por razões que eram suas e que não nos competia investigar ou avaliar. Quando reparei nos cinco criados negros, os meus pensamentos foram estes.

O jantar começou então. Ainda fiquei mais intrigado. As peculiaridades que apresentava eram, quando racionalmente apreciadas, tão insignificantes que era em vão que qualquer interpretação lhes podia ser dada. As observações bem-humoradas que um dos convidados fez, já para o fim do jantar, refletiam bem tudo isto.

"A única coisa que a minha mente atenta e astuta consegue ver aqui de original", disse um sócio aristocrático, com um ar assumidamente pomposo, "é, *primo*, que os nossos servidores são escuros e que estão quase no escuro, embora sejamos nós a estar às escuras; *secundo*, que isto, se significa alguma coisa, essa coisa é nada. Não vejo nada de suspeito,[1] a não ser, talvez, o peixe".

Estes comentários fúteis foram recebidos com aprovação, apesar da sua graça ser paupérrima. Todos, de qualquer dos modos, tinham reparado nas mesmas coisas. Mas ninguém acreditava — embora muitos não tivessem ideias definidas — que a partida de Prosit era isto e nada mais. Olharam o Presidente para ver se a sua expressão sorridente traía algum sentimento, se dava qualquer indicação de um sentimento, de qualquer coisa — mas só se via o seu habitual sorriso inexpressivo. Talvez estivesse mais aberto, talvez insinuasse um piscar de olhos, quando o aristocrata fizera aqueles comentários, talvez se tivesse tornado mais manhoso; mas nada disto era certo.

"Vejo com prazer" disse Prosit, por fim, ao sócio que tinha falado, "que as suas palavras revelam um reconhecimento inconsciente da minha capacidade dissimuladora, de fazer uma coisa parecer o que não é. Pois verifico que foi enganado pelas aparências. Vejo que ainda está muito longe de descobrir a verdade, a partida. Está muito longe de adivinhar qual a originalidade do jantar. E acrescento que, se houver algo de suspeito nele — coisa que não nego — não é certamente o peixe. Agradeço, no entanto, o seu elogio!" E o Presidente fez uma vénia trocista.

"O meu elogio?"

"O seu elogio, porque não adivinhou. E, ao não adivinhar, proclama a minha habilidade. Obrigado!"

O episódio terminou em riso.

Eu, entretanto, que tinha estado a refletir o tempo todo, cheguei subitamente a uma estranha conclusão. Pois, ao refletir sobre as razões que tinham dado origem ao jantar, recordando as palavras do convite e o dia em que fora feito, lembrara-me subitamente que o jantar tinha sido considerado por todos como o resultado da discussão entre o Presidente e os cinco gastrônomos de Frankfurt. Recordei as palavras de Prosit nessa altura. Tinha-me dito que os cinco jovens estariam presentes no seu jantar, que iriam contribuir "materialmente" para ele. Tinha sido esta a palavra exata que utilizara.

Ora estes cinco jovens não estavam entre os convidados... Neste momento, a visão de um dos criados negros fez-me naturalmente lembrar deles e, logo a seguir, do fato de que eram cinco. A descoberta sobressaltou-me. Olhei em sua direção para ver se os rostos deixavam perceber alguma coisa. Mas os rostos, já por si escuros, estavam, além disso, no escuro. Foi nesse momento que me apercebi da extrema habilidade com que o arranjo de luzes lançava todo o brilho sobre a mesa, deixando em quase noite a sala em redor, em especial à altura do chão em que se encontravam as cabeças dos cinco criados que nos serviam. Apesar da estranheza, da perplexidade da questão, não tive dúvidas. Estava absolutamente certo que os cinco jovens de Frankfurt se tinham transformado, para aquela ocasião, nos cinco criados negros do jantar. A total incredulidade de tudo aquilo fez-me hesitar por momentos, mas as minhas conclusões eram demasiadamente bem construídas, demasiado óbvias. Só podia ser tal como eu havia descoberto.

Logo a seguir recordei que, cerca de cinco minutos antes, no mesmo banquete, tendo os criados negros chamado naturalmente as atenções, um dos sócios, Herr Kleist, um antropólogo, tinha perguntado a Prosit qual era a sua raça (pois não conseguira ver-lhes os rostos), e de onde os tinha trazido. A contrariedade que o Presidente tinha mostrado pode não ter sido totalmente óbvia; mas, no entanto, eu percebera-a claramente, perfeitamente, embora não tivesse então o estímulo para estar atento que seria dado pela descoberta que mais tarde viria a fazer. Mas tinha visto a confusão de Prosit e ficara intrigado. Logo a seguir — como reparara subconscientemente — estava um dos criados a servir um prato a Prosit e este dissera-lhe algo em voz baixa; o resultado tinha sido os cinco "negros" recuarem ainda mais para a sombra, exagerando talvez a distância, se estivéssemos atentos ao estratagema.

O medo do Presidente era, é claro, muito natural. Um antropólogo como Herr Kleist, familiarizado com as raças humanas, com os seus tipos e com as suas características faciais, teria forçosamente, ao ver os rostos, de descobrir a impostura. Tinha sido essa a causa da extrema inquietação de Prosit ao ouvir a pergunta, daí a sua ordem para que os criados se mantivessem na escuridão. Já esqueci o modo como fugiu à questão; suspeito, no entanto, que foi ao declarar que os criados não eram seus e ao alegar a sua ignorância da raça deles e do modo como tinham vindo para a Europa. Ao dar esta resposta, eu reparei que ele estava, no entanto, bastante incomodado; isto com receio que

Herr Kleist, para reconhecer qual era exatamente a raça, desejasse de repente examinar os negros. Mas era óbvio que não poderia, sem negar que lhe pertenciam, dizer "esta raça" ou "aquela raça", pois sendo ignorante de raças e sabendo que o era, podia arriscar-se a escolher um tipo cujas mais elementares e aparentes características, como por exemplo a estatura, estivessem em completa contradição com as dos cinco criados negros. Lembro-me vagamente que, depois desta resposta, Prosit tinha disfarçado, chamando a atenção para um incidente qualquer, em concreto, direcionando a atenção para o jantar, ou para a gastronomia — para qualquer outra coisa, não sei bem o quê, que não fossem os criados.

O tempero requintado dos pratos, a superficial novidade da sua apresentação — não é que não se esperasse isso do Presidente, que era um artista culinário, mesmo considerando a finalidade do jantar — eram aspectos que eu considerava insignificantes, feitos propositadamente para desviar atenções, tão manifesto era, considerava eu, o seu caráter de mesquinhez absurda, de menoridade chocante, de informalidade voluntária. Ninguém, posso acrescentar, os consideraria importantes depois de analisados.

É bem verdade que o próprio fato era excessivamente, indizivelmente estranho; mais uma razão, neste caso, disse para mim próprio, para residir aí a originalidade de Prosit. Era de fato intrigante, refleti eu, que ele tivesse conseguido realizar tal coisa. Como? Como poderiam cinco jovens absolutamente hostis ao Presidente ter sido convencidos, treinados, obrigados a representar o papel de criados num jantar, uma coisa que repugnaria a qualquer homem de uma certa condição social? Era uma coisa que provocava um sobressalto grotesco, como a realidade de um corpo de mulher numa cauda de peixe. Provoca, na mente, a sensação de um mundo às avessas.

Era fácil de explicar a questão de serem negros. Era óbvio que Prosit não podia apresentar os cinco jovens, de cara descoberta, aos membros da Sociedade. Era natural que ele se servisse do vago conhecimento que sabia que tínhamos do fato de ter estado nas colônias, para encobrir a partida com a sua pele negra. A questão que me torturava era o modo como aquilo tinha sido feito; e isso só Prosit podia revelar. Podia compreender — e mesmo assim não muito bem — que um homem fizesse papel de criado, para um grande amigo ou por graça, por um grande favor. Mas neste caso!

Quanto mais refletia, mais extraordinário o caso parecia, mas, ao mesmo tempo, dadas todas as evidências, dado o caráter do Presidente, o mais provável, o mais certo era que fosse a partida de Prosit. Bem podia ele desafiar-nos a descobrir a originalidade do banquete! Como descobrira, a originalidade não residia propriamente no jantar; residia nos criados, em algo ligado ao jantar. Neste ponto do meu raciocínio admirei-me por não ter percebido isto antes: tendo o banquete sido realizado por causa dos cinco jovens (como agora se sabia), era necessário, como vingança, envolvê-los no processo e era óbvio que não poderiam estar mais envolvidos com o jantar do que como criados.

Estes argumentos, raciocínios que gastei alguns parágrafos a expor, passaram pela minha mente em poucos minutos. Eu estava convencido, confuso, satisfeito. A clareza racional do caso afastou do meu espírito a sua natureza excepcional. Percebi lucidamente, distintamente a questão. O desafio de Prosit tinha sido ganho por mim.

O jantar estava quase a acabar, no período anterior à sobremesa.

Resolvi tornar conhecida a minha habilidade, dizendo a Prosit o que descobrira. Reconsiderei para não falhar, nem errar; a estranheza do assunto, tal como o imaginara, invadiu insidiosamente a minha segurança dos fatos. Por fim, inclinei-me para Prosit e disse-lhe baixinho:

"Prosit, meu amigo, descobri o segredo. Estes cinco negros e os cinco jovens de Frankfurt..."

"Ah! Descobriu que há alguma ligação entre eles." Disse isto meio trocista, meio duvidoso, mas eu podia ver que ele estava incomodado e no fundo irritado pela acutilância do meu raciocínio, que não esperara. Ficou pouco à vontade e olhou-me atentamente no rosto. "Acertei, de certeza", pensei.

"Claro", respondi; "eles são os cinco. Disso não tenho dúvidas. Mas como diabo é que conseguiu isso?"

"Força bruta, meu caro. Mas não diga nada aos outros."

"Claro que não. Mas força bruta como, meu caro Prosit?"

"Bem, isso é segredo. Não pode ser dito. Tão secreto como a morte."

"Mas como é que consegue que eles fiquem tão quietos? Estou espantado. Não fogem, nem se revoltam?"

O Presidente teve uma convulsão interior de riso. "Não há que recear isso", disse, com um piscar de olhos cheio de significado. "Não

vão fugir — de maneira nenhuma. Absolutamente impossível." E olhou para mim em silêncio, com ar manhoso, cheio de mistério.

Até que se chegou ao fim do jantar — não, não era o fim do jantar — outra singularidade criada, aparentemente, para causar impressão — quando Prosit propôs um brinde. Todos se espantaram com este brinde logo a seguir ao último prato e antes da sobremesa. Todos se admiraram, exceto eu, pois vi nisto outra excentricidade, sem significado por si só, para distrair as atenções. No entanto, encheram-se todos os copos. Enquanto os enchiam, o aspecto do Presidente alterou-se completamente. Mexia-se na cadeira num grande excitamento, com o ardor de um homem que quer a todo custo falar, que tem de revelar um grande segredo, que tem de fazer uma grande revelação.

Este comportamento foi logo notado. "Prosit tem uma partida a revelar — a partida. É mesmo do Prosit! Toca a dizer, Prosit!"

À medida que o momento do brinde se aproximava, o Presidente parecia endoidecer com a excitação; movia-se na cadeira, torcia-se, arreganhava os dentes, sorria, fazia caretas, ria sem nexo e ininterruptamente.

Tinham enchido os copos. Todos estavam prontos. Fez-se um silêncio profundo. Na tensão do momento, lembro-me de ouvir os passos de duas pessoas na rua e de me sentir zangado com as duas vozes — uma de homem, outra de mulher — que conversavam lá embaixo, no largo. Deixei de lhes prestar atenção. Prosit levantou-se; não, digamos antes que saltou de tal modo que quase virou a cadeira.

"Meus senhores", disse ele, "vou revelar o meu segredo, a partida, o desafio. É muito divertido. Sabem que eu disse aos cinco jovens de Frankfurt que estariam presentes neste banquete, que iriam contribuir para ele de forma muito material? É aí que está o segredo, nisso mesmo, quero eu dizer."

O Presidente falou apressadamente, incoerentemente, na pressa de chegar ao fundamental.

"Meus senhores, é só isto que eu tenho a dizer. E agora a primeira saúde, a grande saúde. Relaciona-se com os meus pobres cinco rivais... Porque ninguém adivinhou a verdade, nem mesmo o Meyer (este era eu); nem mesmo ele."

O Presidente fez uma pausa; depois, levantando a voz num grito, "Bebo", disse ele, "*à memória* dos cinco jovens de Frankfurt, que *têm*

estado em corpo presentes neste jantar e que *contribuíram para ele de modo muito material*".

E pálido, selvagem, *completamente* louco, apontou com um dedo excitado para os *restos de carne numa travessa* que ele mandara colocar sobre a mesa.

Mal estas palavras foram pronunciadas que um horror inexprimível caiu com um estranho frio gelado sobre todos nós. Todos ficaram arrasados no momento pela impensável revelação. Parecia, na intensidade do horror, no seu silêncio, como se ninguém tivesse ouvido, ninguém tivesse compreendido. A loucura, para além do imaginável, era horrível no meio da realidade. Um silêncio que durou um momento e que, no entanto, parecia, pelo sentimento, pelo significado, pelo horror, ter a duração de séculos, tinha caído sobre nós, um silêncio como nenhum que tivéssemos sonhado ou pensado. Não consigo imaginar qual a expressão de cada um de nós, de todos nós. Mas aqueles rostos deviam refletir expressões nunca encontradas em qualquer visão.

Isto num momento — breve, profundamente envelhecedor.

O meu próprio horror, a minha própria comoção eram indescritíveis. Todas as expressões divertidas e insinuações que, inocentemente, ligara à minha hipótese dos cinco criados negros, revelavam agora o seu sentido mais profundo, o seu sentido mais horrível. Toda a malícia subentendida, toda a insinuação na voz de Prosit — tudo isto, digo eu, que eu agora podia ver à sua verdadeira luz, me emocionava e abalava com um medo indizível. A própria intensidade do meu terror parecia impedir-me de desmaiar. Por momentos eu, como os outros, mas ainda com mais medo, e com mais razão, recostei-me na cadeira e fiquei a olhar para Prosit, com um horror inexprimível.

Por um momento foi assim, por um momento e nada mais. Depois, com a exceção de alguns de nós, os mais fracos, que tinham desmaiado, todos os convidados, de cabeça perdida com uma raiva justa e incontrolável, lançaram-se como maníacos ao canibal, ao autor louco daquele feito mais do que horrível. Devia ter sido, para um puro espectador, uma cena horrível, a daqueles homens educados, bem vestidos, requintados, meio-artistas, animados por uma fúria superior à dos animais selvagens. Prosit era louco, mas, naquele momento, todos nós estávamos também loucos. Ele não teve hipótese perante nós — nenhuma mesmo. Com efeito, naquele instante estávamos mais loucos do que ele. Teria

bastado um de nós, no estado de raiva em que estávamos, para castigar horrivelmente o Presidente.

Eu próprio lancei o primeiro golpe ao ofensor. Com uma raiva tão terrível que parecia pertencer a outra pessoa, e que agora me parece isso mesmo, pois a minha memória do acontecimento é como a de uma tênue visão (como de uma coisa impossivelmente verdadeira), peguei no decantador de vinho que estava perto de mim e lancei-o, com uma terrível exultação de ira, à cabeça de Prosit. Atingiu-o em cheio na cara, numa mistura de sangue e vinho. Eu sou uma pessoa calma, sensível, que detesta sangue. Ao pensar nisso agora, não consigo compreender como é possível que eu tivesse cometido um ato que consideraria habitualmente de uma terrível crueldade, por mais justo que fosse, pois foi mesmo um ato cruel, muito cruel, devido sobretudo à paixão que o inspirou. Como devia, por isso, ter sido grande a minha raiva e a minha loucura! E como devia ter sido grande a raiva dos outros!

"Pela janela fora!" gritou uma voz terrível. "Pela janela fora!" gritou um coro tremendo. E caracteriza bem a brutalidade do momento que o modo de abrir a janela fosse quebrá-la inteiramente. Alguém empurrou um ombro forte contra ela e atirou com a parte central (pois a janela dividia-se em três) para o largo lá embaixo.

Mais de uma dúzia de mãos animalescas lançou-se avidamente, em competição, sobre Prosit, cuja loucura se multiplicava pelo seu medo repulsivo. Com um movimento nervoso, ele foi lançado através da janela, mas não a atravessou, pois conseguiu agarrar-se a uma das divisórias do caixilho.

De novo aquelas mãos o agarraram, mais firmemente, mais brutalmente, mais selvaticamente ainda. E, com um juntar de forças hercúleo, com uma ordem, com uma combinação perfeitamente diabólica em tal momento, lançaram o Presidente pelo ar, atiraram-no para longe com uma incalculável violência. Com um baque surdo que causaria náuseas aos mais fortes, mas que acalmou os nossos corações ansiosos e expectantes, o Presidente caiu no largo, a um metro, metro e meio, do passeio.

Depois, sem palavras, sem trocar qualquer sinal, cada homem encerrado no horror de si próprio, abandonamos a casa um a um. Uma vez no exterior, passados a fúria e o horror que faziam tudo parecer um sonho, sentimos o horror inenarrável de reencontrarmos a normalidade.

Todos sem exceção vomitaram e muitos desmaiaram mais tarde ou mais cedo. Eu desmaiei logo à porta.

 Os cinco criados negros de Prosit — eram muito negros realmente, pois eram velhos piratas asiáticos, de uma tribo abominável de assassinos — estes que, ao compreenderem o que se passava, tinham fugido durante a luta, foram apanhados — todos à exceção de um. Parece que Prosit, para a consecução da sua grande partida, tinha, com uma habilidade perfeitamente diabólica, acordado neles, pouco a pouco, os brutais instintos que estavam adormecidos na civilização. Eles tinham sido os ajudantes do Presidente em tudo. Tinham recebido ordens para ficar o mais afastados possível da mesa e no escuro, devido ao medo ignorante e criminoso que Prosit sentia de Herr Kleist, o antropólogo que, pelo que Prosit conhecia da sua ciência, poderia descobrir, nos rostos negros, os estigmas indeterminados da criminalidade. Os quatro que foram apanhados foram castigados devidamente.

Alexander Search
Junho, 1907

NOTAS

[1] A palavra inglesa *fishy* pode ser utilizada em dois sentidos: "relativo a peixe" e "duvidoso, suspeito".

A VERY ORIGINAL DINNER

> *Tell me what thou eatest and I'll tell thee what do art.*
> Somebody

I

It was during the fifteenth annual session of the Gastronomical society of Berlin that the President, Herr Prosit, made the famous invital to its members. The session was of course a banquet. During the dessert a very great discussion had arisen concerning originality in the art of cooking. The period was bad for all arts. Originality was in decay. In gastronomy also there was a decay and a weakness. All productions of the cuisine which were called "new" were but variations on dishes already known. A different sauce, a slightly diverse way of spicing or of seasoning — in this way the latest dish was different from the one before it. There were no real novelties. There were but innovations. These things were all deplored at the banquet in a unity of voices, with a variety of intonations and with various degrees of vehemence.

While warmth and conviction were poured into the discussion, yet there was among us a man who, although he was not the only man who was silent, was nevertheless the one man who noticeably did not speak, for from him, most of all, intervention might have been expected. This man was of course Herr Prosit, president of the Society, chairman at this meeting. Herr Prosit was the only man who gave no heed to the discussion — he was quiet more than inattentive. His voice's authority was lacking. He was thoughtful — he, Prosit; he was silent — he, Prosit; he was serious — he, Wilhelm Prosit, president of the Gastronomical Society.

The silence of Herr Prosit was, for most men, a rare thing. He resembled (let the comparison pass) a storm. Silence was not of his essence. Quietness was not his nature. And like a storm (to follow the simile), if silence were ever with him, it was as a rest and as a prelude to an outburst greater than all. Of him was this opinion held.

The President was a man remarkable in many ways. He was a merry man and a social, yet all this with an abnormal vivaciousness, with a noisiness of bearing that seemed a perpetual unnaturalness of disposition. His socialness seemed pathologic; his wit and jokes, while appearing not in any way forced, seemed compelled from within by a faculty of the spirit which is not the faculty of wit. His humour seemed falsely true, his restlessness naturally assumed.

In the society of his friends — and he had many — he kept up a steady current of mirth, he was all joy and all laughter. Yet it is remarkable that this strange man should not bear in his habitual countenance an expression of mirth or of joy. When he ceased to laugh, when he forgot to smile, he seemed to fall, by the contrast which his face betrayed, into an unnatural seriousness, as of something sister to pain.

Whether this were due to a fundamental unhappiness of character, or to sorrows of earlier life, or to any other ill of the spirit — I who tell this could hardly presume to say. Besides, this contradiction in his character, or, at least, in its manifestations, was perceived only by the observant; the others did not see it, nor was there any need that they should.

As in a night of storms following one upon another yet with intervals, he who is witness calls the whole night a night of storm, forgetting the stops between the outbursts, and naming the night after that character of it which struck him most; even so, following an inclination of mankind, men called Prosit a merry man because what struck most in him was his noisiness in mirth, the uproar of his joy. In the storm the witness forgot the deep silence of the intervals. In this man easily did we forget, in his wild laughter, the sad silence, the sullen heaviness of the intervals of his social nature.

The President's countenance I repeat also bore and betrayed this contradiction. That laughing face lacked animation. Its perpetual smile seemed the grotesque grin of those on whose faces the sun is striking, the natural contraction there of the muscles before a strong light; here, as a perpetual expression, most unnatural and most grotesque.

It was commonly said (among those who knew him to be thus) that he had taken to a merry life to escape a kind of family nervousness of nature, or, at most, morbidness, for he was the son of an epileptic and had had as forefathers, not mentioning many over-extravagant rakes, several unmistakeable neurotics. He himself might have been a sufferer by his nerves. But of this I speak with no certainty.

What I can give as true beyond doubt is that Prosit had been brought into the society of which I speak by a young officer, also a friend of mine and a merry fellow, who had picked him up somewhere, having been extremely amused at some of his practical jokes.

This society — that in which Prosit moved — was, truly to speak, one of those dubious side-societies, which are not uncommon, formed of high and of low elements in a curious synthesis, ever of the nature of a chemical change, for they have often a new character, of their own, different from that of their elements. This was a society whose arts — arts they must be called — were that of eating, that of drinking and that of making love. It was artistic, no doubt. It was coarse, less doubt. And it united these things without discord.

Of this group of people, socially useless, humanly nothing, Prosit was the leader, because he was the coarsest of them. I cannot enter, obviously, into the psychology, simple yet intricate, of this case. I cannot explain, here, the reason of the fact that the leader of such a society should have been chosen from its lowest part. All through literature much subtlety, much intuition has been spent over cases of this kind. They are manifestly pathologic. Poe gave to the complex sentiments that inspire them, thinking they were but one, the general name of perverseness. But this case I chronicle, and no more. The feminine element of the society came, conventionally speaking, from below; the masculine element from above. The pillar of this arrangement, the hyphen of this compound, — nay, better, the catalytic agent of this chemical change, was my friend Prosit. The centres, the meeting-places of the society were two: a certain restaurant or the respectable X hotel, accordingly as the feast was a revel empty of thought, or was a chaste, masculine, artistic session of the Gastronomical Society of Berlin. As to the first, suggestion is impossible; not a hint is possible within a hair's breadth from indecency. For Prosit was not normally coarse, but abnormally; his influence lowered the aim of his friends' lowest desirings. As to the Gastronomical society, that was better; it represented the spiritual side of that group's concrete aspirations.

I have just said that Prosit was coarse. It is true; so he was. His exuberance was coarse, his humour coarsely manifested. I inform of all this with care. I write neither praise nor calumny. I am sketching, as neatly as I can, a character. As well as my mind's vision permits, I follow on the tracks of truth. But Prosit was coarse, no doubt. For even in the

society where, by being in touch with elements socially high, he was sometimes forced to live, he did not lose much of his natural brutality. He indulged in it half with consciousness. His jokes were not always inoffensive, nor pleasant; they were almost all coarse, though, to those who could appreciate the "point" of such performances, they were funny enough, witty enough, sufficiently well contrived.

The better aspect of this vulgarity was its impulsiveness, in so far as it was ardour. For the President entered with ardour into all things which he undertook, especially into culinary enterprises and into love affairs; in the first he was a poet of gustation, daily gaining inspiration; in the last his lowness of character was ever at its horrible best. Nevertheless his ardour, as the impulsiveness of his mirth, could not be doubted. He carried others along with him by the violence of his energy, created ardour in them, animated their impulse without consciousness that he did so. Yet his ardour was for himself, to himself, was an organic necessity; it was not meant for a relation with the world outside. This ardour could not, it is true, be long sustained; but, while it lasted, its influence as an example, however unconscious, was immense.

But, let it be noticed, though the President was ardent, impulsive, at bottom coarse and rude, yet he was a man who was never cross. Never. No man could put him into a rage. Besides, he was always ready to please, always ready to avoid a quarrel. He seemed ever to desire everybody to be well with him. It was curious to observe how he restrained his ire, how he held it in hand with a firmness no one had given him credit for, least of all those who knew him impulsive and ardent, his most intimate friends.

It was chiefly on account of this, I conjecture, that Prosit was such a favourite. Perhaps, indeed, taking into consideration the fact that he was coarse, brutal, of impulse, yet never behaving brutally in the showing of rage and of aggressiveness, never impulsive in ire — perhaps we, unconsciously considering this, laid on this the basis of our friendliness. Besides, there was the fact that he was always ready to please, to be pleasant. As for being rough, with men that mattered little, for the President was a good fellow.

It is obvious therefore, and now that Prosit's attractiveness (so to call it) was in this: in his being unsusceptible to rage, in his earnestness to please, in the peculiar fascination of his coarse exuberance, perhaps

even, ultimately, also in the unconscious intuition of the slight enigma which his character presented.

Enough! My analysis of Prosit's character, perhaps excessive in details, is nevertheless defective, because, as I suppose, it has missed or left inevident the elements that point to a final synthesis. I have ventured beyond my ability. My comprehension cannot be matched to the clearness that is my desire. Therefore I shall say no longer.

One thing remains nevertheless, on the superficies of all I have said: the external view of the President's character. It remains clear that, for all conceivable intents, for all imaginable purposes, Herr Prosit was a merry man, an odd fellow, a man who was merry habitually, who impressed other men with his mirth, a man prominent in his society, a man who had many friends. His coarse tendencies, as they gave the character to the society of men in which he lived, that is to say, as they were creators of environment, disappeared by excessive obviousness, passed gradually into the domain of the unconscious; became unperceived, ended imperceptible.

The dinner was already at an end. The conversation grew, in the number of those who spoke, in the noise of their combined, discordant, interpenetrated voices. Prosit was still silent. The principal speaker, Captain Greiwe, was discoursing lyrically. He insisted on the lack of imagination (so he called it) improductive of modern dishes. He grew enthusiastic. In the art of gastronomy, he observed, new dishes were always needed. His manner of comprehending was narrow, restricted to the art he knew. He contended falsely, gave to understand, that in gastronomy alone newness was of preeminent value. And this may have been a subtle way of saying that gastronomy was the only science and the only art. "Blessed art", the Captain cried, "whose conservatism is a perpetual revolution!" "Of it I could say", he continued, "what Schopenhauer says of the world, that it preserves itself by its destruction."

"Why, Prosit", said a member from the extreme end of the table, noticing the silence of the President; "Why, Prosit, you have not yet given your opinion! Say something, man! Are you absent-minded? Are you melancholy? Are you ill?"

Everybody looked towards the President. The President smiled upon them in his usual way, his usual smile, malicious, mysterious, half-humourless. Yet this smile had a meaning; it foreboded in some way the strangeness of the President's words.

The President broke the silence, which was made for his expected answer.

"I have a proposal to make, an invital", he said. "Have I your attention? Can I speak?"

As he said this, silence seemed to grow more profound. All eyes looked towards him. All actions, gestures, stopped where they were, for attention seized upon all.

"Gentlemen", began Herr Prosit, "I am about to invite you to a dinner, the like of which, I contend, none of you have ever attended. My invital is at the same time a challenge. Afterwards I shall explain."

There was a slight pause. No one moved, except Prosit, who finished a glass of wine.

"Gentlemen", repeated the President, in a manner eloquently direct, "my challenge to any man is contained in this, that, ten days from now, I shall give a new sort of dinner, a very original dinner. Consider yourselves invited."

Murmurs for explanation, questions, poured in from all sides. Why that sort of invital? What did he mean? What had he proposed? Why that obscurity of expression? What, clearly speaking, was the challenge which he had made?

"At my house", said Prosit, "in the square."

"Good."

"You are not going to transfer to your house the meeting-place of the society?" inquired one member.

"No; it is only on this occasion."

"And is it going to be something so very original", Prosit?" inquired obstinately a member who was inquisitive.

"Very original. A complete novelty."

"Bravo!"

"The originality of the dinner lies", said the President, as one speaking an after-thought, "not in what it conveys or appears, but in what it means, in what it contains. I defy any man here (and I could say 'any man anywhere', for the matter) to say, having finished it, in what it is original. No one, I assert, will guess. This is my challenge. Perhaps you thought it would be that no man could give a more original banquet. But no, that is not it; it is as I have said. As you see it is much more original. It is original beyond your expectation."

"May we know", a member asked, "the motive of your invital?"

"I am urged to this", Prosit explained, and his face was sarcastic in its determined look, "by a discussion which I had before dinner. Some of my friends here present may have heard the dispute. They can inform those who desire to know. My invital is made. Do you accept?"

"Of course! Of course!" came in shouts from all parts of the table.

The President nodded, smiled; nursing amusement at some inner vision, he relapsed into silence.

When Herr Prosit had made his astonishing challenge and invital, conversations, separately maintained among the members, fell upon the real motive thereof. Some were of the opinion that this was another joke of the President's; others that Prosit had desired to make another assertion of his culinary skill, rationally gratuitous, since (said these) no one had challenged it, but pleasant to any man's vanity in his art. Others again were certain that the invital was indeed made because of certain young men of the city of Frankfort between whom and the President there was a rivalry in gastronomy. It turned out soon, as those who read this will see, that the end of the challenge was certainly this third — the immediate end, I mean, for, as the President was a human being, and, especially, a very original one, his invital bore psychologically traces of the three intentions that were imputed to him.

The reason why it was not immediately believed that Prosit's true reason for the invital was the dispute (as he himself had said) was that the challenge was too vague, too mysterious, to seem but a reply to a provocation, to appear a vengeance and no more. At last, however, it had to be believed.

The discussion the President had mentioned had been (said those who knew) between him and five young men from the city of Frankfort. These were no particular young men, except that they were gastronomers; that was, I believe, their only title to our attention. The discussion with them had been long. Their contention had been, as far as was remembered, that some dish which one of them had invented, or some dinner which they had given, was superior to some gastronomic performance of the President's. Over this the dispute had come; round this centre the spider of contention had spun with industry its web.

The discussion had been hot on the young men's part; soft and moderate on Prosit's. It was his custom, as I have said, never to yield to rage. On this occasion, however, he had been almost angry on account of the heat of his opponents' retorts. But he remained calm. It

was thought, now that this was known, that the President was about to play some gigantic joke on the five young men, to have in his usual manner the revenge of the harsh dispute. On this account expectation soon was high; whispers of a giant joke were set running, tales of a striking originality in the vengeance. Given the case, and the man, these rumours suggested themselves; they were built clumsily upon truth. They were all, sooner or later, told to Prosit; but, as he heard them, he shook his head and, while seeming to do justice to their intention, lamented their coarse appearance. No one, he said, had guessed aright. It was impossible, he said, that anyone should guess aright. All was a surprise. Conjecture, guess, hypothesis were ridiculous and without use.

These rumours, of course, were of later occurrence. Let us return to the dinner at which the invital had been made. It had just ended. We were going towards the smoking room when we came across five young men, of fairly refined appearance, who saluted Prosit with some coldness.

"Ah, my friends", the President explained turning to us, "these are five young gentlemen of Frankfort whom I once defeated in a challenge in matters gastronomical…"

"I hardly think you defeated us, you know", retorted one of the young men, with a smile.

"Well, let that be as it is, or as it was. As a matter of fact, my friends, the challenge which I have now made before the Gastronomical Society" (with a wide sweep of his hand he designated us) "is of a much larger import and of a nature much more artistic." He explained it to the five. They listened as impolitely as they could.

"When I made this challenge, just now, gentlemen, I was thinking of you!"

"Oh! You were, were you? And what have we got to do with it?"

"Oh, you'll soon see! The dinner is on the week after next, on the seventeenth."

"We don't wish to know the date. We don't need to."

"No; you are right!" chuckled the President. "You don't. It won't be necessary. Nevertheless", he added, "you will be present at the dinner."

"What!" cried one of the three young men. Of the other two, one grinned and the other stared.

The President grinned back.

"Ay, and you will contribute to it most materially."

The five young men manifested physiognomically their doubt of this and their half-interest in the matter.

"Come, come!" said the President, as they were going. "When I mean a thing I mean it, and I mean you to be present at the dinner, I mean you to contribute to its appreciation."

This was spoken in a tone of such obvious and pointed sneering that the young men were angered and hastened downstairs.

The last one turned round. "We will be there in spirit, perhaps", he said, "thinking of your failure."

"No, no; you will be there right enough. You will there in body — in body, I assure you. Don't trouble about that. Leave everything to me."

A quarter of an hour after, all proceedings being over, I followed Prosit downstairs.

"Do you think you can make them be present, Prosit? I asked him as he put on his overcoat.

"Certainly"; he said, "I am sure of it."

We went out together — I and Prosit — parting at the hotel-door.

II

The day soon came when Prosit's invital was to be fulfilled. The dinner took place at Prosit's house at half-past-six in the evening.

The house — that of which Prosit had spoken as being "in the square" — was not, properly speaking, his house, but was of an old friend of his who lived out of Berlin and who lent the house to Prosit when the President desired. It was always at his disposal. Yet he rarely needed it. Some of the earliest banquets of the Gastronomical Society had been held there, until the superior convenience of the hotel — comfort, appearance, locality — had been ascertained. In the hotel Prosit was well known; it was after his directions that the dishes were made. His inventive skill had there as much scope as at the house, with cooks either of his, or of the members, or imported from some restaurant; and not only had his skill as much scope, but the execution of his designs was prompter, better; they were more neatly and more accurately accomplished.

As to the house in which Prosit lived — no one knew it, nor did any one care to know. For some banquets the house was used of which I have just spoken, for love affairs he had a small suite of rooms; he had a club — nay, two clubs —, and he was often to be seen at the hotel.

Prosit's house, I say, none knew; that he had one, apart from the places mentioned, which he frequented, was a matter of vulgar certainty. But where the house was, none suspected. The people with whom he there lived were also unknown to us. Who the associates of his retirement were, Prosit had never given us to understand. That they existed, not even this had he said. It was merely the conclusion of our reasoning, simple and homely in the matter. Prosit had been, we knew — though I remember not by whom — in the Colonies — in Africa, or in India, or elsewhere — and had there made a fortune upon which he lived. Thus much being known, the rest only idleness could research.

The reader now knows sufficiently the state of things to dispense my further observations, either on the President or on the house itself. I pass on therefore to the scene of the banquet.

The room in which the banquet table had been spread was large and long though not lofty. On the sides there were no windows but only doors, leading off to several rooms. At the top, on the side facing the street, a high and wide window was cut, splendid, that of itself seemed to breathe the air it allowed to enter. It took the place of three ordinary large windows and filled it well. It was divided into three parts by mere partitionings of its casement. Though the room was large this window was sufficient; it gave light and air to the whole; every corner was not robbed of Nature's most natural things.

In the middle of the dining-hall a long table had been set for the banquet; at the head of this the President sat with his back turned to the window. I, who write, as the oldest member, sat at his right hand. Other details are inessential. The attendance was fifty-two.

The room was lighted by chandeliers placed above the table, three in number. By a skilful arranging of their ornaments, the lights were singularly concentrated on the table, leaving rather in the dark the spaces between it and the walls. It seemed, by its effect, the lighting arrangement over billiard tables. However as here it was not obtained, as there, by a device the end of whose use was manifest, what existed in the mind, at most, was a sensation of strangeness with regard to the

lights in the dining-hall. Had there been other tables, collaterally, the sense of the darkness between them had been of something obtrusive. As there was but one table no such thing happened. I myself only noticed this later, as the reader who follows me will see. Although I, as all who were there, when I first entered looked everywhere for strangeness, yet this was unperceived, somehow.

How the table was laid, dressed, ornamented, partly I cannot remember, partly it needs not to remember. What difference there may have been from other dinner-tables was a difference within normalness, not a difference because of originality. Description in this case were sterile and to no end.

The members of the Gastronomical Society — fifty-two, as I have said — began to turn up at a quarter to six. Some three, I remember, came only within a minute of the dinner hour. One — the last one — appeared as we were sitting down to the table. In these things, in this part of the session, as was proper among artists, all ceremonial was set aside. By this late coming no one was offended.

We sat down to the table in a contained fever of expectation, of inquiry, of intellectual suspicion. This was to be, each man remembered, a very original dinner. Each man had been challenged — this to discover in what was the originality of the dinner. This was the difficult point. Was the originality in something inapparent, or in an obvious thing? Was it some dish, in some sauce, in some arrangement? Was it in some trivial detail of the dinner? Or was it, after all, in the general character of the banquet?

As is natural, being every one of us in this state of mind, every possible thing, everything vaguely probable, everything sanely improbable, impossible, was a cause of suspicion, of self-inquiry, of bewilderment. Was the originality in that? Did that contain the joke?

Thus all of us, the guests, as soon as we had sat down to dinner, began minutely curiously, to scan the ornaments and flowers on the table, nay, not only these, but also the patterns of the plates, the disposition of the knives and forks, the glasses, the bottles of wine. Several had already examined the chairs. Not a few had, with the appearance of unconcern, paced round the table, round the room. One had looked under the table. Another had felt with his fingers, rapidly and carefully the under side of the same. One member dropped his table-napkin and bent very low to pick it up, which he did with

half-ludicrous difficulty; he had wished to see, he told me afterwards, whether there were not a trapdoor which, at a given moment of the banquet, might not swallow us up, or the table only, or us and the table together.

I cannot now accurately call to mind what my suppositions were or my conjectures. I remember distinctly however that they were sufficiently ridiculous, of the same kind as I have shown in others.

Fantastic and extraordinary notions succeeded each other in my mind by a purely mechanical association of ideas. Everything was, at the same time, suggestive and unsatisfactory. Well considered, everything contained a singularity (so will anything anywhere contain). But no one thing presented clearly, neatly, indubitably, the sign of its being the key to the problem, the hidden word of the enigma.

The President had defied any of us to find the originality in the dinner. Given the challenge, given the capacity for jokes for which Prosit was renowned, no one could say how far the confounding went, whether the originality was ridiculously insignificant, on purpose, or hidden in excessive obtrusiveness, or, for such a thing was possible, consisting in there being no originality at all. This was the state of mind in which the guests in their totality — I say it without boldness of expression — sat down to the eating of a very original dinner.

Attention was on all things.

The first thing to be noticed was that the service was done by five black servants. Their countenances could not be well seen, not only on account of the somewhat extravagant costume in which they were dressed (which included a peculiar turban) but also on account of that singularity in the light-arrangement by which, as in billiard saloons, though not by the same device, the light was turned upon the table and left darkness all around.

The five black servants were trained well; not excellently, perhaps, but well. They betrayed this in many things, perceptible most especially to men such as we who were in relation with such people daily and importantly, on account of our art. They seemed to have been very well trained, outside, for a dinner which was the first at which they served. This was the impression which their serving made on my experienced brain; but I, for the moment, dispelled it, seeing in it nothing extraordinary. Servants could not be found anywhere. Perhaps, I thought, on the moment, Prosit had brought them with him from where he

had been, abroad. That I did not know them would be no reason to doubt this, because, as I have said, Prosit's more intimate life, as well as his place of dwelling, were not known to us, were kept private by him, for reasons which he probably had and which it was no business of ours to search for or to appreciate. My thoughts of the five dark servants, when first I noticed them, were these.

The dinner was then begun. It puzzled still more. The peculiarities which it offered were before reason so meaningless that it was in vain that an interpretation of any kind was put upon them. The observations which one of the guests made, humorously, towards the end of the dinner, gave fit expression to all this.

"The only thing which any attentive and acute mind can perceive here of original", said, with assumed pompousness, a titled member, "is, primo, that our attendants are dark, and more or less in the dark, though it is we that are decidedly so; secundo, that this, if it mean anything, means nothing at all. I see nowhere anything fishy, unless, in a decent sense, the fish.

These light-minded observations met with approval though their wit was poorer than poor. Everybody, however, had noticed the same things. But no one believed — though many were vague in mind — that Prosit's joke was this and no more. They looked towards the President to see if his smiling countenance betrayed any sentiment, any indication of a sentiment, anything — but the smile was on it, usual and inexpressive. Perhaps it grew slightly wider, perhaps it implicated a wink, when the titled had made those observations, perhaps it grew more sly; but there is no certainty of this.

"In your words" Prosit said at length, to the member who had spoken, "I am pleased to see an unconscious recognition of my ability in concealing, in making a thing look other than it is. For I see that you have been deceived by appearances. I see that you are yet far from knowing the truth, the joke. You are far from guessing the originality of the dinner. And I may add that if there be anything fishy in it — which I do not deny — it is certainly not the fish. Nevertheless I thank you for your praise!" And the President bowed in mockery.

"My praise?"

"Your praise, because you did not guess. And, not guessing, you proclaim my ability. I thank you!"

Laughter put and end to this episode.

Meanwhile I, who had been reflecting during the whole time, arrived suddenly at a strange conclusion. For, as I considered the reasons of the dinner, calling to mind the words of the invital and the day on which it had been made, I remembered suddenly that the dinner was considered by all as the result of a discussion of the President's with the five gastronomers from Frankfort. I recalled Prosit's expressions of the time. He had told the five young men that they would be present at his dinner, that they would contribute to it "materially". This was the very word he had used.

Now these five young men were not guests... At this moment the sight of one of the black servants put me naturally in mind of them and immediately after of the fact that they were five. The discovery startled me. I looked up to the places where they were, to see if their faces betrayed anything. But the faces, themselves dark, were in darkness. It was at this moment that I perceived the extreme skill with which the lighting arrangement threw the whole glare upon the table, leaving in comparative night the room around, most especially at the height from the floor at which were the heads of the five servants who attended. Strange, bewildering as the matter was, no doubts remained with me. I was absolutely certain that the five young gentlemen of Frankfort had become, for the moment, the five black servants at the dinner. The entire incredibility of the whole thing detained me awhile, but my conclusions were too well-drawn, too obvious. It could not be but as I had found.

Immediately did I remember that, five minutes or so before, at the same banquet, the black servants having naturally attracted attention, one of the members, Herr Kleist, an anthropologist, had asked Prosit what was their race (he being entirely unable to see their countenances), and where he had got them from. The contrariety which the President had shown may not have been absolutely manifest; nevertheless I saw it clearly, perfectly, though I had not yet then the stimulus to attention of the discovery which afterwards I made. But I had seen Prosit's confusion, and had wondered. Shortly afterwards — as I had subconsciously noticed — one of the servants holding the dish by Prosit, the latter had said something in a low voice; the result of this had been the five "blacks" keeping further in the shadow, exaggerating perhaps the distance, to one who paid attention to the stratagem.

The President's fear was, of course, quite natural. An anthropologist like Herr Kleist, one familiar with human races, with their types, with their facial characteristics, would, perforce, were he to see the faces, discover at once the imposture. Hence Prosit's extreme unrest at the question, hence his order to the servants to keep well in the darkness. How he evaded the question I forget; I have suspicions, however, that it was by declaring the servants not his and protesting his ignorance of their race and of their manner of coming to Europe. In making this reply he was, however, as I noticed, considerably ill at ease; this with the fear that Herr Kleist might, precisely to know the race, wish suddenly to examine the blacks. But he could not, obviously, have said not denying that they belonged to him: "this race" or "that race", for being ignorant of races, and knowing himself to be so, he might venture on a type one of whose most elementary and most apparent characteristics, as, for instance, stature, might be in open contradiction to that of the five black attendants. I remember vaguely that, after this reply, Prosit had covered it with some material incident, by diverting attention to the dinner, or to gastronomy — to something, I know not what, which was not the servants.

The elaborate seasoning of the dishes, their superficial newness of presentation — if that these were not legitimate in the President as culinary artist apart from the end of the dinner — I regarded as trifles made on purpose to turn aside the attention, so manifest was, I considered, their character of petty absurdity, of striking littleness, of willed unconvention. No one, I may add, after considering them, really took them for important.

The fact in itself was, it is true, exceedingly unutterably strange; the more reason then, I said to myself, to contain the originality of Prosit's. It was indeed bewildering, I reflected, that it should have been accomplished. How? How could five young men absolutely hostile to the President be induced, trained, obliged to act the part of servants at a dinner, a thing repugnant to every man of a certain social condition? It was a thing that startled grotesquely like the reality of a woman's body on a fish's tail. It made, in the mind, the world to tread on its own heels.

As to their being black, that was easily explained. Obviously Prosit could not present the five young men, before the members of the Society, with their own countenances. It was natural that he should avail himself of the vague knowledge which he knew we had of his

having been in the colonies to cover his joke with their blackness. The torturing question was how this had been done; and that only Prosit could reveal. I could understand — and yet could not very well — a man acting a servant's part, for a great friend and in a joke, and as a very great favour. But in this case!

The more I reflected the more extraordinary the case appeared, but, at the same time, given all the proofs it had, given the character of the President, the more probable, the more certain that Prosit's joke was contained therein. Well might he challenge us to discover the originality of the banquet! The originality, as I had found it, was not, it is true, properly in the dinner; still it was in the servants, in something connected with the dinner. At this point of my reasoning I wondered that I had not seen this before: that the banquet being given on account of the five young men (as was now known) could not but bear upon them, as a revenge, and bearing upon them obviously could not do so in anything more directly connected with the dinner than in the servants.

These arguments, reasonings, which I have here taken a few paragraphs to set forth passed in a few minutes through my mind. I was convinced, bewildered, satisfied. The rational clearness of the case dispelled its extraordinary nature from my brain. I saw lucidly, accurately in the matter. Prosit's challenge had been won by me.

The dinner was almost at an end, on the before-side of the dessert.

I resolved, that my ability might be recognized, to tell Prosit of my discovery. I reconsidered, that I might make no failure, no mistake; the strangeness of the matter, as I conceived it, creeping through my sureness of fact. At length, I bent my head towards Prosit and said in a low tone:

"Prosit, my friend, I have the secret. These five black people and the five young men from Frankfort…"

"Ah! You have guessed that there is some connection between them." He said this half sneeringly, half in doubt, yet I could see that he was put out and inly irated by the acuteness of my reasoning, which he had not expected. He was ill at ease and looked on my face with attention. "Certainty", I thought, "is mine."

"Of course", I replied; "they are the five. Of that I have no doubt. But how on earth did you do it?"

"Brute force, my dear fellow. But don't say anything to the others."

"Of course not. But how by brute force, my dear Prosit?"

"Well, that's a secret. It cannot be told. It's as secret as death."

"But how do you manage to keep them so quiet. I am astonished. Won't they get away or revolt?"

The President was convulsed inwardly with laughter. "There's no fear of that", he said, with a wink that had more than meaning. "They won't run away — not they. Absolutely impossible." And he looked at me quietly, slyly, mysteriously.

At length the end of the dinner was reached — no, not the end of the dinner — another singularity, apparently purposed for effect — when Prosit proposed a toast. Everybody was astonished at this toast just after the last dish and before the dessert. All wondered, excepting myself, who saw in this another eccentricity, meaningless in itself, to divert the attention. Nevertheless the glasses were all filled. As they were being filled, the President's bearing was extremely altered. He shifted about in his chair in great excitement, with the ardency of a man who will speak, of one who must reveal a great secret, who must make a great revelation.

This demeanour was at once noticed. "Prosit has some joke to reveal — the joke. It's Prosit all through! Out with it, Prosit!"

As the moment of the toast approached the President seemed to go mad with excitement; he moved about in his chair, he writhed, he grinned, smiled, made faces, chuckled meaninglessly and without end.

The glasses had all been filled. Every man was ready. A profound silence was made. In the tension of the moment I remember hearing two footsteps in the street and feeling angry at two voices — one a man's, another a woman's — that held converse in the square below. I lost them from attention. Prosit rose to his feet; nay, rather, he bounded, almost upsetting the chair.

"Gentlemen", said he, "I am going to reveal my secret, the joke, the challenge. It's very amusing. You know how I said to the five young men of Frankfort that they would be present at this banquet, that they would aid it most materially? The secret's there, in this, I mean."

The President spoke hurriedly, incoherently, in his haste to arrive at the point.

"Gentlemen, this is all I have to say. Now the first toast, the great toast. It concerns my five poor rivals... Because none guessed the truth, not even Meyer (this is I); not even he."

The President paused; then, lifting his voice into a shout, "I drink", said he, "*to the memory* of the five young gentlemen of Frankfort, who *have been present in body* at this dinner and have *contributed to it most materially.*"

And haggard, savage, *completely* mad, he pointed with an excited finger to the *remains of flesh in a dish* which he had caused t be left upon the table.

These words had no sooner been spoken than a horror that laughs at expression fell with weird coldness upon all. All were for the moment crushed by the unthinkable revelation. It seemed, in the intensity of horror, in its silence, as if no one had heard, no one understood. Madness above all dreams was horrible in the nest of reality. A silence that lasted a moment yet seemed by sentiment, by significance, by horror, to have the duration of ages, was on all, a silence the like of which has never been dreamt nor thought. I conceive not with what expression each one was, all of us were. But those faces must have had looks such as no vision has yet met.

This for a moment — short, aging profound.

My own horror, my own commotion cannot be conceived. All the humorous expressions and innuendoes, which I had naturally, innocently connected with my hypothesis of the five black servants, yielded now their deeper, their most horrible meaning. All the malicious undertone, all the suggestiveness of Prosit's voice — all this, I say, appearing now to me in its true light, thrilled and shook me with a fear that cannot be spoken. The very intensity of my terror seemed to prevent me from fainting. For a moment I, like the others, but with greater fear, and with more reason, sat back in my chair and stared at Prosit with a horror no words can express.

For a moment this, for a moment and no more. Then, excepting some of us, the weaker-hearted, who had fainted, the guests all, beside themselves with a just and uncontrollable rage, rushed maniacally at the cannibal, at the mad author of this more than horrible exploit. It must have been, to a pure spectator, a horrible scene, these well-bred, well-dressed, refined, semi-artistic men animated by a fury of more than beasts. Prosit was mad, but, at that moment, we were mad also. He had no chance against us — none at all. Indeed, at this instant, we were madder than he. Even one of us, in the rage we were, had sufficed to punish horribly the President.

Myself, first of all, bore a blow against the offender. With a rage so terrible it seemed some one else's, and seems now so, for my memory of it is as of a sight dimly seen (as of ought impossibly true), I seized the wine-decanter which was near me and hurled it, with a horrible exultation of ire, at Prosit's head. It struck him full in the face, mixing blood and wine upon it. I am mild, sensitive, abhorrent of blood. Thinking upon it now, I cannot realise how it is possible that I should have done an act to my usual self of such dreadful cruelty, however just, for, mostly by the passion that inspired it, it was a cruel, a most cruel deed. How great then must have been my rage and my madness! And that of the others, how great!

"Out of the window!" cried a terrible voice. "Out of the window!" shrieked a formidable chorus. And it is characteristic of the brutality of the moment that the way of opening the window was by breaking it entirely. Someone put a strong shoulder to it and dashed the central part (for the window was divided in three) into the square below.

More than a dozen animal hands were eagerly, disputingly laid upon Prosit, whose madness was thrilled by his ill-speakable fear. With a nervous motion he was hurled towards the window, but he did not pass it for he contrived to hold on to one of the partitions of the casement.

Again those hands clutched him, more firmly, more brutally, more savagely still. And with a Herculean joining of strength, with an order, with a combination perfectly diabolic in such a moment, they swung the President in the air and hurled him from them with incalculable violence. With a thud that had sickened the strongest, but which was the maker of calm in our eager and expecting hearts, the President fell into the square, four or five feet beyond the pavement.

Then no word, no sign exchanged, each man locked in the horror of himself, each of us departed from the house. Once outside, the fury past and the horror that made it like a dream, we experienced the inenarrable horror of meeting naturalness again. All without exception were turned sick and many fainted soon or late. I fainted at the very door.

The five dark servants of Prosit — they were really dark, being old Asiatic pirates, of a murderous and abominable tribe — these, who, understanding the affair, had fled during the fray, were caught — all with the exception of one. It appears that Prosit, for the consummation of his great joke, had, with an adroitness perfectly diabolic, bit-by-bit

awakened in them their brutal instincts which slumbered in civilization. They had been in everything the President's coadjutors. They had been ordered to stand as far as they could from the table in dark places, on account of Prosit's ignorant and criminal fear of Herr Kleist, the anthropologist, who, for all Prosit knew of his science, might have been able to see in the black faces the ill-determined stigmas of criminality. The four of them who were caught were punished fitly and well.

Alexander Search
June, 1907

A perda do iate *Nada**

I

O único dos meus amigos que dá uma fé ainda assim não impura de dúvida à narrativa que vou repetir insistiu comigo para que a escrevesse. Fora ou dentro da crença geral, compreendido ou não, ficaria, uma vez por todas, detalhadamente escrito e narrado. Tomasse-a depois cada qual como lhe aprouvesse. Por isto, e apesar de não receber do geral incrédito um impulso a contá-la, nem de mim mesmo, por não poder explicar, senão teorizadamente, o que passarei a expor,[1] haver iniciativa a comunicá-lo ao duvidar dos outros, resolvi, já que muitas vezes contei a história, contá-la, mais uma vez, de forma fixa e definida.

Refiro-me, como sabem os que, lendo-me pela primeira vez, não é pela primeira que me conhecem nisto, à série extraordinária de assombrosos acontecimentos de que fui a perplexa testemunha desde que, médico sem clínica nem desejo de a obter, me foi angariado o lugar que à minha ☐ competia a bordo do Iate *Nada* capitaneado e possuído pelo Capitão Ayakwamm. Sem querer, adianto-me ao relato; encurtarei o assunto, principiando-o como devo. Volverei ao princípio primeiro de tudo o que me aconteceu para que quem me ler saiba, quanto possível, como tudo aconteceu, de que modo começou, como decorreu, de que forma se preparou e deu o trágico e pavoroso fim. Tentarei ser, quanto puder, breve, conciso e calmo; se parecer prolixo será — creia o leitor — para maior concisão.

II

O capitão Ayakwamm[2]

Depois, no nome do capitão residia o meu raciocínio o ☐ das minhas hipóteses, porque o nome era por *ademais* diferente da lógica

* A primeira versão do conto, escrito entre 1909 e 1910, foi assinada com o pseudônimo de Vicente Guedes e trazia como título "O naufrágio da barca *Texas*".

da língua portuguesa, para que não fosse nitidamente concebido por mim português, ou, pelo menos, como espanhol ou italiano, pela criação mental, propriamente chamada por associação de ideias contrárias. E das 3 raças possíveis, por afastamento de cujas línguas o nome Ayakwamm fora gerado, a portuguesa se me antolhava a mais possível, porque dos três tipos era sem dúvida o português o que mais quadrava com o modo de ser objetivo do capitão. Pareceu-me ver-lhe no olhar a inconfundível melancolia íntima e apaticamente aspiradora, que caracteriza a nossa raça infeliz, sedenta de longínquo e de impreciso. A sua fisionomia triste, ao mesmo tempo quieta e □ desconcentrada e atenta, parecia indicar-me um indivíduo pessoalmente de caráter forte, mas integrado no gênero de raça como a nossa. Havia nele como que um árabe superior em amálgama psíquica com um outro ser racial de índole diversa, mas com qualquer identidade de *radix* humano. Pareceu-me que aquela aquilinidade suave de fisionomia, □ encerrava qualquer coisa de eminentemente nosso. O queixo era mais saliente do que é uso ver-se entre os portugueses. A testa era anormalmente larga, o que seria indicador, de homem inteligente e □. A boca era pequena e amarga na posição dos lábios pálidos e finos. Cabelo quase todo branco, mas mostrando a sua cor original fortemente negra, e latamente ondeado. A expressão toda do homem placidamente e reservadamente desesperado, com uma esperança dolorosa associando-se-lhe n'alma.

O *habitus* todo dele um misto de largura e de energia, de desolação e de □. Atravessava a intuição que do significado psíquico desse homem me vinha uma como que noção de haver nele um □ desmedido de sobre-humano, uma iniciativa hiper pensadamente interior e anormal.

III

[Argumento de Ayakwamm]

A vontade anterior à inteligência e ao sentimento = tanto que a forma "representativa" ou exterior da vontade e a noção — obscura[3] — é anterior à ideia, forma representativa da inteligência — e a intuição, forma representativa do sentimento. Assim o tato, gerador da noção--obscura, é o sentido *da vontade* e é o *sentido primitivo* (N.B. — a vontade realiza-se através da *tactilidade*, o ato é muscular, do tato, portanto); a

vista, geradora da ideia, é o sentido da inteligência, e é posterior ao tato; e o mesmo acontece com o ouvido, sentido da emoção, que gera a intuição. Assim as artes do "pensamento" são as visuais, visto que uma pintura ou uma estátua são símbolos fatalmente, pensamentos realizados. E a música é a arte da emoção-pura. E da vontade a única arte é *a ação*, arte suprema porque *cria realidade*.

Ora *a poesia* conjuga o *ouvido* e a *visão* — é uma arte superior porque busca somar quanto o pensamento nos dá a quanto a emoção nos dá. A religião — outra arte também — tenta[4] somar o que[5] □

Busco ser o supremo artista: encontrar aquela arte da vontade que □

E se, ao mostrar desprezo pelo raciocínio, ao mesmo tempo me vi tão nitidamente raciocinar, é porque absolutamente e profundamente o quero.

"O conhecimento científico" continuou o capitão, "ou o conhecimento cientificamente filosófico é o mais superficial de todos — porque se ocupa da face, da superfície, de □ das coisas, físicas ou psíquicas. A intuição, que é do sentimento, e que cria as grandes metafísicas, as grandes teologias, as grandes □ — essa é mais profunda; mas ainda não é profunda verdadeiramente, porquanto, sendo o sentimento essencialmente individual, a intuição pressupõe sempre uma não identificação com a realidade. A vontade porém, considerada o mais perto possível, o mais abstratamente possível ao ato de querer é igual em todos, porque não é de natureza individual. O desejo, o querer querer, é, porque é sentimento, diferente de ente para ente. A vontade não. É despida de todo o atributo. Querer defini-la ou atingi-la por intuição ou raciocínio é errar-lhe a significação incognoscível, porquanto raciocínio e intuição apenas chegam a dar-nos este resultado positivo: que não podem atingir a essência da vontade. Apenas nos podem indicar que à vontade devem faltar as características da ideia e do sentimento — isto é, justa conclusão, pois que há de ser inconsciente e impessoal, não individual.

E que assim é os fatos provam. Porque uma ação é quanto mais instinto, reflexo ou □ mais perfeita, quanto mais coletiva — como (sorriu do exemplo) □ — mais perfeita igual e concomitantemente.

Sendo assim vejamos qual o fenômeno essencialmente da vontade. Deve ser um fenômeno usualmente coletivo e inconsciente. Existe esse fenômeno: é a crença. O crer é que é o verdadeiro querer. Não é

desejar, nem imaginar uma coisa que a causa, que a faz ser. E, na verdadeira realidade, crê-la feita; crê-la, ouça bem, não visualizá-la, porque isso é imaginá-la, nem ardentemente desejá-la porque isso é apenas senti-la. E crê-la abstrata e □mente. Eis a vontade."

"Mas como pode um indivíduo...?"

"O universo inteiro não poderá crer, mas um subuniverso poderá. Pelo desejo se sobe à vontade pura. Há a escala raciocinar, idear, imaginar, sentir, desejar, querer (ou crer). O raciocínio é a mais inferior atividade dum ente qualquer.

O alquimista pode realmente mudar outros metais em ouro; basta realmente crer nisso e fá-lo. O resto — fórmulas ou emblemas cabalísticos, nada são senão ilusões e loucura, escadas para a crença subir.

Duas "coisas" podem ocupar exatamente o mesmo espaço, como exatamente o ocupam a sombra e a superfície sobre que ela cai. Para que a sombra, que é bidimensional, se veja, é mister que caia numa coisa tridimensional. Para que uma coisa tridimensional se veja, é forçoso que caia noutra quadridimensional. Para que o ponto se determine, há que estar em uma linha.

A vontade é simplesmente um movimento unidimensional. O que chamamos o movimento é-o □, mas bidimensional.[6] O ponto gera a linha, a linha o plano, o plano o sólido, o sólido o hipersólido.[7]

Os deuses eram homens do gênero *criador*. Da animalidade surgiu o homem — não podia ser senão um esforço descomunal — esse homem o *Júpiter* real — criou a beleza etc., tudo o que constitui o objeto de vida física humana. Antes, não havia *beleza* etc.

Semelhantemente, Apolo criou a beleza...?

A tradição chamada antropomórfica é justa — os □

O livre-arbítrio, como a imortalidade são condicionais. Só os criadores, os libertos os podem ter.

Como têm a vontade? Querem tê-la. O resto é mistério. Antes do mistério está isto, e não atrás disto.

Esse homem (Júpiter) criou a mulher de si — porque quis propagar essa nova espécie que criara — difere esta da lenda mítica.

Havia tempos devia ter pairado na sub-humanidade a aspiração ao *homem* — (a aspiração é uma *crença* de *infecundo*) quando enfim surgiu o Júpiter.

Há muito que paira na humanidade a *ânsia*, o *sonho*, a *aspiração*. O que eu (Ayakwamm) quero ser é o Júpiter do além-mundo. Quero fazer um ato de criação tão grande como o do Júpiter — quero criar o mundo real de o acharmos."

"Em que relação estará a vontade do indivíduo com a vontade total?"

"Mas para além da vontade haverá outra coisa? Para além há o Mistério, mistério contido no não se poder ver para além da vontade.[8]

A consciência (self) é que cria o *tempo*; tomar consciência de um *fato psíquico* é que o faz crer *temporal*. Se as ocorrências, os fatos tivessem *em si* o tempo, não aconteceria o que acontece em sonhos — o sonhar-se *com todos os detalhes* em 4 horas, por ex., acontecimentos cujo desenrolar real levara ou levaria, 10 ou 12 horas.[9] Há (cito-lhe um exemplo, de entre vários) o caso □[10]

Dá-se o caso figurável de modo seguinte:

0 é o fato real. AB, CD, EF planos de consciência dele, dando-o como tempos diversos.

Uns momentos parecem mais longos que outros. É já da má poesia que a dor parece fazer durar mais um momento do que o prazer. E faz realmente. — E que o prazer é mais *vida*, portanto mais próximo da *não temporalidade* da realidade.

Antes de aparecer o criador, apareceu na raça o desejo vago, a aspiração (determinação, anterior, desta como preliminar na vontade) daquilo que ele cria. — Assim nos símios há a nítida aspiração a ser humanos. Surge o Júpiter: o símio que se *cria* homem, e cria a mulher depois (é filho de Saturno, simboliza o povo humano, em que a *duração* é tudo, e a *ideia nada*). (O humano, essencialmente psíquico, só por um ato de vontade podia ter saído do sub-humano).

Agora na humanidade anda difuso o vago desejo de ter o que se sonha. É isso que eu (Ayakwamm) me proponho criar.

Virá depois o desejo de imortalidade mais nitidamente. Virá então o último super-homem: o imortalizador, que *ressuscitará os mortos — criando* a imortalidade. Poderá ressuscitar, porque a vontade pode tudo. (Daí as vidas ligadas de imortalidade e ressurreição).

Ideia trai-se objetivamente pelo o*bjeto*.

Sentimento trai-se objetivamente pelo □

Vontade trai-se objetivamente pelo *movimento*.

Qual é que precede?

Mas a *vontade* é uma *ideia*... Sim; mas antes de haver *ideia* é já... A *ideia* envolve um movimento, uma relação (entre sujeito e objeto); ora a relação entre sujeito e objeto é um movimento *do* sujeito para o objeto — movimento extremamente rápido, mas nem por isso menos real. Ora todo o movimento é o produto de um ato de vontade. Por isso a vontade é o fundamento das coisas. A sensação, o sentimento, é uma relação de objeto para sujeito; um ato de vontade do objeto fazendo-se existir no sujeito. Tudo é Vontade e a Vontade é tudo.

O universo, considerado como real, sólido — ocupa um espaço de três dimensões.

A *beleza*, porém, que nada tem que ver com sólidos e, nesse sentido, real, *ocupa um espaço de apenas duas dimensões*. É puramente *plana*; existe apenas para a *vista* — é em duas dimensões, portanto.

A beleza não existe solidamente. O belo é belo quando é visto ou ouvido, isto é, aquando fora de si próprio.

I — Provar que a *Vontade* é o que é essencial — e que (o lado sentimental da vontade é □) e o lado intelectual a *crença*. É curioso que a língua portuguesa, por que coincidência, não sei se misteriosa, não sei — recorre no *som* — *querer* (no sentido de □), *querer* (no sentido de *ter amor a*) e *crer*.

II — 3 ordens de homens

os infecundos — aqueles cuja vontade não é criadora, cujo único mundo é o mundo real — cuja vontade portanto não é a deles, mas a do Mundo — (*grande animal* como, com justo dizer, lhes chamaram certos místicos).

os incompletos — i.e. aqueles que criam, mas cuja criação nasce morta. São os *doidos* — porque não realizam, a sua criação, o seu sonho, morre antes de termo. São os *gênios* (justa é a sua aproximação dos

doidos) porque a sua obra, de arte por ex., é *morta* em si; o seu modo de ser realizada é *morto* — a obra nasce morta, mas nasce.

Mesmo os gênios da vida exterior não criam — quando muito transformam, e é só o mundo social. Por isso são mais pequenos em alma que os gênios da arte.[11]

O símbolo do 'filho de Deus' — o *criador* da sua parte do mundo."
"E numa realidade outra, terá cada um o seu sonho?"
"Não, os sonhos são a ânsia para que se crie essa outra Realidade, essa maior Realidade. Ela satisfará todos porque será maior que os seus sonhos.[12]

Da morte à ressurreição meu sono será um minuto: depois renascerei para outra Realidade de que a Terra era o Princípio e o modelo imperfeito.

Ali viverei eternamente, numa Eternidade que, como não tem nada com o Tempo, não dura; e como não dura não dói nem cansa. Terei acabado o uso do nosso Tempo e do nosso Espaço e da nossa Realidade imperfeita.[13]

Aqui mesmo, no 'lugar' onde estás, há um número infinito de lugares. No lugar onde está o continente que chamamos Europa, pode haver, e porventura há, um número sem-fim de outras Europas, tão reais como aquela a que chamamos real, porque é a que é real para vós. E essas infinitas realidades vão-se distinguindo infinitesimalmente umas das outras. Entre uma e uma há o infinito, pois há infinito entre todas, mas cada uma difere em muito pouco da mais próxima. De uma não se vê nenhuma das outras.

Nunca avistas a Imortal da Ilha Afortunada, a da armada d'El-Rei D. Sebastião."

IV

[Paisagens]

Não há expressão verbal que possa aferidamente caracterizar a qualidade íntima[14] pela qual aquelas paisagens a um tempo fascinavam a alma e gelavam o coração. Os países da lenda sonhada, as terras do

mistério imaginado, estavam ali figurados com uma nitidez de corporização que parecia dar como real a irrealidade deles, que □[15]

Mas não eram só as perfeições dos tons imperfeitos do mar que se desenhavam, de quando em quando, naquelas pinturas imponderavelmente sinistras. Havia desenhos, de uma horrível beleza definida, de □

Não vi nunca pinturas que tanto me impressionassem. Davam a vontade imperiosa de visitar os lugares que □. Via-se que quem as pintara, o fizera com um desejo supernormal de se encontrar nesses lugares — como um grande pintor exilado pintando a sua pátria. O que de certo sei é que nunca me foi dado ver gravura, pintura, fotografia — quadro ou □ de qualquer espécie que de tão doloroso desejo me enchesse.

Eram, em regiões de rochedos altíssimos, formando estaturas de montanha, palácios de sonho, muito brancos contra o negrume dos rochedos, das encostas quase a prumo, que causavam um arrepio e uma angústia de prazer ao vê-las. Não poderei dar ideia do que esses desenhos continham, senão dizendo que os desenhos fantasistas de certos ilustradores modernos são como que um esboço, embora nítidos, da estranha e inquietante beleza d'aquelas obras de uma arte inédita.

Havia palácios de uma estranheza de perfeição inesperada, claustros de uma arquitetura insuposta, áleas de parques de uma formosura angustiante e perfeita.

Mas a coleção assombrosa interpretava não só um estranho sentimento do desenhador que a executara, senão que, num âmbito íntimo mais largo, figurava, quadro a quadro, todos os sonhos que a humanidade tem tido de terras remotas, de paisagens perfeitas, de países impossíveis. O artista desconhecido, que assim pusera a alma naqueles desenhos, reunira primeiro nessa alma a alma de todos quantos têm sonhado, o romance visual de todas as almas inexpressas, o décor e o cenário ocultos de todos os entorpecimentos extáticos da vida.

Debrucei-me, para contemplar de mais perto a técnica por assim dizer linear da execução das obras. Ao primeiro exame mais atento, de súbito, senti um calafrio percorrer-me. Perturbado, com o cérebro a turbilhonar, olhei quase por contato os quadros. E, se não soltei um grito súbito de pavor, é que a mesma intensidade do pavor me tolheu o grito...

Os quadros eram fotografias.

V

[Viagem]

Tudo, quanto o cérebro dos loucos tem sonhado[16] em delírio e desejo, ali se achava efetuado, em sublimidade e perfeição.

Na composição das decorações, cujo arranjo e matéria excedia em beleza tudo quanto se imagina fora dos sonhos, e nem mesmo nos sonhos se imagina bem, entravam metais desconhecidos e sublimados, oiros novos, pratas do abismo, joias de cores conhecidas e nunca vistas. A mesma arquitetura participava de uma concepção diversa de todas as nossas; estava dentro dos edifícios, como uma alma deles que fosse o seu corpo.

Nos jardins dos palácios, nos parques imortais dos castelos, flores, arbustos, árvores, eram, sendo como as da terra, aquilo que nós, quando vemos as da terra e as amamos, desejaríamos, sem dar por isso, que elas fossem. Ora o conhecimento de que teriam essa forma, e a consciência de que, quando belas, pudesse sê-lo assim, sem qualquer das desconformidades que pode haver entre elas e o nosso estado da alma, □

Amanhã entraremos no primeiro dia da nossa verdadeira viagem.

Debruçado na amurada eu sonhava. E um entorpecimento dos desejos, das esperanças □

De repente ergui a cabeça num sobressalto e um[17] calafrio. *O mar, diante de mim, era absolutamente perfeito.*

Não: não era o mar com a sua beleza: era o mar-beleza. Nas coisas que vemos, sentimos que a beleza se atribui a elas. Nesse mar, beleza e mar eram a mesma coisa.

"Esta minha conversa consigo é a minha despedida do mundo □. Acabará contra tudo e para sempre — mas assim sendo já entraremos também — no novo mundo que vier. Desapareceremos da parte da realidade a que nós outros chamamos real."

O mundo que víamos era *evidentemente real*, não real como aquela realidade *plausível e externa* do *nosso* mundo exterior, mas real conforme realidade *certa* e *interna*. Não podia haver transcendentalismo *deste* mundo. As coisas eram reais.

Pessoas, coisas que não estavam perto, continentes horrorosos, nuvens de terra na distância, linhas de costa negras ou pálidas no horizonte,

ilhas longínquas escuras de arvoredos compactos, ilhas vagamente brancas de areias extensos; turvores de fumo no afastamento, □ de velas pandas[18] e fluidas nos ventos suaves ou nas calmarias da eterna planície escura em verde-azul ou cinzento dos oceanos sempercambiantes.

As águas □; as águas profundas, muito profundas guardam para sempre □ segredo.

Das tempestades fugia recolhendo-se. O relampejar longínquo vinha vê-lo □ para a coberta.

E[19] era mais fresca do que é concebível a frescura invernosa das fontes.

Eram mais verdes do que os nossos, os prados verdes daquela terra — não mais verdes que verdes, mas por verdemente belos. O ser árvore das árvores era mais profundamente[20] uma coisa real e bela.

Aquelas paisagens mais que reais não eram como as mais belas nossas, belas; eram a beleza mesma sob aquela[21] forma de paisagens. Não lhes era exterior e como um sol a beleza: era-lhes interior e como a vida. Não viviam na beleza; viviam a beleza. Por isso, nos doía de prazer o coração que mal ousara julgar está-las vendo.

O nosso modo de ser consciências perante aquelas realidades[22] não se pode pôr[23] em[24] palavras. Sentíamo-nos existir no que não era nós, mas existir interiormente e vivamente na[25] dupla unidade.

Tínhamos daquela terra uma consciência análoga à que em nós de menos observadamente[26] temos. Mas saberíamos aquele universo exterior como sabemos interior o nosso mundo da consciência imediata. Não nos pensávamos a sonhar. Antes nos sentíamos desenganados do universo, e fartos de ter sido fracos no ter julgado real o mundo cotidiano das coisas.

Seria isto a morte? — perguntei-me. Teríamos nós passado, por naufrágio em □ terrestre,[27] para além do mundo em que vivêramos? A imortalidade mal sonhada dos filósofos da alma seria esta? Era este o mundo real entrepensado pelos idealistas?

Desconvenci-me disto pensando-o.[28] Pareceu-me então banal esse discutir da vida e morte. Morte e vida — parecia-me — eram igualmente sonhos. Uma coisa tinha a outra por verso e eram irreais ambas. De qualquer modo estava aqui, descompreensidamente como dantes, mas mais perto do mistério essencial. Passavam-me pelo espírito atenuado[29] ideias vagas de possibilidades de verdade: pluralidade de universos, irrealidade de conhecidos mundos, □

A costa por onde passávamos era de cavernas negras onde o mar estoirava esbranquiçando-se. Não se media bem a profundeza desses antros fundos. Ouvia-se grave dentro deles correr o rumor da maré como que indefinidamente.

Esta costa era aquela que poetas doentes sonham sobre a terra — aquela das cavernas negras, dos rochedos cortiçados pelo mar constante.

Castelos irreais em escarpamentos negros, sonhos do fundo da alma, que contêm a saudade de paisagens impossíveis.

Passamos por terras no longe, □ mares cuja noite (de luar) é tão bela que não sabemos o que desejar...

Paisagens de longe — mais sonho do que terra □ pagodes divinos de beleza de uma China que nunca existiu;[30] perfis de cidades medievais cuja existência não é da história.[31]

Quanto se pode sonhar se viveu ali. Quanto só se pode ter na alma por do longe, ali era perto e nosso.

VI

[Regresso]

Mas no intervalo entre ele se virar para, evidentemente, falar-me, e ele, de fato, me falar, faiscou-me pelo espírito, daquele modo absurdo em que chegam as intuições, a velha frase dos ocultistas, a um tempo aviso e mistério: quando o discípulo está pronto, o mestre está pronto também.

Nada, porém, nem nas palavras imediatas que disse, nem no que depois se passou, deu apoio inteligível a essa frase intuitiva.

Só uma teoria, uma hipótese apenas, podia explicar todo o acontecido e o acontecendo, mas essa hipótese não ouso dizê-la. Deduzo-a, com o horror n'alma, que compreendendo tive.

Era sob um luar perfeito além de todos os luares sonhados, um grupo d'ilhas feérico e irreal, □. Reconheci nesse quadro de cuja beleza a alma inteiramente se deliciava,[32] uma das pinturas que ornava o camarote do Capitão Ayakwamm.

Todos estavam integrados no que se via; eu só, analista antigo em alma, me distanciei daquilo tudo por uma dúvida um raciocinar □ que me era uma tortura.

Todos em êxtase se embebiam o ser no panorama assombroso. Mas a beleza dele era tal, o seu □ que a alma como que se me rasgou de sofrimento e eu gritei avançando febril para o Capitão:

"Mas tudo isto, tudo isto *não é real*. Tudo isto não pode ser!"

Mal disse isto, o Capitão Ayakwamm empalideceu e como que num momento atingiu a morte. Todo o seu ser pareceu-me esvair-se-lhe e, avançando para mim gritou, em português e numa voz apagada e como que (horror!) vinda de uma distância muito grande: Maldito, maldito.

Ao mesmo tempo a cena toda transformou-se, mudou-se, num momento deixou uma coisa de ser, e apareceu outra, matéria do último quadro que no quarto do comandante havia: um grupo de rochedos de estranha e apavoradora beleza e terror, batidos de um mar anormalmente mais do que furioso e belo. O iate correu — foi tudo isto no nada de um instante — sobre os rochedos, houve um choque tremendo, um som de rasgar em partes e eu, atirado de encontro à amurada de estibordo, perdi de novo os sentidos.

Como descreverei a sensação daquela queda? Caí, simultaneamente, por dois espaços, que senti como perpendiculares um ao outro. Caí, na mesma queda, em dois sentidos diferentes — não opostos, mas sem relação um como outro. Ao mesmo tempo que caía para baixo, caía "para fora" (não sei dizer de outra maneira). Isto durou um momento, uns momentos; porém foi a queda num dos espaços que durou momentos, que a no outro espaço, ainda que parecesse durar, não parecia durar em tempo, mas em outra qualquer coisa incógnita com que também se pudesse medir.

Mergulhei, e a sensação com que ia confundia-se-me com uma outra sensação qualquer, em que se misturavam a morte e o frio. Emergi à superfície, antes que visse, com um grito instintivo, ao mesmo tempo de alívio profundo e de saudade imensa. Em torno meu estendia-se, ondado e limpo até o horizonte, o Atlântico, mas o Atlântico real, que, por uma razão que não posso explicar, me pareceu falso. E, sobre esse Atlântico extenso, nem uma ilha, nem um navio — nada senão o mar imenso e eu boiando nele incertamente.

Não tardou a minha salvação. Estive na água uma hora, calculo. Surgiu, vindo do Sul, um vapor das carreiras da América Austral.

Quando me perguntaram, a bordo do vapor, de onde eu vinha, não pude senão protestar que caíra ao mar de um brigue. Foi o que me lembrou dizer. Perguntaram-me o nome do brigue, e eu disse que se

chamava *Nada*. Foi tudo o mais que me ocorreu imediatamente. Sorriram de mim e do nome, compadecidamente. Mais tarde, quando, sem pormenor, e em resumo □, narrei, por distração, a minha história, sacudiram a cabeça e não me acreditaram. Só espero que mereça mais crédito esta narrativa pormenorizada.[33] Não importa.

Mas às vezes, a horas sutis do instinto profundo, em que parece haver em mim um contato com qualquer coisa de ideal e de transcendente,[34] encontro-me fitando o espaço, como se esperasse que nele se abrisse uma espécie de porta, um caminho absurdo, uma fuga.
Ouço o som das outras vagas. Nunca conhecíveis, as paisagens outras daquele saudoso mundo novo transparecem no irreal da vida. E, às vezes, gélido, supremo, em antevisão e aviso, surge-me a olhos que não tenho, de novo, real e nítida, a figura divina e sinistra do Comandante Desconhecido.

NOTAS

[1] Expressão dubitada: *passarei a expor*.
[2] Var. sobrep. a *Ayakwamm*: *Hayakwámm*.
[3] Palavra dubitada: *obscura*.
[4] Var. sobrep. a *tenta*: *busca*.
[5] Frase dubitada.
[6] Frase dubitada.
[7] Estes dois parágrafos encontram-se incluídos num fragmento mais longo, onde a afirmação "A realidade é partes sem um todo", atribuída a Alberto Caeiro, é analisada do ponto de vista das dimensões da realidade. Após a passagem "*O pensamento é luz — materialmente luz. A luz é unidimensional. O pensamento não é uma forma de luz, mas a luz mesma (ou o pensamento é um movimento unidimensional). // O primeiro conceito de geometria é o ponto.*" — o autor escreveu o título "Hiate Nada" e iniciou a narrativa.
[8] No final, uma anotação entre parênteses: *desdobrar isto*.
[9] No topo do texto a seguinte anotação: *Uma teoria — (in Hiate Nada)?*
[10] Entre parênteses, a anotação: *Quote it*.
[11] Palavra dubitada: *arte*.
[12] No topo do testemunho, a anotação entre parênteses: *middle*.
[13] No topo, a anotação: *near end*. No final do testemunho: *over*.
[14] Palavra dubitada: *íntima*.
[15] A esta frase segue-se um espaço e a frase: *Outras impressões visuais*.
[16] Var. sobrep. a *o cérebro dos loucos tem sonhado*: têm sonhado os loucos.
[17] Palavra dubitada: *um*.
[18] Palavra dubitada: *pandas*.
[19] Palavra dubitada: *E*.
[20] Var. sobrep. a *profundamente*: *do que sabes*.
[21] Var. sobrep. a *aquela*: *a*.
[22] Palavra dubitada: *realidades*.
[23] Var. sobrep. a *pôr*: *dar*.
[24] Var. sobrep. a *pôr em*: *ter a*.
[25] Var. sobrep. a *na*: *nessa*.
[26] Var. sobrep. a *observadamente*: *observante*.
[27] Var. sobrep. a *terrestre*: *da terra*.
[28] Var. sobrep. a *pensando-o*: *ao pensá-lo*.
[29] Palavra dubitada: *atenuado*.
[30] Var. sobrep. a *nunca existiu*: não era a da terra.
[31] À direita da última frase, a palavra *over*.
[32] Palavra dubitada: *doloria*.
[33] Palavra dubitada: *pormenorizada*.
[34] Var. na margem esquerda para *ideal e de transcendente*: *impessoal e verdadeira*.

O crime do Dr. Cerdeira*

O mesmo nome, de banal a mais, fazia sorrir — Ambrósio Marques Cerdeira. A profissão, se a descrevermos exatamente, faria sorrir também — assistente perpétuo de biologia na Faculdade de Medicina. Deve dizer-se que o adjetivo "perpétuo" nem era do cargo nem dos anuários; era nosso, dos que o conhecíamos, e que sabíamos que aquele pobre-diabo, como nunca teria outro nome senão aquele, também nunca teria outro valor que não este.

Foi este o homem que cometeu o crime mais horroroso de que há registro ou conhecimento na história dos homens sobre a terra. Para encontrar crime, que se lhe possa ter por comparável, é mister que, crentes na história da revolta dos Arcanjos, compreendamos qual foi o crime, pelo qual eles povoaram o Inferno. Porque o crime do Dr. Cerdeira, transcendendo os limites do humano, pertenceu — ou, porventura, pertence ainda — a uma categoria sinistra que não cabe no pior do passado humano, que não sei se poderá caber na expressão humana, para que eu o possa, não direi explicar, mas ao menos definir.

Nem sei como comece. Pesa-me a antecipação da narrativa; impele-me a necessidade de narrar. Quero decidir-me. Narrarei sem plano, discursivamente, à mercê dos acasos da minha memória e da minha interpretação.

O aspecto físico do Dr. Cerdeira correspondia à expectativa do seu nome, e à do seu cargo também. Não tinha, no tempo em que começaram os sucessos, que constituem o fundamento da minha narrativa, mais do que 45 anos de idade. Poderiam atribuir-se-lhe 50. Era quase de todo calvo, e o pouco cabelo, que lhe restava, grisalho do lado do branco. Médio de estatura, magro, um pouco curvado. A cara incaracterística, salvo a expressão entre distraída e atenta. Os olhos, dum castanho pouco vivo, eram tímidos, mas não suaves. Nas maneiras era um pobre-diabo.

Os estudantes não chegavam a desprezá-lo; toleravam-no. Havia nele aquela espécie de fraqueza que lhe seria trágica num cargo de professor de pequenos; numa universidade, onde a adolescência dos alunos lhes

* A primeira versão foi assinada por Pero Botelho, *alter ego* criado por Pessoa em 1915.

fornece mais entretenimento que arreliar os mestres, ele passava despercebido até os que lidavam com ele. E a expressão: passava despercebido. Um pouco mais apagado, seria talvez simpático, por interessante nulo. Um pouco mais individuado, seria talvez antipático, por então se salientar a sua peculiaridade humana. Assim, como era, estava no intervalo da atenção. Existia e deixavam-no existir.

O primeiro episódio, que fez despertar as nossas atenções, foi, por assim dizer, translato. Um dos rapazes apareceu um dia, um pouco antes da aula, com um ar de rebentar para dizer. "Vocês sabem uma coisa", disse antes de qualquer saudação vulgar, "o Cerdeira está apaixonado!" Um grande grito de riso acolheu, entre esgares de incredulidade, este anúncio. "Está!" repetiu o avisador. E depois firmou a expressão e a voz, preparando o tiro da revelação: "Está-se atirando à Condessa ali defronte!"

A comunicação foi acolhida com um desagrado de desilusão. Não estranhámos que o Cerdeira se apaixonasse — não que o não estranhássemos — por ele mesmo, em suma, e por assim dizer, não o estranhávamos pela namorada: havia casos assim. Esperávamos, contudo, que a paixão tivesse certa conformidade com o tipo do Cerdeira: que se apaixonasse pela filha da lavadeira, pela varina que encontrava frequentemente na escada de onde morava, por, vamos, uma mulher de rua que o fascinasse por representar uma espécie de contraste com ele e com a sua vida. Mas a Condessa! A Condessa era outro mundo!

Nós não nos figurávamos muito bem os modos e as atitudes com que o Cerdeira se dirigiria à filha da lavadeira, ou à varina, ou à mulher da rua. Mas, sonhando deliciadamente o ridículo que haveria nisso, não éramos tão inexperientes do mundo que não admitíssemos a possibilidade de o Cerdeira conseguir alguma coisa. Sempre era um "senhor" — embora um senhor ridículo — para as duas primeiras; e isso, quer se queira ou quer não, sempre tem importância. Além disso, havia uma possibilidade de dinheiro — não muito, porém mais que o que o padeiro ou o leiteiro poderiam dar, e o padeiro ou o leiteiro poderiam continuar em paralelo, ou começar a estar. Quanto à profissional, o caso era tão simples, que não se discutia. O Cerdeira — sorríamos — poderia julgar que gostavam dele: aí é que estaria o logro e a farsa, mas não era mister que a farsa fosse a de não conseguir a mulher. Tudo isto víamos imparcialmente, e muito bem.

Mas a Condessa! A Condessa, casada com um perfeito exemplar do macho e do bom fidalgo — rapaz novo, como ela, *sportsman*, inteligente,

belo no físico e simpático no moral! Sabíamos bem que todas estas qualidades viris e positivas, e ainda outras que as reforçassem, não têm salvado muito homem da traição feminina, e da traição com indivíduos manifestamente inferiores em tudo. Mas, nesses casos, ou a mulher é organicamente imoral, e a traição está nela de nascença, mas nesse caso é com o caseiro, com o *chauffeur*, com os grosseiros e diretos no apelo sexual; ou a atração nasce entre ela e um homem com individualidade distinta do marido — um artista, um homem célebre, um político. Poderíamos conceber a Condessa traindo o marido com um indivíduo assim... Com o Cerdeira!

Se a informação do Telles não era falsa — não a julgávamos redondamente falsa porque o Telles era rapaz circunspecto, calmo, observador, muito pouco dado, ou nada, a delírios ou invenções — então, assentamos todos, havia que concluir, simplesmente, que o Cerdeira estava doido.

Estas especulações duraram certos dias, durante os quais, por sinal, só de relance víramos o Cerdeira. Uma semana depois da sua primeira notícia, o Telles produziu a segunda: "Vocês sabem aquilo do Cerdeira e da Condessa? Pois, meus meninos, abram os olhos! Abram-nos muito. A Condessa dá-lhe sorte!"

Isto foi de mais para a nossa incredulidade. Rebentou uma tempestade de negativas e de desordens. "A gente julgava que o Cerdeira estava doido" disse um para o Telles, "mas quem está doido és tu!"

"Eu? Tenho verificado..."

"Ainda se fosse dar sorte àquele rapaz que costumava andar muito com o Cerdeira... Aquele tipo forte, muito bonito... É verdade, o que é feito dele? Não o tenho visto..."

"Nem eu" disseram vários.

"Deve estar para fora" disse alguém. "Ele não era de cá, e quando estava cá andava sempre com o Cerdeira. A não ser que se tivessem zangado..."

"Não é natural" comentei. "O Cerdeira não é tipo para se zangar a valer com alguém ou para fazer alguém zangar-se a valer com ele..."

"Lá se vamos a isso" respondeu um, "também não é tipo para Condessas bonitas lhe darem sorte..."

"Se é que dá..."

"Ah, lá isso dá", voltou o Telles. "Esta, pelo menos, dá. É verdade, eu nunca contei a vocês ao certo como sei tudo isto..."

"Não" disseram vários. "E era isso mesmo que eu te ia pedir", acrescentou um. "Disseste, mas muito por alto" veio outro. E eu, que nem ouvira essa explicação sumária, pedi a explicação completa.

"Vocês sabem", disse o Telles, "que eu namoro com uma pequena na Rua de D. João de [.]".

"Isso é de bom agoiro", interrompeu algum.

"Bem. Vou lá falar-lhe todas as noites, e ela a □

[Narrativa de Cerdeira]

Se eu conseguisse, por um ato mágico, integrar em mim a mônada formadora de um corpo jovem e forte, integraria em mim toda a juventude, toda a energia desse corpo, e o corpo desmonadizado desapareceria por completo — não se decomporia, eterizava-se.

Foi então que me veio a ideia de matar a alma do Antônio, de o roubar a Deus para sempre.

Toda esta vida atabalhoadamente violenta e amorosa me era alcoolicamente necessária, não só como compensação tardia da minha abstenção intensa, mas também — ah também! — como estimulante que me fizesse esquecer a terrível sentença que me esperava.

Mas, às vezes, alta noite, quando a insônia me arrancava do sono do meu coração sadio, eu via a minha alma — a minha alma dupla — face a face, e o pavor do Inferno verdadeiro, para o qual não há coragem nem hipocrisia, transia-me até o fundo do ser.

Enquanto existisse neste mundo físico, existiria ainda em relação a coisas e a seres. Transpostos os seus portais, eu ficaria sozinho no universo, eternamente fora de Deus.

Deixei a roupa ali mesmo, no chão. Fechei a porta, mas não à chave. Nada sucederia. A minha timidez, e a cautela que dela nascia, tinham desaparecido. Nascera em mim a impossibilidade de ter medo — de ter (sentia-o) até — prudência.

Batia com os meus músculos, mas com a força do Antônio. Amava com o meu corpo, mas com a vitalidade do Antônio. Atraía, fascinava — era, não a beleza do Antônio, nem a sua frescura, mas a substância delas, o fator monádico que nelas se manifestava, que operava em mim e através de mim.

Em breve tempo, e tendo começado tão tarde nesta vida, tinha acumulado mais e mais diversa experiência amorosa que muitos homens, começando na adolescência, conseguem acumular na sua vida inteira.

Notei, sorrindo comigo, o acréscimo de elegância em mim todo. As minhas maneiras, gestos, modos tornaram-se outros.

Logo no dia seguinte, ao vestir-me, olhando com certo desprezo para o fato e tencionando mandar fazer outro, dei inconscientemente um nó de gravata perfeito, acomodado — coisa que nunca fizera, nem com esforço e assiduamente em todos os dias da minha vida pregressa. A pequenez do incidente acentuava a grandeza do resultado.

Esta transformação das minhas maneiras, do meu porte, teve um efeito imediatamente visível nas pessoas que encontrava. Toda a gente me tratava com mais consideração, todos com muito mais, e muito mais efusiva, simpatia.

[O Fim de Cerdeira]

Uma doença da vontade dentro da inteligência, um horror íntimo de fazer dom dos planos à ação, um quase alívio de sentir a música infiltrar-se, como uma água verde, nas durezas[1] do propósito e nos fogos súbitos da paixão.

Ouvia, e sonhava, e o seu propósito — sentia-o escorrer na alma — derretia-se como cera. Vontade, vingança, planos? Que maré suave de som adormecia nas praias, e corria as de Portugal, ao som deste fado, se alastrava atlântica sob o sossego morno do luar! Querer? Um improviso interrompido. E a sensação dele era agora a de um regresso ao lar, a de um regresso, e o pai morrera, algures no passado ou na memória, porque estava morto.[2]

E num relâmpago de apagamento, cheio de grandes espaços de memória e de imaginação, o planeador fútil retirou do mundo aquela visão cerebral a que se chama a consciência...

Na morte os olhos tinham uma expressão de mais do que vida, mas eram mortos, e na expressão se via □

Olhos de quem, na hora trágica da morte, *soubera, vira, compreendera*.

Mas o mais horroroso é que o pavor daquele olhar não era só pavor, antes era o pavor como que de uma compreensão horrorosa e extranormal.

NOTAS

[1] Var. sobrep. a *durezas*: *rugosidades*.
[2] Final da frase dubitado, a partir de: *e o pai morrera...*

A ESTRADA DO ESQUECIMENTO[1]

A noite estava ilegível. Não se via[2] céu nem terra — só escuridão.[3] Nem mesmo podia haver pelos sentidos a convicção de que havia céu e terra; a escuridão tirava-lhes os lugares. Só havia a escuridão, sem forma, lugar ou fundo.

Apenas por atalhes das sensações podíamos confiar na existência do céu, em cima, e da terra, embaixo. O som dos passos dos cavalos, moles e duros na terra úmida, e de vez em quando soantes, chapinhando, quando calcavam na água — só assim adivinhávamos a terra — assim e no que dela nos vinha transmitindo ao corpo através das vibrações dos corpos dos cavalos que a pisavam, à medida que iam pisando. Do céu só a chuva nos falava, uma chuva miúda, incerta, como que sem pingos, gotas, que parecia pairar no ar, andar nele, não cair. A única coisa que se via adiante de nós era, para cada um, o som dos passos dos cavalos que iam adiante. Não havia ruído nenhum, salvo estes, que eram de outra espécie. Não soava vento, e o vento que não havia entrava-nos pela espinha abaixo num arrepio.

O cavalo do chefe era apenas um fim vago na nossa imaginação, que o via através do som que fazia. Isto se pensávamos bem e dávamos atenção; porque se nos alheávamos do momento, o som das patas molhadas dos cavalos, chupando a lama de onde se levantavam parecia sem lugar, sem coloração, incertamente úmido e indecisivo.[4]

O chefe ia adiante — um pouco adiante... Digo que ele ia adiante porque assim diria eu. Eu não o via. Intuía-o. Mas sentia-o nem adiante, nem atrás, nem à direita, nem à esquerda. E contudo sentia-o, sentia-o no espaço em qualquer parte sem direção, em qualquer parte para onde se não pudesse olhar, nem ver...

O que eu pensava sabia que o pensavam os outros. Quem sabe se havia os outros. Eu sentia-me pensar coletivamente. O meu terror, a minha angústia era de vários pensamentos ao mesmo tempo. Por mim eu sentia tanto à direita como à esquerda, à frente e atrás, por todos os lados.

A sensibilidade que eu julgava minha pertencia a um conjunto, não tinha personalidade, porque era várias pessoas; nem localização, porque estava em vários lugares. Se eu pensava no Chefe, sentia todos atrás de

mim: é que eu era o Chefe e ia eu à frente. Mas eu não era o Chefe, e ia no meio dos outros… Eu afinal onde ia? De que lado estava a noite? Isto acontecia na vida? A vida? Tudo estava longe como o dia e as formas da planície. Não havia horizonte salvo não haver horizonte… Como os meus olhos não podiam ver, eu via com os ouvidos. Como o que se ouvia era sempre o som das patas dos cavalos, e isso, repetido, deixava de se ouvir, porque passava a pertencer à parte de dentro de ouvirmos, os ouvidos também não ouviam, e eu, nós, eles, isto tinha que ouvir com a atenção, com a atenção abstrata, não manifestada através de qualquer sentido, nem exercida por qualquer esforço ou atitude de pensamento. Toda aquela escuridão, aquele cavalgar, a multiplicidade de uma pessoa só — era um intervalo, um espaço entre duas coisas, numa demora transcendente.[5]

Quis certificar-me da minha existência individual (adiante ia o Chefe, mas, por mais que eu o quisesse pensar adiante, sempre que assim pensava nele, pensava que ele ia atrás). Decidi lembrar-me do meu passado, de coisas certas definidas do meu passado (como eu quisera lembrar-me dum episódio do meu passado em que encostara a face esquerda a um ombro, o Chefe ia a meu lado esquerdo rente a mim, e, se eu pensava nisso um pouco, sentia-o à direita, mas como que no passado). Mas as coisas certas e definidas do meu passado eram uma escuridão absoluta sem noite, uma chuva sem água, e a cavalgada multiplicando o chefe pela sua sensualidade fria dentro.

(Devia ser de pântanos, lamas e estagnações aquele país inatingível… Estranhas plantas de podridão deviam nascer das suas terras… Mas isso só se fosse dia… E este país todo não era nada à parte da escuridão que era tudo).

O meu terror crescia, e era sempre igual. Os ruídos das patas de todos os cavalos esses me pareciam de um só cavalo, ou de inúmeros cavalos, conduzindo por estradas úmidas hostes desconhecidas e trêmulas. O som do chapinhar das patas batia dentro do meu ouvido, solitariamente. Porque toda esta cavalgada de muitos era uma solidão humana. Nenhum de nós acompanhava outros. Não formávamos conjunto.

Lembrei-me de repente que tudo isto era eu querer recordar o meu passado. Mas o meu passado não era senão uma escuridão imensa. Toda a minha alma era um som de água calcada e que se ouvia saltar.

Parecia-me que avançávamos não no espaço, mas na escuridão. Tremia de terror em toda a nossa pele a terra mole que os cavalos calcavam… O caminho era não o haver e ali chovia.[6]

Pensei em cantar, mas tremia, pensando como a minha voz seria mais uma pessoa a acompanhar-nos, e que uma pessoa, aparecendo então, nessa altura da aventura estática, era mais do que alma poderia sofrer de medo.

Pensei em gritar, mas lembrei-me, tremendo, que o meu grito podia, em vez de soar para fora, para a escuridão, soar para dentro, para o meu pensamento, e matá-lo de terror.

Quis rezar, e pensei na ideia de estar de joelhos e de mãos postas, mas entre mim e o meu pensamento a escuridão, a chuva, a marcha incerta intercalava-se e fazia frio...

NOTAS

[1] O título não figura no texto do conto, mas pôde ser recuperado de uma lista de títulos.
[2] Var. sobrep. a *se via*: *havia*.
[3] Var. na linha, entre parênteses para *só escuridão*: só a escuridão.
[4] Frase dubitada com marca lateral, a partir de *incertamente úmido e indecisivo*.
[5] Expressão dubitada: *demora transcendente*.
[6] Frase dubitada: *O caminho era não o haver e ali chovia*.

Uma carta da Argentina

Meu caro Guilherme:

Há anos e anos que não te escrevo e foi por um quase-acaso que obtive o teu endereço. Soube por acaso que era cônsul em Buenos Aires o Francisco Campos, que recordei que era teu primo. Mandei-lhe perguntar — sabendo que ele se dava muito contigo — a tua morada. Obtida, venho escrever-te.

As circunstâncias em que te escrevo são tais que sorrio ideando o teu pasmo quando, por este parágrafo fora, as conheceres. Escrevo-te de à beira da morte, na véspera da minha execução. Não te admires — esta carta explicará tudo. Amanhã vou cumprir a pena de morte a que o tribunal me sentenciou. Lembrei-me de que seria interessante escrever a alguém contando-lhe a minha vida. Pensei em ti, não só porque aí eras quem eu, afinal, mais conheci, mas porque és, por um acaso curioso uma pessoa a quem aptamente se pode mandar uma confissão destas. És inteligente e entendedor. És — ou pelo menos eras — culto e a par das coisas recentes. Pensar em ti foi pensar em escrever-te. Pensar em escrever-te é está-lo fazendo. Não tenho muito tempo, mas não preciso de mais do que o que tenho. A minha confissão aí vai.

Preciso, antes de tudo e para te livrar do impulso inestético de ires saltar para o meio deste escrito, à procura do modelo explicativo da minha carta,[1] explicar-te, com uma franqueza como a pode ter quem nem quer mais nada da vida, nem mais da vida pode querer, que a minha condenação foi justa, a minha sentença intangivelmente merecida.

Parece-te — eu bem sei — estranho que o homem que conheceste banalmente empregado do comércio, vulgarmente bebedor, no *Suíço*, dum constante[2] café noturno, te esteja escrevendo do outro extremo da Terra para te contar que cometeu um crime tal que justamente lhe foi aplicada a pena de morte. Preciso, para que me compreendas, recapitular ante ti a minha vida pregressa, esboçar-te o que fui e como vim a ser o que sou. Como me conheceste, estranhar-me-ias que eu ideasse dar no que hoje sou. O fato é que nunca me conheceste. A estas

horas de lido em coisas céticas e desencantadas, deves ter por definitivo e certo que nenhum indivíduo conhece outro.

Enfim, comecemos. Se me alongo, corro o risco de deixar a vida com uma pena — a de não ter tempo de te escrever esta carta. E isso era lamentável para quem vai deixar a vida absolutamente sem nenhuma outra pena. Compreendes como isso seria irritante.

Não te espantes do tom em que te escrevo. A beira consciente da morte certa há muito mais calma do que tu julgas.[3] Eu tive sempre um terror íntimo da morte, como todos têm, naturalmente. A margem de morrer esse terror deixa-me. Estou tranquilo e o que me sinto estar é qualquer coisa que posso traduzir por dizer que me sinto sorridente. Não sei se realmente estou sorrindo. Compreendes bem, de resto, que isso absolutamente nada importa.

Deixo a vida sem esperanças, sem saudades e sem remorsos. Cito-te remorsos porque parece que os devia estar tendo. Mas o fato é que penso na morte como num comboio em que vou embarcar — embarcando como quem já embarcou nele muita vez. Compreendo que isto te transmite que vou morrer sem emoção nenhuma. Nenhuma, absolutamente. Uma coisa como tirar o colarinho e a gravata para fingir que vou estar mais à vontade. Olha que a imagem é apta e competente.

Reparo que vou deslizando sem te falar no meu crime. Matei minha mulher há dois meses. Nem sabias que eu era casado? Claro que não sabias. Ficas sabendo que eu o era e que matei minha mulher.

Supões daqui, naturalissimamente, que te vou contar, como base para perceberes isto, o como casei e com quem. Com efeito vou. Mas vou contar muitas coisas mais, e anteriores. O meu crime pouco tem que ver com a minha vida doméstica. Tem que ver propriamente e fundamentalmente, com a constituição da minha alma. Não te admires nem te espantes. É isto, assim mesmo. E essa constituição do meu espírito que me levou ao assassínio era já constituição do meu espírito quando me conheceste. Não vás crer que quero dizer com isto que eu sou fundamentalmente assassino. A noção que estou certo que tens, que eu não o era, pelo menos quando me conheceste, é justa e exata. Disse-te há pouco que vou morrer como quem vai tirar o colarinho. Aproveito o ter arranjado esta imagem para te dizer que matei como quem rasga a camisa ao despi-la à pressa, sem propriamente o querer fazer, mas sem se importar com o fato possível de que isso se dê. Desculpa-me a banalidade dos meus símbolos ou

metáforas. Já sabes que não tenho tempo para tas arranjar melhores. E olha que estas servem.

 Esquecia-me de te dizer — é bom que desde já o saibas e tenho interesse, mesmo, em que desde já o saibas para te espicaçar um pouco o interesse que hás de estar tendo — que minha mulher era uma criatura que de modo algum, por coisa alguma, justifica o eu tê-la morto. Matei-a por coisas que há dentro de mim. Ela não "mereceu" a sua morte. Morreu às minhas mãos como podia ter morrido sob um raio ou num descarrilamento. Não te direi mais por enquanto. Era dizer-to fora do lugar. Não é sem tempo que se começa realmente a saber a minha história. Vou contar-ta desde o princípio. Peço toda a tua atenção. Peço, igualmente, que tu faças também esforços para me leres a frio e à parte. Segue-me com cuidado, não vás comentando o que lês: guarda tudo isso para o fim. Nem julgues que faço, ou que vou fazer, literatura. Precave-te contra ti próprio ao leres-me. O que te vou explicar não é sem dúvida *toda* a verdade, porque *toda* a verdade só está na vida e não no descrevê-la. Apenas podes estar certo que não te direi *senão* a verdade.

 Vou ter com um passado longínquo, anterior a tu conheceres-me. Não recuo mais do que o preciso para te contar o que hoje sou. Mas, realmente, para isso é preciso ir até a minha infância. Sobre o que pouco importa, garanto-te que passarei ligeiramente. Sinto-me suficientemente equilibrado para pôr tudo nas devidas proporções e □. De excessivo há só este prefácio à minha confissão. Não passo daqui. Eu começo.

 Sabes talvez — eu não sei, na verdade, se o sabes — que nasci nessa tua Lisboa. Escuso de te descrever as circunstâncias exteriores da minha origem e dos meus primeiros anos. As circunstâncias exteriores pesam sempre muito pouco na balança do meu destino. Acontece-me tudo por dentro. Realizei-me, creio, fora das coisas externas. Falo, é claro, convicto da relatividade do que digo.

 Desde aquela parte obscura da minha infância em que comecei a tomar consciência dos contornos da minha individualidade, encontrei-me sempre uno e o mesmo numa fixa atitude espiritual: fui sempre um indivíduo que nunca fez senão sonhar... com isto, porém, de diferenciante — que nunca construí os meus sonhos senão sobre a realidade imediata, senão sobre os fatos materiais e próximos da minha vida, fatos que eu não ia buscar, mas que se encontravam ali, ao meu

lado. Não interpretes isto como contraditando o que acima⁴ te disse de nunca terem contado nada para esse crime as circunstâncias exteriores. Se me afincava aos fatos era para me encontrar a mim próprio e ao meu sonho íntimo. Unifiquei sempre tudo em fazer de tudo, de cada coisa, um espelho para os meus pensamentos. Compreendes hem que pouco me importava o que estava diante de mim — espelho ou cafeteira polida.⁵ O asco era o mesmo. Se o grau de reflexão divergia, o asco da face refletida era sempre o mesmo. Vês, pois, o pouco que a essência das coisas sempre teve com o meu uso delas.

Não empreguei adrede⁶ e por acaso esta imagem de me espelhar nas coisas. É que o meu sonho constante, desde a infância, o meu contínuo e único íntimo pensamento foi o ver-me de fora, foi o desdobrar-me em Eu e em Testemunha de mim, em uma Vida estranha, curiosa, interessante, e em o Autor dela. Bem vês que não foi senão por uma íntima e imediata razão do apto que me calhou escolher essa imagem do espelhar-me em tudo. E reparas bem, é claro, que este não é dos sonhos sobre os quais as circunstâncias exteriores pesem demasiadamente, causas.

Talvez não seja mau que eu te explique melhor o que quero dizer com isto. A única mágoa que apenas poderia ter era de não ser suficientemente lúcido. Desculpa-me se me reitero, me repito. Só esmiuçando-me um pouco demasiadamente posso criar segurança de te fazer compreender o que sou e fui.

NOTAS

[1] Var. sobrep. a *carta*: *confissão*.
[2] Palavra dubitada: *constante*.
[3] Var. sobrep. a *julgas*: *calculas*.
[4] Var. sobrep. a *acima*: há pouco.
[5] Expressão dubitada: *cafeteira polida*.
[6] Palavra dubitada: *adrede*.

Uma tarde clerical

Quando o Governo Provisório da República dissolveu as ordens religiosas, o meu único cuidado de momento, que relação tivesse com o assunto, foi procurar saber onde parava o meu velho amigo, padre Eusébio Quelhas, da Irmandade de Jesus. Descobri que se refugiara em casa do também meu amigo Vasco Salles, proprietário em Alpiarça. Quando pude e achei bem o dia — era uma linda manhã de inverno no 1º Janeiro da República, visitei o meu estimado jesuíta na quinta do Vasco Salles. Encontrei o padre Eusébio indiferentemente de saúde. Notei-lhe uma apatia prenunciadora talvez de □ na idade já avançada do antigo congreganista.[1] Passeamos de dia pela quinta, regressando só para jantar, o que fizemos sós, dado que o dono da casa e a esposa se tinham ausentado por uma semana para o norte. Findo o jantar, que foi cedo, fomos ver morrer o dia para uma das varandas da casa. Estava fresco, e, ambos de sobretudo, e o padre Eusébio cuidadosamente de *cachenez*, acompanhamos o entardecer[2] com uma discussão filosófica. Nunca tivéramos discussão igual, de extensa que foi; talvez prenúncio obscuro de que seria a última conversa minha com o velho jesuíta me impelia a fazê-lo escaninhar a argumentação apologética. Porque discussão propriamente dita não se deu. Eu como que sugeria telegraficamente objeções a que o padre Eusébio respondia com pequenos tratados. Foi ainda assim interessante o catolicismo dialético do meu interlocutor.

Entre nós, por sentirmos receio de melindre, dada a divergência absoluta do nosso modo de ver as coisas. Eu era livre-pensador-ateu, membro da Associação do Registro Civil,[3] apologista da expulsão das ordens religiosas e da intervenção na vida da igreja, desejador deveras de que mão firme lentamente extirpasse de entre nós o que eu considerava a síntese viva da mentira, da hipocrisia, da luxúria, da corrupção e da crueldade. Ele era, basta saber isso, o padre jesuíta Eusébio Quelhas. A minha principal aversão pela Igreja era por causa das suas doutrinas. Crueldades, hipocrisias, corrupções — tudo isso tinha eu por efeitos da tara fundamental da *mentira*, de *falsidades* teóricas e doutrinárias. A ciência moderna — cria — tinha destruído tudo quanto a Igreja sustentara — da imortalidade

da alma ao livre-arbítrio; da existência do inferno à possibilidade do milagre. Parecia-me tudo isso absurdo e sem defesa concebível. Tinha por claríssimo, por evidentíssimo, por fora de contestação dentro da razão e da lógica que essas teses católicas eram insustentáveis e □. E como assim julgava, como me parecia incrível que, a não ser por uma impensável ignorância, se pudesse crer em coisas deste gênero, tinha por desculpáveis mas lamentando as ovelhas que, ouvindo isso de quem tinha autoridade para lhes fazer crer tudo; e por odiosos, sem desculpa nem compreensão os pastores que voluntariamente, hipocritamente malevolamente, □, por meios, pessoais e frios, conscientemente mal-educavam, monstruavam, obscureciam e envileciam as almas ingênuas de aldeãos, de camponeses. A base racional, o ponto lógico da minha posição era para mim óbvia e a todos evidente matéria cristã. O resto, toda a moralidade e hipocrisia, tudo era por derivado disso. A hipocrisia — entenda-se melhor — tinha-a eu por derivada de uma conscientemente falsa corrupção da verdade; inconscientemente; matada por uma sabidamente enorme corrupção da moral, acomodada por uma ânsia conhecidamente infame de temporal terreno predomínio. Tudo isto mau, pensava, tudo isto falso, errôneo e infame, como por falso, errôneo e infame consta sabida e conhecidamente. Visto que depois mudei por completo, que abandonei com escândalo de muitos a Associação do Registro Civil, que me afastei do ódio à religião e à Igreja, sem sequer dar aos meus antigos colegas a satisfação do ingresso na fé, ou de a defender, julgo dever-lhes este relato de como de ateu me tornei simplesmente um indiferente, de anticlerical defensor da tolerância, de certo saber □ e apoiado na ciência, incerto quanto à falsidade íntima de qualquer coisa, duvidoso da força da verdade contida na ciência, um tanto tristemente entregue a uma vontade de ver deixados a todos as suas crenças, e a liberdade delas. Deixei atrás de mim, como falsas, todas as certezas, e como as abandonei não tenho ponto de apoio para amar ou odiar qualquer coisa, para a perceber verdade ou perceber outra coisa mentira. Hoje sei que o espírito humano é mais fantasioso que eu julgava, que a verdade é mais obscura que eu cria, e que, medindo e caminhando e tudo, tão fácil e seguro é defender uma coisa ou outra neste mundo, porque, como tive a prova nesta tarde clerical de que lhes vou falar, o que há de real no mundo é, não verdades, mas defesa de verdades, não certezas, mas argumentos, e que, sendo assim, tanto conta ter a crença em Deus como a não crença em Deus, tão lógico é ter o inferno por certo como tê-lo por absurdo. Creia quem quiser no que

quiser crer. Um padre já não me faz ódio, nem um outro simpatia; tendo mais, hoje, a tolerar o padre, porque lhe fui injusto muito tempo, do que o ateu porque injustamente muito tempo o ajudei e fui.

Sem me converter aos seus argumentos, mas desconvertendo-me dos meus, ensinou-me a ser tudo isto, num entardecer fim de Janeiro, o padre jesuíta Eusébio Quelhas.

II

"Não, filho, disse o padre Eusébio, já não escreverei aquele livro... Estou velho, e, sobre velho, doente. Não duro muito. As coisas da terra não me estão atraindo com a força que me atraíam. Escreverão outros, escreverão outros. Há mais para defender a fé."

"Pode dar-me alguma ideia do seu livro?"

"Eu começarei por mostrar, disse o padre Eusébio, que o conhecimento do modo científico cientificamente filosófico não nos pode levar a qualquer noção ou conclusão com respeito à verdade.

"É difícil, muito difícil, meu caro e jovem amigo, argumentar □. Entre a sua alma de descrente e a alma de um crente há uma diferença de gênero antitransitável mesmo pela sua imaginação. O modo inteiro de encarar o mundo e as coisas que a alma de um crente, por o ser, tem, é diverso inteiramente, desde as coisas mais basilares e elementares do espírito, do modo inteiro de encarar o mundo do descrente. E creia o meu bom amigo que, por bem que me compreenda, ainda assim não me pode compreender inteiramente bem. Não, não, não; não é para lhe ser desagradável — como sabe, sou incapaz, sequer de pensar em sê-lo — que digo isto. É que é verdade, é que é verdade.

"Igualmente difícil é integrar o nosso espírito na atmosfera do passado. Pode afirmar-me, com a certeza de falar a verdade, que não tem indo desaparecendo de entre nós qualquer faculdade anônima que produzisse milagrosos efeitos? Pode garanti-lo? Não pode, não pode.

"A ciência tem boas pernas, mas a fé, meu amigo, tem asas. Por mais que a ciência corra, a fé apanha-a sempre, ajudada das asas nos pés. E quando mais não possa fazer, quando lhe sangram os pés e as pernas se lhe □ de cansaço, bate as asas só e voa."

"Também o voar cansa."

"E então a ocasião de voltar à terra e a correr."

"Pois sim" disse o jesuíta. "Mas o fato é este. Se negamos à Natureza ou ao que quer que seja que nos produz, que nos faz estar aqui por intermédio das leis naturais, inteligência e razão, implicitamente afirmamos a nossa absoluta superioridade à própria natureza (chamemos-lhe assim). Sendo nós mais do que nenhum outro animal — pelo menos conhecido — conscientes, e negando à natureza a consciência, cremo-nos superiores à Natureza mesmo — e não há antropomorfismo nenhum mais ridículo e presumido[4] do que esse, meu caro amigo. Siga o meu argumento. Sendo nós essencialmente, e especialmente então quando raciocinamos e fazemos ciência, seres conscientes, de duas uma: ou temos esta consciência por inferioridade ou por superioridade. E por superioridade, caímos no tal erro de nos atribuirmos uma superioridade sobre a Natureza, a não ser que lhe concedamos consciência, e se lha concedemos só lha podemos conceder em grau infinito, por assim dizer (porque *grau* e *infinito* são termos incompatíveis). E se a Natureza é superioridade e infinitamente consciente, — meu caro amigo achamos Deus."

"E na outra hipótese."

"Ah, na de que a consciência seja uma inferioridade? Sim, sim. Nesse caso, deixa a inteligência — forma essencial da consciência — de ser o critério da verdade. Ida a supremacia da razão, vai por água abaixo todo o argumento e toda a causa racionalista. Porque, pelo menos, fica a crença entregue ao arbítrio de cada um sem que refutação ou defesa lógica seja possível; e nesse caso posso crer em Deus à vontade sem necessidade sequer de intervenção de argumentos."

"Pois sim, pois sim, mas nem tanto ao mar, nem tanto à terra… Também nem 8 nem 80. Escusa-se de se admitir ou a supremacia ou a nulidade da consciência…"

"Então que outra hipótese…?"

"Qualquer hipótese intermédia entre as duas que o Pe. ☐ apresenta."

"Ora vamos a ver. Intermédia?

Permanece certo, com respeito ao homem, o *nisi ipse intellectus* de Leibniz. Mas que ninguém se assuste — isso não importa dizer que a evolução de um não desse o outro, nem ☐

Constata-se apenas que, como indivíduo, e anteriormente à sua experiência individual, cada um tem o *ipse intellectus*, a faculdade de *abstrair*. No interpretar do *como* essa faculdade aparece como o ponto árduo da ciência; na última interpretação desse aparecimento a cisão pela diversidade das transações metafísicas.

A faculdade psiquicamente essencial da *memória* torna possível os dois altos graus da atividade *instintiva* — o *hábito* e a *intuição*. O instinto é a atividade *concreta* sobre memoriados elementos *concretos*. O hábito e a intuição são, cada um a seu modo, atividades concretas sobre memoriados elementos *abstratos*, em parte e de todo. Em parte no *hábito*, de todo na intuição.

A memória faz *perdurar* a atividade psíquica. Daí *gravar* o *abstrato* com o *concreto, alheia como é a ambas*. Existe apenas para manter a unidade do espírito.[5]

O 'pensamento inconsciente' é como a pedra no ar depois de atirada; a sua altitude parte da inicial abstração.[6]

A intuição ou inspiração é a atitude instintiva, e, portanto, independente das células cerebrais, com elementos fornecidos primordialmente pela consciência."

Vou-lhe contar um caso verídico, disse o padre Eusébio, um caso célebre — e há outro, há mais — na história da ciência psiquiátrica. É o caso do rapaz de □, observado[7] por Charcot...

Analisemos este caso. O que se depreende dele? Que o rapaz, perdendo a consciência de si, perdeu tudo e nada. Nada, porque continuou vivendo perfeitamente como dantes, com a mesma precisão, o mesmo senso prático, a mesma □ em cada ato da vida. Tudo, porque tudo isso fez sem a consciência de o ter feito. Foi — deve ele tê-lo assim sentido — como se outras pessoas lho tivessem feito, como se outra gente tivesse sido ele.

(A alma real e absoluta, a que raciocina *sub specie eternitatis* — foi essa a que ele de momento perdeu).

A consciência de si não é senão a *ideia abstrata do nosso ser*. Temos pois que no automatismo o que fica separado de nós é a parte abstrativa da noss'alma.

Tenho reparado que os homens castos são mais profunda e realmente abstrativos.[8]

Sendo assim, compreendemos a diferença entre a vida animal e a do homem. A vida animal é exatamente como a do rapaz de Charcot durante o período de automatismo, posta de parte a superioridade intelectual deste, claro está, porque comparo em gênero, não qualidade ou quantidade.

O indivíduo em automatismo fica então incapaz de abstração? De abstração *original*, fica.[9] Não perde as ideias abstratas que lhe passaram para a memória. — Mas perde a *vontade* — curioso eh? — que o epifenômeno seja tanto?

E sendo o homem essencialmente consciência, e a consciência essencialmente abstração, tudo toma um novo aspecto. E a questão do livre-arbítrio, posta sob um novo ponto de vista, recebe inesperada luz, torna-se nitidamente defensível e compreensível.

Nenhum caso pode, melhor que este do rapaz de Charcot, dar a noção do epifenômeno. E nenhum caso pode tão flagrantemente tornar notável a importância suprema desse epifenômeno.

Temos uma consciência abstraente, capaz de encarar os fatos e motivos como fatos e motivos objetivamente considerados. Isto é característico do homem.[10]

Ora, existindo esta faculdade forçoso é (dado que todas as ideias são forças) esta seja *agente*.

Mas então desigualmente agente de um homem para outro? Não, pela sua própria natureza de *abstraente*. Os homens podem ter mais ou menos *extensa*, segundo a sua inteligência e educação, a faculdade abstraente; mas em todos é igualmente *intensa*. A igreja distingue uma coisa da outra e concebeu perdoável num o que noutro achou condenável inteiramente.

É por isto que a Igreja reconhece no homem um animal racional. (É por isso que o homem fala).

Por isso dizemos que Deus predestinou o livre-arbítrio ao homem.

O abstrato não pode ser pensado pelo concreto-em-si (o cérebro). O cérebro — coisa concreta — só pode ter ideias concretas.

Cada ente pensa, é consciente[11] segundo a sua natureza; o limitado não pode pensar o ilimitado. (A alma humana, porém, pensa o ilimitado posto que, como o não faz, não o compreende.)

De modo que não é o cérebro que pensa a abstração. O que em nós abstrai só pode, portanto, estar extrinsecamente ligado ao cérebro.

Havendo livre-arbítrio, há responsabilidade, culpa e pecado portanto, e, daí, castigo. Todas essas ideias estão ligadas mas como o pecado pode ser em parte atenuado pela influência, de momento, das paixões e diversas em sua intensidade são em cada homem, há dois graus de castigo: purgatório e inferno, o 1º para os meio culpados, o 2º para os culpados irremediavelmente.

E deixe-me dizer-lhe que as ideias correntes sobre inferno são um tanto erradas. Geralmente, mesmo os ministros da religião não explicam muito bem a ideia; tornam-na a tal ponto pagã e grosseira nas representações que provoca riso nos infiéis e nos inimigos da Igreja e,

o que é pena, não influi com o terror que deve nos crentes. Claro que para os crentes rudes, a explicação própria tem de ser um pouco feita grosseira para eles compreenderem.

A noção de inferno é sempre dada pelo fogo. Esta noção de fogo é judaica, e devemos entendê-la como os judeus a entenderam, antes de a podermos apreciar como o Cristianismo e a Igreja a entenderam depois e, realmente, mas nem sempre a explicando bem, a entendem agora. É vulgar ter-se que no judaísmo, assim como na nossa santa religião, o fogo significa *tortura*, que por "penas eternas" se entende ardor, sofrido eternamente, num fogo eterno. Isto é um erro. A noção judaica já vai ver em que difere à da Igreja — é que a pena do inferno, □ o fogo *não que* tortura, queimando, mas que consome, destruindo de todo, reduzindo a nada. Assim, a noção judaica[12] é que o bom goza Deus, e o mau *morre inteiramente*.[13]

Mas não caiamos no erro ímpio de alguns protestantes, ao deixarem a questão aqui.

O homem é consciente sempre, irremediavelmente consciente. Ao acontecer-lhe isto não perde consciência disto. O inferno é *a consciência do não ser*. Esta noção vagamente compreensível envolve o castigo horroroso e supremo.

O homem é egoísta por natureza e só pode querer o bem dos outros para bem seu...

Se não há sanção superior, por que há de o homem ser altruísta, ou importar-se com mais alguma coisa que com o seu prazer e desejo?

Tem deveres para com a sociedade, porque sem haver sociedade não precisaria o que fosse? Que mal lhe advém de se esquivar a esses deveres? Posta a hipótese de a vida acabar na morte, nem haver compensação para o bem feito ou pelo mal praticado, por que há de o homem deixar de praticar o mal, por que há de praticar o bem, logo que possa fazer uma coisa sem ser prejudicado e deixar de fazer a outra sem que o castiguem?

Que o criminoso verdadeiro ache a sua carreira difícil, não digo. Mas eu falo do egoísta absoluto que não é criminoso. Para passar a vida sem se preocupar com os outros não é mister matar nem roubar.

O hedonismo é a única filosofia para quem não tem religião.

E a consciência? A consciência é um produto final de séculos de moralização. E essa moralização como se faz? Como, senão pela infiltração das ideias religiosas, lenta, porque o egoísmo é fortíssimo, pouco

segura, porque os instintos são predominantes. São estas virtudes, esta moralidade matéria que constitui o "pecado original". O homem, como homem, é essencialmente pecador, *homini lupus*.

A socialidade? É um instinto talvez. Mas o homem inteligente percebe que é um instinto antiegoísta em parte, o maior desses instintos. E, se for inteligente sem fé nem crença, fará por afastar o estorvo que esse instinto põe aos seus prazeres. De resto, a socialidade, porquanto tal, manda que não estorveis os outros; não manda que os auxilieis.

Mesmo na sociologia é impossível escapar à evidência de uma mão providencial. Porque ou se vê na evolução das sociedades uma ordem e lei rígida[14] ou não. Se não, quer isso dizer que admitimos ou o acaso ou uma coisa parecida com ele na vida humana. Abrimos portanto uma distinção entre todos os modos de vida até a vida social humana e a vida social humana. Se isso se admite, admite-se *ipso facto* o livre-arbítrio, porque evidentemente se admite uma particularidade distintiva da entidade homem com respeito a outras entidades biológicas.[15] E admitida essa particularidade como produtora de acaso,[16] está admitido o livre-arbítrio.

Escusa porém de se admitir isto. O geral é ter a vida social regida por leis, tanto como qualquer outra forma de vida, mas apenas por mais complexa mais encobridora das linhas e direções indicativas dessas leis essenciais. Mas mesmo assim não se escapa a admitir a mão da providência, a causação *de fora*, a orientação e direção extrassociais da vida social, assim como, na natureza em geral, extranatural. Porque o problema põe-se de dois modos possíveis. O caso é o *como* da realização dessas leis. Sabe o meu caro amigo que há dois conceitos em oposição com respeito à vida social. Teoriza um que o essencial é o indivíduo, outro que o essencial é o ser social. E há a fórmula conciliatriz também. Em matéria de realização, temos que, segundo uma teoria a vida das sociedades é realizada por indivíduos, que a história é a história dos grandes homens e a sociologia da história o estudo das condições do seu aparecimento; e que, segundo outra teoria, a vida das sociedades é essencialmente coisa que transcende os indivíduos, grandes ou pequenos, que boiam mais ou menos ostensivamente à superfície da corrente social.

Era uma vez um homem que estava à espera do elétrico.

Estava à espera do elétrico que levasse um letreiro certo para o destino dele.

Esperou muito tempo, como se nunca mais houvesse elétricos.

Por fim apareceu um elétrico no fim da rua, veio a correr, e era o primeiro. Não tinha o letreiro do destino dele, mas era o primeiro e ele esperara muito. Não vinha cheio nem vazio; não vinha depressa nem devagar; era só o primeiro elétrico depois que ele esperara o elétrico. Ele hesitou, mas deixou-o passar.

De aí a pouco apareceu um outro elétrico. Já não era o primeiro, porque o primeiro é que o fora. Vinha devagar e vazio. O homem foi tentado a entrar naquele elétrico vazio que andava devagar e havia de ser de tanto conforto, sobretudo depois de ele ter esperado tanto. O letreiro não era o do destino dele, mas o carro ia para o mesmo lado, e ia vazio e agradável. Ele hesitou, mas deixou-o passar.

De aí a pouco, quando ele estava mais cansado, veio de repente um outro elétrico que chegou ao pé dele antes de parar. Vinha cheio, mas ia muito depressa. Também não tinha o letreiro do destino dele. Quem se metesse nele não demorava embora não fosse ter onde queria. O homem hesitou, mas deixou-o passar. Veio a seguir um outro elétrico, mas de longe o homem que esperava reconheceu o guarda-freio e o condutor, que vinham juntos a falar de nada na frente do carro. O carro não trazia letreiro, pois recolhia ao depósito. O homem hesitou, porque conhecia o guarda-freio e o condutor, e ir com eles era como ir no carro com o letreiro do destino dele. Mas depois de hesitar, não hesitou, e deixou-o passar também.

Por fim, quando o homem se cansou de já estar cansado, veio um carro com o letreiro do destino dele. Não vinha nem cheio nem vazio, nem depressa nem devagar, e não trazia gente conhecida nem desconhecida. Para ele trazia só o letreiro do seu destino. O homem não hesitou, e entrou para o carro. Foi por meio desse carro que ele chegou à casa, porque era esse o carro que o levava à casa.

Este homem é uma grande lição porque soube esperar pelo elétrico que trazia o letreiro do destino dele.

Mas em que é que este homem é uma grande lição? Todos nós, ao esperarmos um elétrico, ficamos como ele. Mas quantos de nós faríamos como ele se esperássemos a vida? Quantos de nós têm força para esperar o elétrico que traz exatamente □

Pareceu-me, mas pode ser erro, e um mero efeito de luz[17] que, ao dizer estas palavras, e levantar as mãos ao céu, o padre Quelhas piscou o olho, rapidamente, ao infinito.

NOTAS

[1] Palavra dubitada: *congreganista*.
[2] Var. sobrep. *entardecer: anoitecer*.
[3] A *Associação do Registro Civil e do Livre Pensamento*, de cariz maçônico, foi fundada a 5 de agosto de 1895. Tinha como objetivo combater o clericalismo e o fanatismo religioso, assim como defender o Estado laico.
[4] Palavra dubitada: *presumido*.
[5] Frase dubitada.
[6] Nota entre parênteses: *E os poemas de doidos?*
[7] Palavra dubitada; var. sobrep. a *observado: relatado*.
[8] À frente uma nota entre parênteses: *(Kant, os escolásticos, (e os gregos?))*.
[9] Anotação entre parênteses: *(?) (proof)*.
[10] No topo do manuscrito a anotação: *Argumento contra o determinismo*.
[11] Palavra dubitada: *consciente*.
[12] Expressão dubitada: *noção judaica*.
[13] Na margem esquerda, anotação a lápis ao longo deste parágrafo: *Mas isto como se prova? — (Como Drummond?) Não, decerto*. Henry Drummond (1851-1897) foi um autor escocês que analisou as ligações entre ciência e religião na obra *Natural Law in the Spiritual World*, onde defende que o princípio científico da continuidade se estende do mundo natural ao espiritual.
[14] Var. na linha para *rígida*: rígidas.
[15] Palavra dubitada: *biológicas*.
[16] Var. na linha para *acaso*: acasos.
[17] Palavras dubitadas: *de luz*.

O eremita da Serra Negra[*]

I

Li há pouco numa revista literária, num artigo de um poeta e prosador muito conhecido, e que foi meu amigo, uma referência entristecida à minha extinta personalidade literária e filosófica. Dizia ele, referindo-se aos homens da presente geração, e aos da anterior, que alguns haviam abandonado, por tédio ou falta de tempo, carreiras literárias que se haviam apresentado[1] prometedoras. A minha era — segundo ele — uma dessas. "E o que é feito" perguntava "de Carlos d'Araújo, cuja promessa filosófica era tanta? Certo dia queimou, com pasmo e horror dos amigos, que a não puderam salvar, toda a obra filosófica ainda incompleta e retirou-se, definitivamente, para a sua aldeia natal. Nunca mais nos falou de si. Dedicou-se de[2] toda a alma a fazer-nos esquecer. E isto sem motivo aparente, sem outra razão que um tédio horroroso e profundo! Que desgraçada geração a nossa! Que geração de falhados e perdidos!"

Por mero acaso li estes períodos. No meu atual estado de espírito devia ser-me indiferente esta apreciação. Feriu-me porém, por parecer verídico que eu, cujas ideias foram sempre tão altas, cujas aspirações tão elevadas, queimara por um mero tédio de doido uma obra em que pusera a minha ânsia de verdade e a minha aspiração a contribuir para a □ da humanidade. Determinei, por isso, descrever as horrorosas circunstâncias metafísicas que me fizeram abandonar de todo a especulação filosófica, a ambição da glória e a □, renunciar a qualquer interesse na vida e no progresso ou regresso da humanidade.

[II]

É reclinado aqui que muitas vezes, durante toda a noite inutilmente eu medito no doloroso mistério do mundo.

[*] A primeira versão foi assinada por Pero Botelho, *alter ego* criado por Pessoa em 1915.

As civilizações nascem, crescem e decaem; e ao nascer não têm consciência bastante, nem para saber se são felizes nem infelizes □; e só adquirem essa consciência ao decaírem, para sentirem o seu sofrimento.

Tenho chorado □ lágrimas, não só sobre a sorte humana, mas também, por uma obscura e imensa fraternidade, sobre o universo inteiro. Tudo me parece um vasto erro e uma surda dor, e para tudo sinto uma compaixão angustiada e uma □ dubitante.

Nem vejo erro inicial no julgar-se sermos predestinados uns à vida futura feliz, outros ao sofrimento eterno; não é de crer que, a haver um mundo espiritual, ele seja como o nosso mundo, e as suas leis as mesmas, e não é basilar neste mundo que para uns a vida é gozo, e para outros a vida é dor? Predestinados assim, para este mundo, por que não seremos predestinados com igual injustiça para outro? Deus — a havê-lo — não pode ser bom ou de todo bom, porque há injustiças *aqui*; e não sendo bom ou de todo bom que esperar para este mundo ou para outro da bondade que ele não tem?

O homem é um animal consciente, diz o meu amigo. Felizmente para ele é-o em parte apenas. Justamente na proporção em que é inconsciente é o homem feliz. Que horror seria o criar o homem verdadeiramente consciente! Que desencadear de tristezas, de fraquezas e de cansaços pelo mundo! Que dia □ para o Mal! Que normalização da dor!

O homem só pela inconsciência e pela ignorância pode ser feliz. O tipo da felicidade é a criança. Uma criança só não é feliz quando é doente; e a essa doença anda ligada uma anormal consciência de si.

O homem principia por não ter consciência da sua pequenez perante o espaço, nem de nunca nitidamente compreender a sua insignificância perante o tempo.

A nossa força é a inconsciência da nossa fraqueza. A nossa valentia é a inconsciência do perigo. A nossa coragem ante a morte é a inconsciência do que de mistério e horror a morte representa.

O que é que nos pode dar prazer ou grandeza? Alguma coisa do sentir? Nenhuma; porque □

O saber? A única felicidade do[3] saber é o ignorar, é a inconsciência do quanto se não sabe, nem nunca se saberá. O nosso prazer na ação vem apenas de não medirmos quão limitado e inútil todo o ato humano radicalmente é.

Somos animais essencialmente lógicos, na superfície da nossa consciência de nós mesmos. Mas a lógica é a grande suicida; todo o argumento,

bem prolongado e encaminhado, morre, e mata a lógica em si, como os crentes dizem que quem quer crucificar Cristo em sua alma pode ser pecador. Bem □ todo o sistema metafísico leva ao ceticismo, mas a razão é incompetente para se provar incompetente, por isso necessita de provar a sua competência. O círculo vicioso é a única realidade lógica. O sofisma mesmo é que é real; a certeza é que não existe.

 Se nos entregamos ao sentimento, a nossa natureza de lógicos pede-nos que nos expliquemos por quê. Se a um sentimento considerado geral e universal, a lógica da metafísica pede contas com razão; se a um sentimento individual, a lógica pergunta por que há de o individual ser escolhido. E, persistindo, pergunta se o individual, sendo □ *por individual*, não será um erro, visto toda a individualidade ser realmente conjunta, mesmo psiquicamente.

 Assim temos que pedir à lógica a justificação de si mesma — e já na vida reles se sabe que ninguém é testemunha ou defensor crível de si próprio. E se a lógica é incompetente para se provar competente; do mesmo modo lhe não compete provar-se competente. O argumento é o mesmo, a razão idêntica. De forma que ou temos que aceitar a lógica como crentes ou como crentes que desacreditá-la.

 Mas o próprio fato de deixar a lógica e se entregar à crença é uma conclusão da lógica. O próprio termo *crença* é, por ser um termo, um produto lógico. A ideia de crença lógica é. De maneira que é impossível afirmar ou negar. De maneira que tudo é crer — o universo inteiro... E ainda mais o que são "universo" e "crer" senão palavras, modos de manifestar o pensamento e a lógica?

 Mas — dizem-nos — sem essa inconsciência, sem essa fé ignara o que se faria? Nada. Mas o que se fez o que é senão nada? O que vale no sistema do mundo e dos seres a ínfima atividade nossa?

 Saber? — o quê? Da aparência das coisas? É indefinida a estrada; o aparente é inesgotável e só há uma certeza: a de nunca se saber tudo, e, como para realmente saber, porque o saber é síntese, justamente esse tudo se devia saber, resulta que o nosso saber é sintético, banal, ilusório, nenhum.

 Saber da essência das coisas? Nenhum temos. Só vemos a aparência; e era preciso conhecer a aparência toda para poder deduzir a essência. E mesmo que conhecêssemos a síntese do aparente — o real ser-nos-ia aberto?

 Compreendo então intuitivamente a significação essencial do mundo? Como? A verdade uma é; se tivéssemos em nós o poder de achar, já a tínhamos achado; éramos nela desde o[4] início, □

Que me importa que invenções sobre invenções, experiências sobre experiências se acumulem, e tornem mais complexa[5] a vida e o pensamento... Ficamos à mesma infinita distância da verdade e da felicidade. Porque, por maior que seja o rácio da esfera do saber é sempre infinito, está portanto sempre à mesma infinita distância da verdade completa. E por veloz que seja a civilização em sua marcha, não corre mais depressa do que o Mal.

Paradoxo? O grande paradoxo é o mundo, que é a realidade irreal, ou a irrealidade real.

"Tudo isto então, exclamei, criado sem nexo, nem ☐, nem fim, aparecido apenas para desaparecer? É impensável, é incrível, é de nos endoidecer!"

"Se tem um fim não sei..."

"Que fim bom inclui tanta dor? Que falo como ser limitado — isso sei que sim. Mas sofro, eis a verdade, e é de sofrer que eu me queixo. Seja qual for a verdade e a realidade, o fato é que sofro, que sofremos. Atrás do mundo haverá o que haverá, mas atrás da minha dor não há nada. Quando me sinto sofrer não me engano dizendo que sofro, e mais nada; no senti-lo está a realidade do sofrer..."

"O mal, de resto, seria incompleto se soubéssemos, de certeza certa, que éramos — o que aliás não podemos ser — produto do acaso e do cego universal querer. O mal completo é no nem sequer poder pensar o que somos... O mal completo está na dúvida negra e absoluta, na impossibilidade de formar uma teoria sobre qualquer coisa, sem que, no pensá-la, o senti-la falsa, o sabê-la falsa perfeição nos doa de terror. O mais cego, feroz, inaspirante e pessimista materialismo é ainda assim alguma coisa — afirmação, crença, fé — inconsciência portanto. No crer vai alguma felicidade, ainda que seja no crer no mal. Afirmar é afirmar que sim. Negar é afirmar que não. É entre o afirmar e o negar que o mal tem o seu lugar de bom e o seu negro termo.

"A esta palavra *Mal* não liga sentido propriamente sentido. Nas palavras vai de algum modo afirmação, crença, fé; por isso o falar alivia. Acha horroroso o que eu digo; ah, se soubesse o que eu penso, e que as palavras me não dizem... Alguma coisa me consola no esquecer-me falando, ainda que destas coisas. O pensá-las — eis o supremo horror!"

"E a dor humana, a dor humana ☐"

"Trabalha-se para o futuro."

"Mas ah o horror da injustiça passada, que não podemos evitar — as vítimas da inquisição, os judeus ☐ — os massacrados em ☐ etc. etc. — de

que serve o pouco que fazemos se isto foi e se fez? A miséria e mágoa de todos os dias, as secretas dores □"

"Não afirmo que haja no mundo mais dor do que alegria. Dada a inconsciência fundamental de tudo talvez haja mais prazer do que sofrimento."

"Mas a dor que há, mesmo pouca que seja — e pouca decerto que é — é, por existir, imensa. Um só *ai* que na terra se houvesse soltado era infinitamente a mais. A raiva, a dor □ todos quanto têm gemido, sofrido, sido pisados, torturados □ Para o futuro, estaremos…"

"Mas que justiça é essa que com tão pouco se contenta?"

"Ora vemos o que não fazemos e sofremos portanto; ora temos por muito o pouco que fazemos e somos inconscientes.

"Demorou o senhor alguma vez seu pensamento sobre quantos judeus foram mortos □

"Pensou detidamente e visualizantemente em quantas vítimas a inquisição martirizou e matou, □

"Refletiu em quão cruel tem sido sempre o poder, em como a injustiça tem sido a lei do mundo, e a essência do uso o abuso?

"Desde que reste uma injustiça que seja na terra, nada está feito. E acabada toda a injustiça presente e para o futuro, resta o pensamento de que a que houve, houve, que o passado imensamente sofreu.

"A injustiça é fundamental e da natureza das coisas. Que mais injustiça que, tendo nascido, morrer; que, nascido, sofrer; que, sofrendo, saber que o sofrimento nem ao menos é geral e humano!

"A justiça é absoluta, inteira e una. Ainda que embeleze com bem o futuro, dói-se de o não ter feito ao passado. O descontentamento torna-se a nossa alma.

"Para sermos felizes todos e iguais, é preciso compreender bem os deveres; para compreender os deveres, é preciso sermos todos conscientes em absoluto. Mas o ser consciente em absoluto importa o ser em absoluto desgraçado. O estado de igualdade, em si impossível, seria o da incomensurável e infinita desgraça; o da dor imensa e inconcebível. E a dor tornar-nos-ia desconscientes, e volveríamos à injustiça outra vez, outra vez à guerra, outra vez, mais hábeis e mais plurais, à prática sutil do mal e do crime.

"O mais grandioso argumento vive apenas da incapacidade dos críticos. Não há teoria concebível que concebivelmente se não destrua, que concebível crítica não desfaça. A única certeza é que não há certeza. Diria

mais: nem essa certeza temos. Mais do que com Sócrates estou com Francisco Sanchez. Não digo 'Só sei que não sei' mas que 'nem sei se não sei'.

"O defeito dos céticos é sê-lo incompletamente. É preciso duvidar do próprio ceticismo, estranhar a própria dúvida. De toda a ideia que tenho, sei apenas isto: que é falsa; de todo o prazer que não é completo; de todo, o ato que é inútil. Propriamente nem isto sei; por isso sei apenas isto. Sou paradoxal? Passei a perceptibilidade exata? É porque tenho razão. O mundo é o grande paradoxo, e a grande realidade incompreensível. Desde que afirmamos enganamo-nos; desde que cremos, erramos; desde que nos tornamos compreensíveis, tornamo-nos *ipso facto* limitados e fora da verdade. O ceticismo é mais essencial que o raciocínio.[6]

"Olhe, tenho estudado muito; lido coisas quase inúmeras. Não o digo por vaidade. Que satisfação me daria? Tenho lido muito, digo-lho assim porque é verdade. Mas só colhi amarguras e □. Hoje não leio nada. Desceu sobre mim o tédio supremo — aquele que não é da superfície das coisas, nem de mim perante as coisas — mas do universo inteiro, de tudo quanto é e não é, do que pode ser e do que não pode ser.

"Pascal disse que no procurar a verdade está o prazer. Só para quem julgue que a pode achar pode haver esse prazer, amigo. Tão doloroso é procurar a verdade, como horroroso seria achá-la. Falo da verdade real; a outra o que é? De maneira que entre a dor de procurar e não achar, e o horror de conceber o achá-la, o nosso tormento é completo. Por nosso quero dizer meu, e dos outros que como eu possa haver. Dado que se chega ao nosso ponto de consciência completa, só nos resta o sofrer, o sofrer por tudo e o sofrer sempre. O raio só cai nas alturas — concordo. Mas para que haver o raio?

"O mecanismo das coisas gira fora dos eixos de qualquer vida normal. O dia de hoje está quente; virá amanhã limpá-lo uma trovoada. O calor de hoje secou os prados, □; incomoda-nos, ainda que pouco. A trovoada e a chuva de amanhã arrasarão □. Dois males: um bem. Isto é basilar. Qual o único bem da vida, senão a soma de 2 males: o calor parar e o não saber que o calor parou, a mesquinhez e a inconsciência da mesquinhez. Quem ao menos pudesse chorar por saber isto. Mas isto fica além das lágrimas.

"Quantas teorias tenho pensado, sobre tudo; sobre quantas ciências tenho meditado até chegar a novidades. Antigamente ciência, natureza, interessavam-me por mim pensador e trabalhador-teorista. Poderia ter feito um nome grandemente vazio, e retumbantemente estéril. Veio-me cedo a consciência da futilidade de tudo. Vim para aqui. Continuei a ler,

mas não escrevo, nem outra coisa. Destruí o que escrevera e anotara. Pensava, teorizava e sofria. Hoje passei além. O pensamento tornou-se-me a alma. Sentimentalizou-se, dispersou-se por mim, perdendo o seu ser de pensamento e lógica. Hoje já não penso; sinto a reflexão. Penso com o sentimento. Raciocino-me.

"A minha vida é um êxtase, mas da terra. Não durmo nunca. O sossego é-me estranho e impossível. Consolações — até a de chorar me falta. A de falar-me, falha-me por igual, porque como nunca poderia dizer o que sinto, na própria coisa que me devia aliviar, □

"A minha dor é como o tempo, eternamente mais velho,[7] e eternamente a mesma:[8] hoje tão forte como ontem, mas mais forte. Isto parece falso, mas não é. De resto — que importa o que seja? Vale acaso o pensar ainda no que se pensa e no que se diz? Nada vale a pena.

"Romances, poemas, □ — tudo isto o que vale? Meios complexos de me cansar, senão porque vão sugerir-me, nas suas mais banais banalidades, nas suas esterilidades mais estéreis, nas suas minúcias mais minudentes, senão o mistério do mundo, o enigma da verdade, a veracidade do ser...

"Desde que se descobre que a terra é a dor, todos os caminhos são de dor e todos levam à dor. Principiam, passam e acabam no sofrimento. Reconheçamos pois que tudo é inútil. Mas de que serve reconhecê-lo?"

"Tudo é oco, tudo, disse o eremita, oco por dentro e por fora... e como viu que eu sorria acrescentou: Não é disparate: oco como sujeito, oco como objeto."

"Sim, disse o pessimista. Sim — amor, fidelidade, constância — eh? À esposa fiel e amantíssima morre o marido, e depois, pouco ou muito depois, isso não importa, ela casa com um outro e é-lhe fiel e amantíssima esposa. Sim, fiel e amantíssima — foi-o no 1º caso, foi-o no 2º. Mas vamo-nos sempre perguntar, se aparecesse o 2º marido — o sujeito que ela tanto ama que casou com ele sendo viúva, em vida ainda do outro, e casada com ele... Coisas, disse o pessimista, Coisas..."

Mas antes de se afastar de mim parou e pôs-me a mão no ombro, detendo-me.

"Vive tu a tua vida, disse; não sejas vivido por ela. No bem e no mal, no bem-estar e no infortúnio, sê o teu próprio ser. Espera mas não confies. Sabe ser duplo: não crer na verdade e procurá-la; sofrer da vida, gozando-a; amar os outros e a sua perfeição no amor à proporção de ti mesmo. Lembra-te de que a única realidade para ti és tu, que o teu único mundo real é o teu. Não digo que tu sejas real; digo que para ti só tu o és.

"Espera o melhor mas prepara-te para o pior. Não cases nem ames, nem odeies, nem temas: para quem sente o seu sentir isso seria estar demasiado na vida.[9] Lembra-te de que nada vale a pena. Não cases nunca.

"Sabe iludir-te, sabendo-o. Não chores, porque o choro de nada serve; nem rias, porque o riso nada esconde. Sabe ignorar-te, mas não esqueças de que te ignoras. E nunca ensines a ninguém a tua consciência da vida.

"Não faças o que os outros fazem, porque eles o fazem, nem o que os outros não fazem porque eles não fazem. Faze o que for mais difícil ao teu ser, sendo dele o fazê-lo. O pensamento é estéril, o sentimento inútil; só do esforço e da vontade alguma coisa obscuramente fica.

"Nem fales muito alto; nem sintas muito alto. Não penses demais, porque a compreensão da eternidade é a[10] antecâmara da dor.

"O mal da vida é a gente saber por ouvir. Mas este mal é o nosso maior bem.

"Nunca fales de ti. Guarda ao teu ser o seu segredo. Se o abrires nunca o poderás fechar. Não é que alguém te compreenderá, é que te descompreenderá; porque ninguém compreende os outros. Sentir-te-ás traído a ti mesmo, de uma traição desproveitosa.

"Aceita a natureza como bela; mostra-te contente de ter o sol e a lua e não desagradecido das estrelas.

"Sente a natureza no que ela não é. Chama-lhe[11] mãe às vezes e serás consolado. Respira-a e sabe sentir-te abençoado por um manto de vida.

"Se puderes, reza a Deus. Não é preciso acreditar nele para isso. Basta que saibas rezar. Chorarás ao fazê-lo e a miragem que o teu desejo pedido gozará na aridez da tua alma, ser-lhe-á o oásis de um momento.

"Sobretudo não cases, nem na ação e na atenção ames.

"Todo o amor é um modo de sofrer, porque é o querer dar o que se não pode dar, e pedir o que se não pode receber. Se amares, vir-te-á a amargura de não ter achado nada, tendo-te perdido a ti mesmo. Sekhmet, que os egípcios adoravam, era a deusa do amor e da crueldade.

"Não sejas bom por bondade, nem por causa dos outros, mas por tua causa, para seres mais completo. O seres, além do mais que sejas, bom, vale por te dar maior valor e conteúdo d'alma; (e também porque o ser bom sendo mais difícil que ser mau, é de grandeza o praticar o bem).

"Se houver céu a ganhar só o ganharás tornando-te afim dele, completo em grandeza e amor para o obteres.

"Lembra-te que é nisto que é perfeita a religião cristã, em não ser altruísta, mas egoísta em perfeição.

"Tudo está em desacordo com tudo. A lógica é falsa, e o nosso critério de verdade é lógico.

"Não deve haver incesto — mas por quê? Que razão me dá para que um homem não possa ser amante da sua mãe ou da irmã? Que *razão*, que realmente seja uma razão?"

"Não é natural."

"Por acaso escolheu um argumento infeliz. É coisa (por infimal) a que a natureza (seja isso o que for) se não opõe. São seres de sexos diferentes...

"E até o amor unissexual — que razão lógica obsta a que ele exista? A natureza? *Mas a natureza o que é?*"

"Os usos... os costumes..."

"Só argumenta como esse e outros quem não argumenta. Essa lógica é a que impõe um chapéu alto em dias de festa solene... Não vem para o aspecto universal das coisas.

"Por que se não deve matar? Porque é tirar a vida — e isso é tirar uma coisa que não podemos restituir... Mas este argumento, que ataca o assassínio, justifica o roubo.

"Por que se não deve roubar? Porque isso causa dor e transtorno a alguém? Mas esse argumento pode servir de defesa a um assassino, logo que ele mate sem causar dor ou logo que, matando, indenize os parentes ou dependentes da vítima.

"Mas isso é *lógica pura*. Mas o que me impede, logicamente, de usar de lógica pura?

"Conforme te pareça, conforma-te ou não te conformes à vida social, de qualquer maneira estarias no que pode ser verdade e no que talvez seja erro.

"O Universo és tu...

"Adeus, e que a ilusão te seja grata!"

E num gesto que me tocou na alma como uma bênção, a sua mão passageira tocou-me de leve na cabeça...

"Lembra-te de que a única realidade para ti és tu...

"Que a morte nos seja propícia de[12] coisas inesperadas! Que o além nos seja bom de revelações imprevistas!"

NOTAS

[1] Var. sobrep. a *apresentado*: *desabrochado*.
[2] Var. sobrep. a *de*: *com*.
[3] Var. sobrep. a *do*: *no*.
[4] Var. sobrep. a *desde o*: *ah*.
[5] Var. sobrep. a *complexa*: [*complex*]*os*.
[6] Var. subp. a *raciocínio*: *silogismo*.
[7] Sobrep. a [*velh*]*o*: [*velh*]*a*
[8] Var. sobrep. a *a mesma*: *o mesmo*.
[9] Var. subp. a *na vida*: *no mundo*.
[10] Var. na linha para *a*: *da*.
[11] Var. sobrep. a *Chama-lhe*: *sente-a*.
[12] Var. sobrep. a *de*: *em*.

O vencedor do tempo*

Que a base inspiracional deste conto foi a *Time Machine* de H.G. Wells no[1] próprio conto mencionadamente se vê. Que este conto é, porém, intensa e basilarmente diverso daquele, igualmente dele constará. Manda a lealdade porém que nunca se considere exagero o reconhecer a dívida inicial.[2]

O professor levantou-se bruscamente, repelindo a cadeira. Pegou nela e repeliu-a bruscamente no seu lugar colado à mesa. Depois, enquanto nós fazíamos o mesmo e nos assentávamos a dois cantos, nas poltronas, Serzedas começou, passeando, a sua exposição. Passeando sem andar ora de um lado da mesa, ora de outro, ora, de quando em quando, em torno completo da mesa; falando uma vez em direção a nós, ora a um e a outro, outra vez sem direção visual, ele com a sua voz quente, sacudida, entusiástica □ em contraste com a nitidez, a frieza e a conexão seca dos raciocínios.

"Isso tem a ver com o erro filosófico e científico, pois é inconcebível que um erro filosófico não seja, de igual modo, um erro científico. É por essa razão que eu disse que a história não satisfaz o meu sentido lógico."

"Esse é um argumento muito bom, Professor", disse Ward; nós concordamos. Pouco depois os outros três convidados saíram e eu e o Professor ficamos sozinhos.

Depois de um silêncio de alguns minutos, o □ ergueu subitamente o olhar.

"Percebe o meu argumento?"

"Com certeza", exclamei, "não é difícil de perceber. Além disso, tenho estudado um pouco de filosofia e estou acostumado a discussões filosóficas e mesmo metafísicas".

O Professor concordou com um aceno de cabeça e ficou de novo em silêncio; estava pensativo e parecia triste.

"É uma ideia extraordinária!", disse.

* A primeira versão foi assinada por Pero Botelho, *alter ego* criado por Pessoa em 1915.

"Sim", respondi. E ficamos de novo em silêncio. Por fim, como se tivesse tomado a decisão de contar-me algo que tinha vontade de confidenciar, o Professor falou:

"Aquela história deu origem a estranhas ideias na minha mente. Tenho pensado muito. Se está bem lembrado, disse a todos vós que *ainda não* iria criticar a história do ponto de vista da sua possibilidade. Lembre-se que eu disse *ainda não* — "*ainda*". Se quiser escutar-me, vou agora ponderar essa possibilidade. Já estabelecemos alguma coisa, nomeadamente que □. Orientados por estes princípios bem definidos, iremos agora investigar se viajar no tempo é possível e, caso seja, como é que isso pode ser feito."

Arrepiei-me um pouco com o modo casual e corriqueiro como o Professor falava. Falava de viagens no tempo como se falasse de publicar um jornal ou de publicar um livro, calma e racionalmente! A ideia de que podia estar louco, ou a caminho disso passou-me pela mente, mas fiquei à espera, meio ansioso, com o olhar fixo nele.

"Já sabemos" começou "que tempo e espaço (apesar de serem verdadeiras formas da ideia de extensão) são diferentes; sabemos que o universo exterior está inscrito em ambos, no tempo e no espaço; e que o Cosmos interior, o da força vital, da mente, da alma (são só palavras), o mundo *restrito*, como muitos lhe chamam, só existe no tempo. Estas coisas são axiomáticas, e a prova é a sua natureza.

O meu pensamento torna-se mais harmonioso e mais seguro a cada momento.

Já ouviu toda a gente falar de ideias-força[3] (*idées-force*)? Não? Bem, a essência da coisa, ou antes, do fato, é esta: que cada ideia da minha mente implica uma tendência para a ação, um impulso para se tornar exterior, para se tornar, por assim dizer, *muscular*. Todas as representações da mente implicam um impulso ou de atração, ou de repulsa. É por essa razão que a literatura que descreve crimes e vícios é má — não necessariamente porque os defenda, pois pode descrevê-los sem os defender, mas porque transmite uma ideia deles e a ideia deles implica uma tendência para a ação. Outras ideias, estimuladas na mente em simultâneo, como a ideia de castigo, de mal, de desonra, ou de pecado (conforme a qualidade e o caráter do cérebro em que surgem) podem contrariar a influência dessas ideias; quando repetidas, implicam manifestações cada vez mais claras e, quanto mais claras se tornam, mais pensamentos congregam para expulsar da consciência as ideias morais

que lhe são opostas. Não está a perceber o significado disto — há? Espere um pouco. Só para lhe dar uma ideia do que são ideias-força. É este o princípio, o fato que quero que compreenda. Cada ideia é uma força, isto é, um impulso à ação. Não é óbvio?"

"Claro" exclamei.

"A única coisa que isso prova" continuei, "é que você *pensa* que está no passado. Na realidade esteve num *sonho*, um sonho louco se quiser."

"E que diferença haverá entre pensar que se vê o passado e estar lá? Compreende bem o que quero dizer? Compreende isso claramente, totalmente, completamente, imensamente?

Quem me diz que, ao sonhar, o sonhador não visita *realmente* as regiões que vê? Por que seria isso impossível? Por que razão, em vez da fórmula *tudo é irreal*, não teremos a fórmula: *tudo, tudo é real?*"

Apesar de habituado a filosofias, fiquei chocado.

"Eu sei…" disse o Professor muito sério, como se estivesse a interromper uma observação que eu não tinha feito. "Vai dizer-me que o tempo não é uma coisa assim tão sensorial, que é, pelo menos, uma realidade matemática.

A memória é uma sensação do passado. Ora, todas as coisas que chegam à consciência produzem um simples alterante que é triplo na sua natureza interior: cada □ da mente tem um passado de pensamento, um passado de emoção, um passado de ideação. Cada um dos estados emocionais é ao mesmo tempo uma representação, uma sensação e um impulso para a ação. Na minha memória de um acontecimento há um *estado de espírito*; no que diz respeito ao pensamento, é uma representação de coisas passadas; no que diz respeito à emoção, um sentimento agradável ou triste, conforme a natureza do que é recordado. Mas cada estado de espírito é, em simultâneo, um impulso para a ação, para ir procurar o que é bom e o que é mau. Não interessa se eu sinto que o meu passado é agradável simplesmente porque é passado, se perante a sua representação eu sentir um sentimento agradável, o único sentimento que nascerá dessa representação irá gerar um impulso para a ação — neste caso um impulso de atração, para ir em busca do meu passado.

As nossas sensações do mesmo tipo enfraquecem outras de natureza semelhante. Não são coisas do passado.

Você vê bem as dificuldades da tese conforme a apresenta Wells. Viajar para o passado é passar a ter sido. A analogia entre tempo e espaço

aí dada é falsa. Falar no tempo nos termos do espaço é um erro. Os próprios resultados perplexíficos da posição desviam de tentar segui-la.

A condição das coisas é o espaço. O tempo não é senão a condição da in/consciência delas. O tempo é a condição da coexistência do sujeito com o objeto, é, empregando uma analogia, o espaço onde se move o produto do perceptor e do percipiendo — o conteúdo--continente[4] da sensação.

Compreende-se. A condição da existência do mundo exterior é espacial; a condição da existência do espírito é a existência do local; o único *lugar onde* é o espírito[5] a consciência; a condição da sua coexistência deve necessariamente ser qualquer coisa que reúna as naturezas do espaço e da consciência: essa coisa é o *tempo*. O tempo é pois o *lugar* onde a consciência se torna espacial, e o espaço se torna da consciência. Só pelo tempo nos damos um *aqui* no espaço; e só pelo tempo damos um *ali* no espaço às coisas.

Esta minha ultrametafísica hiperabarca tudo.

Viajar no tempo parece-me pois uma impossibilidade, visto que sendo o tempo uma coisa não só nossa, nem só das coisas, mas nossa delas, o deslocar-me das coisas significaria o *sair do tempo*, o que é diferente de viajar nele.

Mas se eu conseguisse, por visionar,[6] — pôr real para mim um período passado, *ipso facto*, esse período *por real* seria o meu tempo de viver. Mas como isso *já foi*, como está instantaneamente no passado, resulta que eu viveria nesse período não no meio de gente dele, mas de qualquer outro modo, como olhando-o por outra face, ainda que a mesma, por real e única da realidade.[7]

Eu não viajaria *pelo* tempo, mas *ficaria* num período de um modo que nem se pode descrever como repentino ou de salto, por não ter que ver com expressões tiradas da ideia de tempo."

"E o seu corpo fica atrás?[8]

"Não: o meu corpo tal como aqui está é, assim como o meu espírito, tal como ele é, uma coisa de *hoje*, exclusivamente possível *aqui*. Por nulas que nos pareçam as diferenças psicológicas e anatômicas, e poucas as diferenças psíquicas fundamentais entre o homem da idade média e o de hoje, somos porém forçados a pensar que as deve haver. Se portanto eu conseguir integrar de tal modo o meu pensamento no período e momento em que me esforço por o integrar, consigo, *ipso facto*, porque o meu ser — corpo, alma — é só *um*, uma unidade

dual, fazer o meu corpo um corpo que só nesse período e momento poderia viver, o que vem a dar nisto que se tiver êxito a minha intensa tentativa psíquica, desaparecerei, corpo com espírito, eu todo, da vossa vista. O mundo todo, o universo", concluiu polidamente o professor, "é um sonho; quero apenas ver se[9] um homem forte de alma e de saber real, consciente da realidade, não poderá, integrando-se na família da formação imaterial do aparente, sonhar-se na parte desse sonho que quiser, viver-se onde se impuser a modalidade de existência…"

"O Professor o que é é um mistério de nova espécie…"

"E que há", interrompeu com vívida impaciência, "E que há que seja um mistério… O que é um mistério para que eu o não possa ser…"

"É que… A ciência…"

"Qual ciência? O mais que a ciência podia dizer a um mistério é que não lhe sabe dizer nem sim nem não ao ser misterioso, que não tem elementos nem métodos para pôr à prova a sua correção, intuição ou crença… Que mais pode a ciência dizer? Há ciência e cientistas e às vezes muitos cientistas não indiciam muita ciência. A ciência! O que tem a ciência com isto? Sob a alçada de quem nem sabe o que eu tenho por certo? Se quem tenha ciência mo pode afirmar, nenhum, *ipso facto*, mo pode desmentir… A ciência, amigo, ora a ciência…"

"Mas, meu caro professor", redargui confuso, "um alienista, um psiquiatra qualquer, um psicólogo cientificamente orientado diz-lhe que esse modo de pensar é uma degenerescência, um regresso ao hábito mental do animal inferior, ao confuso psiquismo dos primitivos e dos selvagens; que os francamente alienados — desculpe-me[10] o mencioná-lo — é assim que cuidam pensar, concluir e achar verdades…"

"É por pensar assim, que pensam isso", gritou o prof. Serzedas. "Para que esse argumento valesse contra a verdade, contra a possibilidade de haver verdade no que eu por intuição creio e penso, e, depois, sinto, era preciso saber o que são *em si* a animalidade, a loucura, era preciso provar firmemente que o nosso afastamento da animalidade nos aproxima da verdade, não aparente, mas *unicamente a real*. É *em si* que era preciso considerar a loucura, o primitivismo psicológico, o psiquismo animal… Quem sabe se…" e encolheu os ombros como que animado das ideias que lhe vinham.

"Mas, professor — quem sabe… A ciência não considera nada *em si*…"

"É isso mesmo que eu há pouco lhe disse... É por não considerar as coisas em si que a ciência não pode ter opinião sobre o que eu penso, que considero *em si* as coisas. É por isso — homem, foi o que há pouco lhe disse! — que a ciência nem pode dizer que sim, nem que não ao que eu intuiciono e creio..."

"Compreendo, compreendo... Escusa de dizer mais... Compreendo..."

"Já não é sem tempo!..."

Esforçava-me em vão para arranjar argumentos contra aqueles, mas reconheci-me, conquanto não inabilmente arguente, derrotado na peleja. Sorrateiramente, por uma iniciativa de momento, o prof. Serzedas refutara-me por minha própria mão. Incredulamente fiquei em imediata concordância com o argumento apresentado. Senti-me porém mal, pesadeloso, □ de espírito, na presença de coisas excessivamente inumanas e inquotidianas, com as quais destoava a clara luz do sol poente de primavera que entrava □ jorros pela janela aberta, enquanto a viração da tarde ondulava as □ cortinas brancas, bordadas de dragões banais.

"O erro é impossível porque o falso é o não ser e o não ser não é. Tudo quanto se pode conhecer é verdadeiro: mas ao pensar é que nesse, limitadamente verdadeiro, a verdade limitadamente entra, vista por seu ser inabsoluto. Daí o que se chama o erro. É a verdade incompleta.

Não há opinião humana que não seja verdadeira e falsa. A falsidade absoluta é impossível. Todo o pensamento é, por pensável, não possível, mas *real*.

Por que não serão Hamlet, □ reais? Devem sê-lo, ainda que não de todo, como nós também não somos.

Ao mesmo tempo deve haver graus de verdade nos vários seres e teorias (graus em tudo).[11]

Reduzindo, para pôr fim a tudo, as filosofias aos princípios em que se baseiam, vê-se que todas têm razão em partir de um princípio,[12] mas todas são falsas por não levarem esse princípio até o fim, quando elas próprias se encarregariam de se suicidar.

Assim todas as filosofias são, em base, ou da ideia, ou da vontade, ou da emoção ou sentimento.

As primeiras reduzem-se a isto: tudo é ideia. Não importa as várias filosofias que há destas. Mas se tudo é ideia, a própria *vida* é uma ideia. E assim a filosofia da ideia que se transcende e se suicida.

Temos por fim a da intuição ou emoção. É, por exemplo, a ocultista. Reduz tudo a símbolos. O símbolo é da intuição porque a intuição é o ver num como outro. Em resumo tudo é o símbolo de Deus. Mas esqueceram-se de aplicar o princípio bem. E não viram..."

"O quê?"

"*Que o próprio Deus é um símbolo!*" disse o prof. Serzedas.

Donde vem a Verdade-mais-erro de toda a teoria filosófica?

Cada um de nós é *Deus sendo ele*, é *Deus pensando-se ele*. Como, por isso, cada um de nós é Deus, cada um de nós vê a verdade, tem a verdade em si. Mas como cada um de nós é, por pensamento de Deus, não Deus, não ser, é *erro*.[13]

Pensamo-nos em Deus.

Somos determinados, porque □. Somos livres porque somos Deus, e no que Deus, somos o determinante determinando-se a si próprio, sendo livre, portanto, porque o determinar-se a si é ser livre.

Dos sistemas filosóficos os positivos erram por *incompletos*; os negativos por *parciais*; os criticistas e ceticistas por □. Todo o sistema positivo, o materialismo, por ex., peca por não ir até o fim. Tudo é matéria, diz. É certo. Mas a matéria é o total pensamento dela. Portanto, tudo é matéria quer dizer que tudo é Deus. *porque é o ser*.[14]

O ser, para ser outro, tem de ser não ser. Por isso a verdade para ser humana tem de ser erro.

Mas o não ser como existe? Só para o pensamento que o pensa *como sendo não ser*. O não ser é o *não ser*, tem *um ser*, que é o do não ser; pertence ao *ser* portanto.

Ser tem dois sentidos; o de ser *absoluto*, por ser para si, no que absolutamente, pode ter; o de ser, *como oposto a não ser*, que tem para nós □.[15]

O não ser existe, é, *como não ser*. Pensado como não ser, existe, porque como não ser é pensado. Mas, para além deste pensamento *não* é, porque é *não ser*. Não nos é possível pensar o não ser como não sendo, porque pensar é *fazer ser*, e portanto pensar o não ser é fazê-lo ser, como não ser.

Há pois 3 formas de ser:

(1) Ser como ser, em si, além de absoluto. (Deus como ser em si e para si existe).

(2) Ser absoluto envolvendo em si o não ser e fazendo-o ser. (Deus como para nós existe).

(3) Ser relativo □ (Deus como em nós existe.)

É-nos impossível pensar ser senão como oposto a não ser, ser como não sendo não ser, ou o não ser senão em sendo não ser. O ser como ser, e o não ser como não ser são-nos impensáveis. Pensar o ser absolutamente seria □; pensar o não ser seria não pensar, o que nos é impossível quando pensamos. Isto é assim, porque *somos* ser e não ser.

Tudo quanto *existe* envolve contradição, porque envolve o ser o *ser* e o *não ser* ao mesmo tempo, porque envolve o *ser* quanto a nós,[16] e *não ser* quanto a Deus. Mas o que é esse nós? A condição da existência racional é não envolver contradição; a da existência real é precisamente o envolvê-la. Mas então como se dá *acordo* entre o racional e o real? Esse acordo é como que parcial. Esse acordo toca na realidade pelo que ela tem de *ser*; não pelo lado de não ser. Assim o movimento é racionalmente provado, mas permanece racional — realmente *inconcebível*. É que o ser é racional, o não ser irracional; porque o racional é essencialmente *o que é*; e o irracional *o que não é*. Veja-se, note-se, de resto, a própria expressão *não ser*, como é um *nada real para o pensamento*. Assim o irreal do mundo.

Só Deus é que está acima do ser como do não ser; superior à possibilidade de contradição; acima de lhe haver mesmo um não Deus oposto. Bem sei que isto se torna incompreensível; mas com a nossa limitação, não podemos senão chegar a este apontar ridículo para uma porta fechada.[17]

Assim como o racionalmente *irreal não ser* existe para nós, como não ser,[18] assim o mundo irreal existe como real para nós. Se nós pensamos o nada, porque não, e *como* não *vivermos* o nada?

O pensamento em si está fora do tempo e do espaço: é anterior a eles. Sentimento e vontade é que exigem tempo e espaço.[19] A percepção é que está no tempo e no espaço; não o íntimo pensamento basilar na percepção. À percepção portanto é que estão ligados (limitados todos) sentimento e vontade.[20]

A vontade é apenas a consciência de um movimento[21] do nosso espírito em relação e em direção ao exterior, ao qual corresponde um movimento centrífugo no nosso sistema nervoso. Ora já lhe provei que a qualquer movimento no espaço corresponde uma ideação no tempo; portanto a esse movimento centrífugo deve corresponder uma ideação centrífuga. A isso chamamos nós vontade.

"O sentimento e a vontade", continuou o Professor Serzedas, "são os resultados materiais do indivíduo ser limitado como pensamento. Como a ferrugem ataca o metal[22] inusado, assim o sentimento e a vontade são as consequências naturais de sermos cada um de nós um pensamento limitado."

"Mas", objetei, "nesse caso porque é que nós, sendo mais pensamento do que por exemplo um átomo, temos mais sentimento e vontade — e não menos, como seria de esperar, sendo as coisas como o Professor[23] diz…"

"Porque, meu caro amigo, dentro do número quanto maior um número é *mais número* é sem dúvida, mas tão longe do infinito está o menor como o maior número. De modo que não tendo nós vantagem alguma sobre o átomo *em absoluto*, o que somos é mais complexamente limitados do que ele, donde se segue que mais complexa e completamente devemos apresentar o sentimento e a vontade, estigmas da limitação. Compreende?"

"Perfeitamente, perfeitamente."

"O caso é o seguinte: o átomo ocupa por exemplo na escala dos seres o lugar 3[24] e um homem o lugar dois milhões. Ora 3 está *mais perto*, por assim dizer, de 0[25] onde, idealmente, a escala principia, como idealmente acaba em infinito. Ora, como já lhes provei, este zero é outro modo de dizer *infinito*, de modo que 3 está ao mesmo tempo mais perto e mais longe (por assim dizer) do infinito do que 2 000 000, isto é, nós; é *mais e menos* pensamento do que nós somos. Analisando de perto as naturezas comparadas nossa e a do átomo ver-se-á como as partes concordam conosco. É sempre a concordância do real com o pensamento.[26] Assim vemos que o átomo concebe, deve por força conceber, o universo como uma coisa vaga, vazia, irreal. Ora aqui está no que o átomo é mais pensamento do que nós, em que Deus está mais *visível* no átomo do que em nós; para ele sem dúvida que o mundo é irreal. Assim o mais baixo para o pensamento confunde-se com o mais alto… Para nós o mundo existe muito mais realmente do que para o átomo; o que quer dizer que pensamos mais □. A identidade dos contrários — veem os meus amigos — não é uma palavra vã. É preciso, porém, é saber interpretá-la.

Por que é que, por exemplo, que o materialismo extremo — aquele que nem a ideia de causa deixa de pé, se confunde com o idealismo extremo? Por que produz o hegelianismo materialistas complexos e completos?

Repare-se que a evolução do mundo é uma evolução em complexidade.

A nossa diversidade do átomo é em complexidade; isto é material. A evolução deve ser retilínea em pensamento."

"Refletindo bem", continuou o Professor Serzedas, "não há sentimento nem vontade. Porque o essencial para que os haja é que deles haja dalgum modo consciência. Implicam-na. Logo, se lhes é basilarmente necessária a consciência, como a todo o fato psíquico, segue, meus caros amigos, que são apenas, como qualquer coisa do mundo externo, dados da percepção... Da percepção interna, direis, e portanto, não da percepção propriamente... Demoremo-nos aqui; há aqui que analisar.

O sentimento e a vontade são a consciência interior[27] de movimentos ou centrípetos (sentimentos) ou centrífugos (vontade): eis tudo. Ora para que cada um de nós possa ter essa consciência, é preciso que a tenha de[28] si como indivíduo, isto é, como sendo aquela percepção, *sua* e não de outro. Resulta daqui que se dá uma limitação da consciência,[29] e o sentimento meu não é senão o sentimento de nós como consciências parciais, limitadas, imperfeitas, números...[30] É evidente que esta consciência de si como limitado deve dar qualquer coisa de novo ao psiquismo.

De mais a mais o sentir uma realidade diante de nós...

Deus não sente nem quer, mas sente e quer porque em nós quer e sente, limitado em nós."

"O antropomorfismo..." disse eu.

"O antropomorfismo", replicou o professor, "tem isto de errado: que não considera que o que nós chamamos *sentimento* e *vontade* não são coisas que Deus possa ter, nem sequer concebido como personalidade. Sentimento e vontade são faculdades que só um ser limitado, inabsoluto pode ter. Somos, não o *pensamento* — isso Deus é, para com o mundo, em relação ao mundo — mas fragmentos de pensamento, formas de pensar, *números* na série das *formas* de conceber. Do fato de sermos limitadamente *pensamento* (porque cada número é limitado) vem que, como não podemos ter uma concepção total integral do mundo, nada podemos (nem ▢) nem criar; pelo que temos de nos esforçar por visionar o que vamos fazer — daí a vontade.[31] O pensamento absoluto totalmente exclui, porque totalmente inclui e contém,

sem designadamente a conter — a vontade... Do mesmo modo o sentimento é o resultado de cada um ter o seu mundo, □ e do esforço da 'vontade'.

Falar na vontade de Deus, ou em qualquer sentimento de Deus, eis o erro. Deus, concebido por nós (em si não sabemos o que é) é o pensamento absoluto, ou o *pensador absoluto*. A única faculdade nossa que tem que ver com o absoluto é o pensamento; e a percepção (que é 'pensamento', como já lhe provei)[32] a única que concebe uma realidade. Tanto o sentimento como a vontade são individuais.

A única 'faculdade' que podemos conceber Deus como tendo, admitindo, ao conceber, que isso é relativamente a nós, é o pensamento.

Uma lei é a exteriorização de um pensamento. É com justiça que se chama *leis* às ordens □ dos fenômenos, e *leis* às que o homem impõe às sociedades... Estas são imperfeitas, porque imperfeito é o nosso pensamento; mas é justa a identidade do nome, porque há identidade de coisa.[33]

Nós não sabemos como se dão a passagem de momento a momento que constitui a duração, e a passagem de lugar a lugar que constitui o movimento; mas sabemos que *logicamente* — note este termo! — que logicamente a duração e o movimento estão implicados nos conceitos de momento e de lugar; em que, de modo igualmente lógico, sabemos que se pode passar do momento 1 ao momento 2, do lugar 1 para o lugar 2. Como isso *em si* se faz, não sabemos, porque nada sabemos *em si*, nem o que *em si* é o número nem o que *em si* são tempo e espaço. Sabemos apenas que são *ideias*.

Há porém uma conclusão ainda mais importante. É que não só o pensamento nos dá como mentáveis a duração e o movimento, mas a percepção no-las dá também como realidades. Daqui se conclui que o pensamento é a base da realidade, *que o mundo é uma coisa pensada.*

O que é portanto a realidade? A realidade é o pensamento; não *provém* dele; é-o. Se as nossas alucinações, os nossos sonhos não são realidade é que o nosso pensamento, não sendo absoluto, integra-os apenas no mundo de nós mesmos, e não no mundo propriamente dito. Ainda assim um pensamento muito *forte*, isto é, muito lúcido, □

O pensamento visiona; o visionar do pensamento absoluto é o mundo. É visionado por nós e em nós, numericamente; por isso o vemos todos de um modo basilarmente igual e superficialmente diverso.

Quando visionamos uma coisa, o próprio visionar é criá-la; a própria visão dela é ela existir. Como porém, o nosso pensamento não é absoluto, essa criação não é absoluta — isto é, não pertence ao sistema do mundo.

"A percepção, a memória, a imaginação" continuou o próprio Serzedas, "são atos em nós idênticos ao ato criacional[34] do mundo; reproduzimos a criação, falhando em fazê-la uma criação absoluta, simplesmente porque não temos o pensamento absoluto.

Ora, sendo o pensamento uno, chegamos à conclusão que pensamos porque Deus pensa em nós, e pensamos limitada porque diversamente, e diversa porque *numericamente*.

Para Deus pensar o número foi realizar o número em si totalmente, não em si, ainda que em si, *em cada número* individual.

Quando pensamos o universo, quando o visionamos, a nossa visão do universo e esse universo como visionado são a mesma coisa. Se concebermos em lugar do nosso pensamento, um pensamento absoluto, veremos que ele logicamente, não pode conceber senão uma coisa absoluta, não um universo portanto, mas a ideia do universo, o infinito da série quanto a universo, a possibilidade de todos os universos, portanto. Essa concepção, fragmentada por nós, dá o resultado que, sendo absoluta é criadora, mas sendo limitada em cada um de nós, diferente e individual, é não ideia, não possível, mas realidade, real. Daí cada consciência ver um universo real, e daí o ver cada um um universo diferente, em *graus* e apenas graus de limites diferentes, desde o átomo ao homem.

O ser o pensamento divino absoluto dá resultado serem os nossos universos basilarmente iguais nisto em serem *reais*, e basilarmente parecidos nisto em serem *pensados*, portanto sujeitos a leis (porque a lei é a *forma* do pensamento). Daí a *realidade* que não é mais que o que de fundamento comum há nos nossos pensamentos.

A verdade é a base comum a *todas* as consciências no ter consciência. Eu, raciocinando assim, remonto a Deus. Não posso compreender intimamente porque são parte do concebido, mas posso compreender, dentro dos meus limites, até onde lhe mostrei que compreendi.

Tudo quanto pensamos é real, verdadeiro... A mentira, a irrealidade é o nada, e o nada o nada é. Tudo o que pensamos é real porque o pensamos, e o pensamento é a realidade e realmente Deus é que em nós diferenciadamente pensa. Não é real porque diferenciadamente pensa, porque numericamente pensamos...

Por isso todos os sistemas filosóficos são certos, e criados todos. São certos no que afirmam, porque □, e errados no que negam, porque negar é sempre erro metafísico — o único sofisma — pois é afirmar que *uma coisa* não é, quando a própria visionação dessa coisa (que temos para podermos afirmar que ela não existe) é, por *pensada*, existente.

É assim que o panteísmo tem razão em dizer que Deus pensa em nós e o antipanteísmo de dizer que pensamos fora de Deus; é assim que o materialismo tem razão porque o mundo é real, e o idealista também porque o mundo não é real...

A prova que Deus pensa em nós é que temos corpo. Deus pensa-nos, por isso fisicamente somos; por isso também pensamos. O nosso corpo é a mostra visual[35] da nossa limitação.

Um faquir que, com uma lucidez que exclua tudo, se visione suspenso no ar, encontrar-se-á suspenso no ar. Pode não se lembrar da intensidade com que viu, mas isso é mais uma prova: indica que a atenção foi tão tomada que não deixa lugar à consciência da atenção, e à memória dessa atenção portanto.

O fantasma é, quanto a mim, possível. É uma enorme visionação inconsciente, cuja intensidade, superior à normal, vai meio a caminho de criar uma realidade."

"Mas ver fantasmas de fato desconhecidos..."

"Isso é mais complexo, mas explicável ainda assim..."

"Há bons argumentos, e há muitos", continuou o professor Serzedas, "pelos quais com verossimilhança mais que aparentemente igual se pode provar ora que a vontade, ora que o sentimento, ora que a ideia é a base do sistema do mundo. A minha crítica superior reconhece, como já lhes disse, em cada um destes sistemas o por onde acertam e o por onde erram. Realmente ora parece basilar a ideia porque parece que é porque tudo é concebido que existe; ora parece essencial o sentimento, porque o sentimento é que dá a nota do indivíduo perceptor, ficando sem ele ora a realidade exterior, individualizada e irrealizada nas divergentes e interdiferentes percepções pessoais;[36] ora parece que é na vontade que está a verdade de tudo porque, para irmos de chofre ao argumento essencial, sendo a vontade o que produz o movimento, e sendo o universo incontestavelmente um vasto movimento, em verdade nos parece evidente que haja universalmente uma vontade, qualquer coisa vontade, criando ou mantendo ou □ — de qualquer

modo fundamentalmente sendo. Até aqui não é contestável que igual força e igual valor assista a todos os argumentos que vos[37] apresentei. Por aqui são verdadeiros, incontestavelmente. Mas como é fatal que aconteça, são, por outro lado,[38] falsos. Porque um argumento[39] mais profundo, a analisá-los, sente-lhes igual o valor, no que de meio-verdade, e portanto de erro, contém. É que ideia: sentimento e vontade supõem todos uma coisa que lhes é comumente íntima — a consciência. São formas da consciência na sua limitação.[40] De maneira que os argumentos justos[41] apresentados em favor de qualquer das formas de psiquicamente ser têm razão no que cada um, ao afirmar basilar ou a ideia, ou o sentimento, ou a vontade, afirmar basilar a consciência — base de todas elas, e não têm razão no que afirma basilar não a consciência em si mas uma ou outra forma da sua limitação, por assim dizer, ou, para bem falar, do seu não ser.

Note-se como, assim como o pensamento classifica em séries, o mundo está disposto em gêneros e espécies.

Note-se também que entre 9 e 11 há menos distância do que entre 11 e 17 mas pertencem (11 e 17) à mesma série decimal. Exatamente o pensamento e a realidade.

Kant viu só metade dos fatos.

"Foi então que eu compreendi que as noções de tempo e espaço não tinham ainda sido suficientemente analisadas. Reanalisei-as. Comecei por me □ que o nosso conceito de espaço era mais abstrato do que o do tempo, sem dúvida porque a nossa análise do espaço objetivo, era[42] mais fácil. Vou explicar. Na nossa noção de espaço cabem três ordens de coisas: o espaço, o lugar e o movimento. O espaço (em si) é difícil de definir, por ser primário à compreensão; podemos, porém, dizer que o espaço é a condição do lugar, ou dos lugares — pouco importa — porque "lugar" inclui "lugares". Do mesmo modo o lugar é a condição do movimento, que outra coisa não é, rudimentar e apressadamente definido, do que a mudança de lugar. Chegado aqui transplantei para a análise da noção do tempo os resultados desta análise. Fi-lo porque há analogia absoluta entre as naturezas confirmadas do tempo e do espaço, podendo dizer-se que o tempo é o espaço interior. Levou-me isto a conclusões de originalidade perturbante. Vi que, do mesmo modo concebido, o tempo se resolveria em *tempo*,

propriamente dito, condição do momento, ou dos momentos; esse *momento* (correspondente a lugar, lugar do tempo) e em duração que é a mudança de momento para momento, como o movimento propriamente dito se é de lugar para lugar.

Chegado aqui, prossegui mais intensa e apertadamente na minha análise. Perguntei-me que outras ideias das de tempo e espaço envolvia essa consideração de espaço e tempo. Havendo de comum a espaço e tempo a sua natureza de *condições*, o que haveria de comum entre lugar e momento, entre movimento e duração? Que novo elemento entrava nas de tempo e espaço para produzir o momento e o lugar? Esse elemento só podia ser o *número*. Com efeito, admitida a coexistência do *número* com *tempo* e *espaço*, resultaria a existência de um número *no* tempo e *no* espaço; uma infinidade de *números* porque o número não tem fim. Daí me veio o notar que o tempo e o espaço não são *em si* infinitos; sendo a noção de infinito trazida para eles pela noção de número, que é a que traz consigo a noção de infinito, (contraposta à de finito que cada número é).[43]

Passei a analisar as duas ideias análogas de duração e movimento. Senti-me falhar aqui. Porque não compreendia como se pode dar a duração e o movimento, como se dá a passagem de um momento para outro, de um lugar para outro. É o velho enigma de supor tudo átomos, com a velha e óbvia objeção: e o que está entre os átomos? Entre lugar e lugar deve haver lugares, entre momento e momento, momentos.

Ainda assim não desesperei. Apliquei-me mais detidamente ainda à análise cuidadosa dos conceitos que, até ali, nitidamente apreendera. Procurei a ideia desnorteante: vi que só podia ser a de *infinito* que o conceito de número envolvidamente me trazia. Detive-me,[44] com êxito assombroso, na análise dessa ideia. Fiz uma descoberta metafísica: a dos vários infinitos.

O primeiro ponto a notar era que a ideia de infinito vinha da ideia de número. De que forma se nos apresenta a ideia de número? Sob a forma de série, começando em 1 e não acabando. Mas — e eis o fato revelador —, *começando em 1*. Isto é o infinito numérico, começa *mas não acaba*, tem um ponto de partida mas não um de chegada. A revelação deste fato deslumbrou-me. Pus-me objeções. Ponderei que uma reta podia ser prolongada[45] ao infinito de ambos os lados, mas, refletindo, vi que era apenas do mesmo modo como se pode arranjar uma série descendente e uma ascendente, e que, idealmente o que fazíamos

era tomar um ponto ideal e daí tirar retas em linha reta para ambos os lados. Duplicávamos, vi, o proceder; mas o proceder essencial ficava. Tornou-se-me pois estonteadamente evidente este fato espantoso: *o infinito numérico começa mas não acaba.*

Apliquei esta noção às ideias primárias de tempo e espaço, e a noção falhou-me. Aí havia o infinito absoluto. Só onde havia lugar e momento é que podia haver infinito numérico, *começado*; porque era forçoso partir de *um* lugar e de *um* momento; daí para o infinito. Nas ideias primordiais[46] de tempo e de espaço, não havendo, por primordiais,[47] as secundárias de lugar e momento havia um mais-que-infinito, sem princípio, nem fim, nem ponto, nem qualquer coisa de concebível (e que realmente só pela noção de *número* concebemos).

Se nas ideias de tempo e espaço encontrei um superinfinito, um infinito absoluto, sem princípio nem fim; se na de número encontrei um infinito com princípio sempre mas sempre sem fim, vi analisando as de duração e de movimento que tinha aí um infinito curiosíssimo — um infinito *com princípio e fim.*"

"Eh?"

"Vou-lhe explicar, já lhe vou explicar... Suponhamos a série 1, 2, 3, 4 etc. Ora o que é movimento e duração? Passar do momento ou lugar 1 para o momento ou lugar 2, e do momento ou lugar 2 para o momento ou lugar 3, e assim por aí fora, indeterminadamente. Ora, era já o velho argumento de Zenão o Eleático que passar de um lugar a outro implica esta coisa inexplicável — atravessar um infinito, porque, dizia Zenão, para passar do lugar 1 ao lugar 2 temos de atravessar o espaço que está entre o lugar 1 e o lugar 2; para o atravessar todo temos de o atravessar metade; antes disso metade da metade e, assim, involutivamente[48] nos encontramos a ter de atravessar um infinito para passar de 1 a 2. E daqui se tirar a conclusão idealista que o movimento, logicamente impossível, era uma ilusão nossa.[49]

O problema não me amedrontou. Atentamente o ponderei. Em breve achei a saída. A primeira coisa que notei foi — já lho disse — que o infinito de que aqui se trata tem a especial característica de ter princípio (neste caso o lugar ou momento 1) e fim (neste caso o lugar ou momento 2). Porque o fato é que há movimento e duração, ainda que só para nós; mas mesmo como ilusão deve ter regras, condições e razões lógicas de o ser. É outra vez o velho problema do que está entre dois átomos se os átomos são tudo e nada mais há. De repente

vi, não sem sorrir, (creio mesmo vi alto e em bom som) como é fácil a solução do problema; como do enunciado dele logicamente se impõe.

Com efeito, tomando o caso dos átomos, se os átomos *são tudo e nada mais há*, entre eles *não há nada*, porque não há '*entre eles*' nenhum — são *contínuos*. O nosso erro era, pensando o nada, pensá-lo, ilogicamente, *como sendo alguma coisa*."

"Bravo", exclamei entusiasticamente, mal percebi toda a lúcida □ do argumento.

"E o tal infinito com princípio e fim que eu encontrei na duração e no movimento devia ter-me dado a chave do problema. Porque infinito com princípio e fim é uma expressão contraditória e o *contraditório* é o inexistente; basta ver que a única coisa que envolve contradição pensá-la, é o *não ser*. Portanto o infinito com princípio e fim, o infinito de Zenão é *o nada*.

Isto, porém, não me bastava. Era essencial uma análise mais próxima e rigorosa. Perguntei a mim mesmo se esses 1, 2, 3 etc., de lugar e momento não são pontos *ideais*, visto haver uma infinidade deles. Depressa, porém, me convenci do erro desta hipótese. 1, 2, 3 etc. não são senão pontos ideais tratando-se do tal infinito com princípio e fim que é *nada*. Observe que nada dividido pelo infinito dá *nada*; e que, igualmente, qualquer número dividido pelo infinito dá *nada*.

Ora, 'ponto ideal' quer dizer 'nada', porque ponto é alguma coisa ideal é nenhuma coisa; tem contradição nos termos, portanto *nada*, como já lhe provei...

E o que quer dizer o fato que qualquer número dividido pelo infinito dá *nada*? Simplesmente que *nenhum número é divisível pelo infinito*. Alguma coisa dividida por alguma coisa dar nada é um absurdo; temos pois que não é divisível. É sempre a nossa regra da contradição.

Reatando, como então chegar à noção exata do que é lugar e momento? Continuei a análise, e com êxito. O infinito dividido pelo infinito dá, claro está, um. Segue daqui que a infinidade do espaço contém uma infinidade de lugares. Ora este um não significa *tamanho* mas sim *unidade*. Segue pois que o lugar pode ter o tamanho que quiser que há de haver sempre uma infinidade deles no infinito. A razão[50] é simples: qualquer coisa multiplicada pelo infinito dá infinito.

Vi que para transformar as ideias de tempo e espaço nas de momento e lugar e estas nas de duração e movimento era preciso apenas uma coisa: *pensá-las*. Com efeito, pensando a ideia de espaço logo me

ocorrerá a ideia de lugar, *como logicamente contida na ideia de espaço*, e logo que penso a de *lugar* me ocorrerá a de movimento, *logicamente contida na de lugar*. Compreendi então que a criação do mundo é (ou foi) *um ato de lógica*. Dado que o Pensamento supremo pensasse o tempo, logicamente pensaria logo o momento e logicamente, em seguida, a duração…"

"Se o professor me dá licença, observarei que há aí antropomorfismo. O professor faz o criador um pensamento à imagem e semelhança do ser pensante…"

"O contrário, o contrário… Eu não sou um pensamento senão porque Deus é um pensamento. Eu sou pensamento à imagem e semelhança de Deus… Se é Deus que pensa em mim não sei; mas o que eu sei é que □. Pois se não fosse assim *como teria eu por real a realidade*; não se dá isso exatamente porque a força criadora do mundo é a mesma do que a força que em mim é perceptora do mundo criado? A diferença está em que o Criador pensa o todo como todo, naturalmente, e eu o todo como *parte*; sou um modo de pensar parcial, diferente de qualquer outro. O Criador só é diferente na ideia de o ser de cada um. É o pensamento absoluto."

"Há ainda uma objeção que me lembrou ainda agora, por certas palavras que o Professor disse mas de que, por não o querer então interromper, me esqueci. É isto: □ logicamente □."

"É fácil explicar isso… não há contradição. Deus em si não é naturalmente um pensamento — é um mistério… Para nós apresenta-se como um pensamento e pensamento é aquela coisa que tem essas leis que o senhor aponta. O pensamento tem as leis que Deus lhe deu — é pensamento justamente por isso… Nós — já lhe expliquei — é que somos criados à imagem e semelhança *exterior* de Deus — pensamos porque ele pensa, pensa em nós, naturalmente… Faça desta vez o que lhe ensinei a fazer da outra: volte o antropomorfismo ao contrário…

Assim como me foi concedido rasgar o mistério do tempo e do espaço, ser-me-á dado o poder de poder usar esta sabedoria, do poder ser super-homem não só no raciocínio mas também na ideação autêntica, na percepção do inaparente. — O mistério primeiro e essencial não o possuo, mas também não o preciso saber para isto, para o que tenciono querer… E quem me diz que esta ciência certa das coisas me não vem de uma obscura já percepção delas, do espírito estar já a caminho da percepção do passado, vindo-me duma experiência ainda inconsciente

a minha consciente teoria? Não será por já começar a viajar (ainda que demorando) no tempo que já começo a saber o que é? Há de ser isto, há de ser isto. Tudo — raciocínio e tudo — deve vir de uma *experiência*, dessa ou não, qualquer... Mas nisto, por desnecessário, não insisto...

É pelo pensamento abstrato — não pelo sentimento, como querem os místicos — que nos aproximamos do Criador, porque nos aproximamos do tipo absoluto de inteligência... E o que procura o pensamento abstrato senão exatamente o que o Criador mais de si tem: as energias do ser e do mundo. Não é esta a procura suprema?

É pela ideia — não pelo sentimento (que naturalmente é uma forma qualquer de ideia — deixo-lhe isso a raciocinar)[51] — que nós estamos mais perto de Deus.

A ideia, o pensamento é o que em nós há de mais absoluto, de mais tendente a absoluto... Conceber fortemente uma coisa é criá-la...

Deus, fazendo-se objeto de si mesmo, pensa-se, e pensando-se nasceram as ideias de tempo e espaço, daí logicamente as de número...

Pensa-se como sujeito e objeto: daí *tempo* e *espaço*; como não eu: daí o *número*, sendo Deus o fora do número; e como pensante: daí o movimento e a duração □. Nosso pensamento segue as leis *que são as da criação: recorda-se*[52] realmente.

Deus, consciência suprema[53] tem (não no tempo) consciência de si; tem consciência de si como sujeito e objeto e ao mesmo tempo sujeito.

Quem portanto consegue penetrar o mistério até certo ponto, até esse certo ponto deve poder ser *criador*, ter *vontade* e *atenção*.[54]

O pensamento, no mortal, é uma rudimentar concepção do mundo.

Deus pensa-nos e por nós e em nós. Não pensa senão por nós, em nós e nós — nós sendo o universo inteiro.

O argumento racional prova a indivisibilidade real da matéria; o argumento tirado da experiência igualmente o prova.[55] — Assim todo o raciocínio está de acordo com a realidade.

Cada um de nós concebe um mundo; □

Todas as teorias, por absurdas que sejam, cabem no verdadeiro intelectualismo — como verdades e erros. Assim esta, por exemplo, estranha demasiadamente que no momento imagino: que a vida externa é irreal e infixa, que a ciência é um sonho nosso ou que a realidade se anula.

Uma lei é, em todos os casos, a exteriorização de um raciocínio (pensamento).

Outra prova de que o pensamento é (para nós) o ser. Sentir nada é não sentir, querer nada é não querer; mas pensar nada não é não pensar; é pensar o nada, compreender que nada quer dizer nada. Vemos, portanto que, conquanto não haja vontade nem sentimento do nada (propriamente dito, porque o desejo da morte não é do nada), há pensamento, ideia do nada. O nada torna-se alguma coisa para[56] a ideia. É a criação *ex nihilo* exemplificada.[57]

Quando o ser *pensar* o não ser, o não ser, por pensado, torna-se alguma coisa no pensamento: uma coisa que é não ser porque o é realmente, e que é *ser* porque é pensado. Digamos o não ser é, porque se o não ser não fosse □

Por isso o nosso pensamento compreendendo o mundo e conhecendo-lhe a criação, reprodu-lo (limitadamente); pensando-lhe a criação, recria-o.

Bem, mal, — tudo isso — são produtos do pensamento do sentimento.

Na realidade absoluta, para além do próprio pensamento — que têm que ver os conceitos de bem e de mal, de alegria e de sofrimento.

A percepção é o pensamento do pensamento alheio.[58]

Não podemos dizer que para o *ser* pensar o não ser importa *querer* pensá-lo, e que a vontade é anterior ainda, porque o fato é que a vontade é um fato da experiência, é um fato da percepção, está portanto *dentro* e não fora do pensamento, é posterior e não anterior ao pensamento.

Temos como realidades do pensamento ser, não ser e *pensamento*. Ora não sendo o mundo o ser, nem o não ser, forçoso é que seja o *pensamento*. Daí o compreender o *ser* como ser e o não ser como não ser; compreendendo-os como pensamento, não como realidade.[59]

Assim, disse Serzedas, somos imortais quanto a Deus, mortais quanto a nós. O espiritualista e o materialista veem a mesma coisa, mas de lados opostos. O espiritualista olha do lado de Deus e *vê*-nos imortais; o materialista do mesmo lado e *vê*-nos mortais. Ambos têm razão. A razão suprema deve porém estar acima de ambas as hipóteses, longe da nossa compreensão.

De que modo então é que obram tais prodígios — porque os há autenticamente observados — os faquires índios? O índio é, e foi

sempre, um fraco de vontade. Como então fez tais coisas que parece carecerem de um prodigioso, descomunal esforço? É que *contempla, vê, medita, visualiza...* É que consegue imitar Deus, fazendo ser. Tira mundos limitados do nada, como Deus a este tira.

Assim, o mundo foi criado; a viver começa. A resposta a isto não é aquela vulgar. É esta: tomando-se um ponto possível A como 1º no mundo, esse momento torna-se, *ipso facto*, centro de um círculo infinito e nós vemos uma infinidade anteriormente a ele. É isto o que nós pressentindo e sem analisar chamamos não conceber o princípio do mundo".[60]

"O horror que então aconteceu não aconteceu devagar nem depressa. Aconteceu simplesmente.

Intensificou-se a expressão □ do olhar, tornou-se mais pavorosa, mas na direção do que estava. Pareceu o □ chegar a um ponto culminante.

Vi o professor com aquele olhar indo para um horror qualquer, vi-o ali estendido no sofá, e vi depois no sofá um *robe de chambre* apenas, atado ainda, e tendo dentro um fato de pijama abotoado e apertado por completo.

No chão vi luzir uma coisa... Era uma aliança de ouro. O outro anel em parte alguma se viu...[61]

Eu não o vi desaparecer, não o vi deixar de estar ali. Nada pode descrever o modo horrorosamente extravisualizável como ele estava e depois não estava. Não desapareceu, nem deixou de estar. Ele não começou a desaparecer, nem — horror! — acabou de desaparecer. Estava e não estava.

Onde e com que impensável invisibilidade estaria ele?

Inquiro de mim às vezes o que lhe terá acontecido. Porque o último ato daquela vida, vi-o; e acredito no incrível. Tenho por ato o que julgara palavras.

Tenho a certeza de que o que ele raciocinou, fez. O como racional, explicou-o ele; o como físico é para não ser pensado. Em que horroroso onde estará ele, em[62] que mundo terá vida local?

Pensando às vezes nestas coisas, mas não ouso pensar muito, porque o peso negro dos seus raciocínios desce sobre mim como uma noite, o horror físico do mistério toma-me de frio o coração".[63]

NOTAS

[1] Var. sobrep. a *no*: *do*.
[2] No topo do testemunho um título: *Nota ao Vencedor do Tempo*.
[3] O conceito de *idées-forces*, ideias que dão origem a ações e a comportamentos no indivíduo e nos grupos sociais, foi desenvolvido por Alfred Jules Émile Fouillée. Existem duas obras deste autor na biblioteca de Fernando Pessoa: *La philosophie de Platon* e *Esquisse psychologique des peuples européens*.
[4] Palavra dubitada: *continente*.
[5] Anotado entre parênteses: *(Pêro Botelho)*.
[6] Palavra dubitada: *visionar*.
[7] Var. na linha, entre parênteses, para *da realidade*: *por real*.
[8] Frase dubitada.
[9] No testemunho, lê-se *se a um homem forte de alma*. Foi eliminada a palavra *a*, por parecer um erro óbvio.
[10] Var. sobrep. a *desculpe-me*: *releve-me*.
[11] No final deste parágrafo e separada por um traço lê-se o seguinte: *Memória hereditária + memória dos objetos*.
[12] Frase dubitada: *têm razão a partir de um princípio*.
[13] Palavra dubitada: *erro*.
[14] No fim da página, a anotação *over*.
[15] Fim de parágrafo dubitado.
[16] Var. subp. a *a nós*: *a si mesmo*.
[17] No final do testemunho, a anotação: *over*.
[18] Expressão dubitada: *como não ser*.
[19] Expressão dubitada: *tempo e espaço*.
[20] A meio de testemunho, uma anotação: *Evolução do pensamento filosófico Malebranche e Spinoza: um via tudo em Deus o outro Deus em tudo*: são, como do mesmo tempo, teorias iguais. (Isto diz Serzedas).
[21] Palavra dubitada: *movimento*.
[22] Var. sobrep. a *metal*: *ferro*.
[23] Var. sobrep. a *Professor*: *Dr.*
[24] Var. sobrep. a *3*: *três*.
[25] Var. sobrep. a *0*: *zero*.
[26] Frase dubitada.
[27] Palavra dubitada: *interior*.
[28] Var. sobrep. a *de*: *em*.
[29] Expressão dubitada.
[30] Palavra dubitada: *números*.
[31] Frase dubitada.
[32] Expressão dubitada: *como já lhe provei*; var. sobrep.: *pelas razões que já sabe*.
[33] Palavra dubitada: *coisa*.
[34] Var. sobrep. a *criacional*: *criativo*; var. subp.: *criador*.
[35] Palavra dubitada: *visual*.
[36] Palavra dubitada: *pessoais*.

[37] Var. sobrep. a *vos*: *lhes*.
[38] Expressão dubitada: *por outro lado*.
[39] Var. sobrep. a *argumento*: *raciocinar*.
[40] Expressão dubitada: *na sua limitação*.
[41] Palavra dubitada: *justos*.
[42] Var. sobrep. a *era*: *é*.
[43] Expressão entre parênteses dubitada.
[44] Var. sobrep. a *Detive-me. Demorei-me*.
[45] Palavra dubitada: *prolongada*.
[46] Palavra dubitada: *primordiais*.
[47] Palavra dubitada: *primordiais*.
[48] Palavra dubitada: *involutivamente*.
[49] Sobre o final da frase, entre parênteses, a anotação: *e a duração do mesmo modo, por razão da sua natureza ideativa*.
[50] Palavra dubitada: *razão*.
[51] Expressão dubitada: *deixo-lhe isso a raciocinar*.
[52] Anotação no topo da página indicada por traço: *importante (recordar-se) para o caso do S. (?)*.
[53] Var. sobrep. a *suprema*: *única*.
[54] No final, uma anotação: *(daqui ao princípio faz 1/□)*.
[55] Uma anotação na linha, entre parênteses: *Spencer, tempo infinito a dividir etc.*
[56] Var. sobrep. a *para*: *perante*.
[57] Frase dubitada.
[58] Frase dubitada.
[59] No topo do testemunho, uma anotação: *Mesmo prolongado para os 2 lados tem sempre onde comece. É, portanto, impensável como infinito*.
[60] Nota no final, separada por um traço: *Respondo a isto: se já houvesse será que ia...*
[61] Frase dubitada.
[62] Var. sobrep. a *em*: *de*.
[63] No topo da frase uma anotação: *end*.

O PEREGRINO

Contente vivia em casa de meus pais, na minha cidade natal à beira-mar. Não tinha ocupação que me divertisse o espírito dos enleios naturais da imaginação feliz dos adolescentes; nem viera o amor ainda, com a sua alegria mal contente, turvar a limpidez da minha vida. Eu vivia mais contente do que alegre, sem mais recordações do passado, tristezas do presente, ou dúvidas do futuro. A minha infância havia decorrido sã e natural. A minha adolescência passava-se sem estremeções.

A minha infância havia passado livre de doenças e de castigos. A minha adolescência findara sem febres nem curiosidades. A abastança dos meus pais, e a minha índole pouco inimiga dela, não me davam receios do que viesse a acontecer quando a morte mos levasse. Quanto ao presente, eles amavam-me e queriam-me perto. Um convívio tranquilo com amigos da casa alargava o nosso repouso. Eu havia aprendido a respeitar os velhos, a amar as crianças, a estimar os iguais e a tratar como iguais os inferiores. Não tinha ocupação que me divertisse o espírito dos enleios naturais da imaginação dos adolescentes; nem viera ainda o amor, ou a tristeza de o não ter, turvar a limpidez da minha vida. Assim vivia eu mais contente do que alegre, sem más recordações do passado, tristezas do presente, ou dúvidas do futuro.

Era meu costume passar as tardes, lendo ou meditando, num pequeno pinhal que ficava num extremo da nossa quinta que era já nos arredores da cidade. Os momentos mais felizes da minha vida feliz eram passados ali. O muro alto dava para a estrada por onde, daqueles lados, a cidade recebia os que a buscavam. Quando eu não meditava nem lia, perdia-me, debruçado do muro, a ver passar os viandantes ágeis, os carros que se acercavam com um ruído de guizos, burros lentos dos campônios das cercanias, o passo nobre dos cavalos dos que vinham de casas mais abastadas, ou iam ao seu comércio nas províncias, com as fazendas apertadas a correias sobre cavalos menos belos que os seguiam. A curiosidade inocente dos contemplativos demorava-me ali longas horas, alheado, quedo, vendo passar a vida sem refletir nela, entretendo-me, à maneira dos simples, com o aspecto das coisas mais do que com a sua significação.

Não que os meus pensamentos corressem sempre tão ingênuos; mas não era naquelas horas que eles se desviavam da sua tranquilidade característica.

Como [acontece] a todos os que pensam, eu não deixava, é certo, de meditar no mistério da existência. Mas quando isso me perturbava era nos serões, no silêncio à roda do candeeiro, quando já as velhas dormitavam, esquecido o trabalho com que se entretinham, e a grande sombra de toda a vida se alastrava sutilmente na alma. Nessas ocasiões não era sem uma alegria minha que as velhas despertavam para a ceia, e as criadas vinham pôr a mesa e o som das vozes, renascendo, quebrava o encantamento, meio torpor meio angústia, que envenenava a alma nesse momento.

Tudo isso, porém, ainda que não fosse só prazer, trazia elemento necessário de nobre inquietação para de certo modo sacudir o pó da monotonia que, sem isso, cobriria pouco a pouco a minha vida. E nem isso era sempre, nem sempre era muito. A "sesta" do meu viver estava tanto pelo que respeite a duração, como pelo que respeite a usualidade, nas tardes sem número que eu passava, sozinho, vendo do muro do pinhal, passar a vida para a cidade, a voltar dela, enquanto ao longe, por cima do muro da quinta fronteira, o verde cultivado dos campos aprazia indistintamente.

Uma tarde estava eu, como de costume, observando o decorrer dos carros e dos peões. Era o fim de um dia de verão, com grandes nuvens ligeiras amontoadas no horizonte, e um vento brando, um vento fresco, agitando, por detrás de mim, num sussurro sonolento, os pinheiros. Um aroma sonolento, vegetal e tenro, envolvia-me, participando da doçura que, àquela hora, se espalhava por sobre a vida.

Como havia minutos que nenhum carro passara, eu havia-me distraído mesmo da minha distraída ocupação. Fitava a estrada sem a ver, pensando em qualquer outra coisa, que não então se ma perguntassem poderia dizer o que era. De repente, como num sobressalto, notei que um homem vestido todo de preto havia surgido, sem ruído de passos, da curva da estrada do lado da cidade. Não sei por quê, mal pousaram nele, os meus olhos demoraram-se investigando-o. Mas não sei dizer mais senão que era um homem todo vestido de preto, o seu rosto grave e triste, os olhos calmos e estranhos, que com passo lento e leve vinha seguindo pela estrada.

Quando chegou diante de onde eu estava, ergueu para mim os olhos, e perguntou-me não sei o quê — porque eu tanto o estava

vendo que o não ouvi — a que logo respondi uma coisa de que igualmente não me sei lembrar. Recordo-me apenas de que a minha resposta foi negativa, mas não sei o que neguei. Ele agradeceu-me e passou. Quando me agradeceu fitou-me sem me sorrir (disso me lembro bem) como se, em vez de me estar agradecendo, o que é uso fazer-se com um sorriso sem sentido, me estivesse dizendo uma coisa qualquer, que por qualquer razão muito me importasse e que isso só pudesse ser dito com aquela gravidade solene.

Quando ele seguiu e ia a virar a outra curva da estrada, eu, que não tirara dele os olhos, senti de repente que por uma razão misteriosa me estava lembrando dos serões longos em que, à luz do candeeiro, quando as velhas dormitavam sobre o trabalho interrompido, eu costumava sentir o mistério das coisas vir ter comigo da sombra, subir lentamente como uma maré surda nas costas do outro lado do mar.

Nunca mais senti tranquilidade nem bem-estar. A minha vida, daquela hora em diante, tornou-se oca e pálida. A mim, que tudo tinha, tudo faltava. Nada desejava, e desejava tudo. Se em sonhos tentava imaginar um prazer que me satisfizesse, uma □ que me aquietasse, não conseguia □. Não sabia o que sonhar que mesmo só com sonhá-lo me sentisse satisfeito. Das coisas da minha vida simples, as que antigamente me passavam despercebidas passaram a incomodar-me, e as que me eram gratas passaram a ser-me as despercebidas, ou estranhas, como flores sem perfume nem cor. Não sei bem dizer se foi lenta ou se foi rápida esta transformação que me tornou outro. Sei apenas que ela começou quando vi o homem de preto deixar a curva da estrada.

Diminuiu, sem que na verdade esfriasse, o meu amor por meus pais, o meu interesse por os meus amigos, o □ que tinha na minha casa e o conforto de não ter cuidados ou receios. Passei a não me importar, nem para a sentir aprazível, com a minha vida, nem, para a sentir minha, com a minha alma.

Mais que tudo me inquietava não saber não só a causa real da minha angústia, mas a sua própria natureza. Nenhum sentimento que eu houvesse sentido, nada que houvesse lido ou ouvido falar, se assemelhava a este. Não era propriamente dor, nem só inquietação, nem angústia sem mescla. Não continha o ardor do desejo, mas era desejo; não parecia a doença da falta de qualquer coisa, mas era essa doença; não tinha relação nem com pessoas, nem com coisas, nem, se eu o considerasse

bem, comigo mesmo. E assim como não podia medir o que ela era, eu não podia conceber o que ma tiraria.

E sempre, sempre que este mal andava comigo (e ele nunca me deixava) havia nele, sem que dele fosse parte, como se estivesse fora dele, como se estivesse além de mim, o homem de preto, e as palavras (que palavras?) que dissera, e os seus olhos de um veludo baço e a expressão soberana, quase triste, do seu rosto misterioso e quedo.

Se, depois, eu pensasse melhor nessa estranha figura, não conseguia determinar nada, nem a seu respeito, nem a respeito do que mudara, nem sequer a respeito do que eu pensava dela, quando nela refletia. As suas feições, querendo relembrá-las, vi que as não fixara de modo algum. Sabia que o reconheceria logo, se o tornasse a ver, mas não podia fazê-lo aparecer dentro do meu pensamento, para me supor reconhecendo-o.[1] Nada me ficara do seu andar, ou do seu gesto, ou do timbre da sua voz. Pensando bem, não me lembrava de ter ouvido a sua voz, a voz dele que falara comigo. Era como se eu tivesse sonhado que alguém me falara e não tivesse sonhado mais, mas só isso e não a voz, num sonho todo visão sem acompanhamento para os ouvidos da alma.

O seu fato[2] lembrava-o como preto, mas não me ocorria nenhum detalhe dele. Quanto mais eu pensava no homem, menos me aparecia[3] à vista.

Sobre as suas palavras menos ainda, se tal podia ser, me ficara no espírito. Que ele me falara sabia eu; o que me dissera nem sabia, nem podia imaginar.[4] Mas também não podia imaginar que não houvesse sido nada, pois, mal me deixava concebê-lo, parecia ouvir-lhe de repente a voz, longe de mais para as palavras se ouvirem, mas existentes, insistindo comigo para que nelas acreditasse.

E eu o que pensava com respeito a esse homem? Também não o sabia; e isto era o mais estranho de tudo. Amava, odiava, temia aquela figura? Não me causava amor, nem ódio, nem receio. Enchia-me de um sentimento muito forte, que não era sentimento nenhum. Não era, pelo menos, sentimento algum conhecido; nem era uma soma de sentimentos, uma mescla irregular deles. A nenhum se assemelhava. Nem sequer era mais vago, ou mais frio, ou mais estranho mesmo, que outros; estava não só fora deles, mas fora de toda a relação com eles. Eu sentia-o, sentia-o sempre e parecia, contudo, não estar na minha alma, não ser sentido dentro de mim.

Por esta descrição que nada descreve, mas que é a verdade do que eu sentia, se pode sentir o que passou a ser a minha vida desde que vi o homem de preto.

Não sei quanto tempo passei assim, nesta inquietação incessante, nesta febre sem calor ou dor. Sei que foi bastante tempo.

Passaram a estranhar-me, a achar que eu exagerava o meu amor natural à solidão. Senti esfriar em meu torno, como que inconscientemente, o amor de meus pais, a amizade dos meus amigos, o carinho usual das criadas velhas. Creio, porém, que isso tudo esfriou em virtude do que esfriou em mim, reflexo como que instintivo, acontecendo fisicamente, do meu afastamento de tudo.

Porque agora só me aprazia a solidão que antes apenas me aprazia mais do que tudo. Tornou-se-me, pouco a pouco, inquietante, angustiosa, e de angustiosa, insuportável, a presença dos outros, a coexistência de gente comigo. Só que não sou impaciente de minha índole, não tenho que conter constantemente a minha impaciência. Tão sutil, contudo, foi esta alteração no meu espírito que os outros tiveram uma adaptação instintiva a ela. Pareciam querer fazer-me a vontade, deixando-me só, não exigindo nada de mim, falando-me o menos possível. Da minha parte, eu aceitava esta conduta com um agradecimento vago, como um rei que aceita homenagens que sente que são sinceras.

Nenhum acontecimento viria alterar o meu estado de espírito. Salvo o que produziu esta mudança na minha alma, nada de exterior me turvava, como dantes não me havia turvado a limpidez natural à minha forma de existência.

E tudo isto — o não haver um fato que desviasse a minha atenção, o escrúpulo constante que todos tinham em me deixar entregue a mim, e o próprio esfriamento que eu sentia com respeito a todos e a tudo — contribuiu para mais completamente me entregar àquela vida sem forma, àquele sentimento sem nome que se tornara a substância do meu ser.

Foi algum tempo depois — não sei quanto tempo — que num desses serões longos do inverno aquecido pela casa, em que os velhos acabavam por adormecer em torno à braseira, com os queixos enterrados nos abafos caseiros, quando se sente chiar já na cozinha a chaleira, e há uma noção quente de não haver nada lá fora, nem noite, nem frio, quando a ceia tarda e não importa que tarde, e uma sonolência vaga

deixa-nos acordados, quando não há energia no espírito para pensar, nem força no coração para sentir, e estão fechadas, parece então que para sempre, as portas e as janelas da vontade. Foi por um desses serões em que eu soía meditar até que, como se viesse em vez do sono, o mistério da vida entrava como algo que viesse pé ante pé do corredor escuro, e o seu passo não fosse conhecido, e não entrasse afinal no quarto. Foi por um desses serões que, finalmente, o fogo da minha inquietação constante conseguiu atear-se na minha decisão.

Eu dormitava quase, incapaz nem de escapar à minha angústia, nem de me subtrair à magia sonolenta da hora. Sem querer, remoía a sensação do mistério de tudo que, cônscia daqueles momentos, agora outra vez me aparecia. Faltava-me falta de indolência para afastar de mim essa ideia. Deixei-a vir como quem se deixa seguir por quem incomodará mas não fará mal. Tornei-me acessível ao influxo desse velho mal que, porque, ao apoquentar-me, me distraía, talvez agora, também, me distraísse da minha nova dor.

Mas o que aconteceu não foi o que eu esperava. Mal se havia dado ainda aquela leve mudança na fisionomia das coisas que surge quando nelas se proclama o seu mistério, e o de tudo; mal se havia manifestado na sua incompreensibilidade a coloração dos objetos e a presença da alma ante eles; quando percebi que, longe de, distinta da minha angústia constante, essa angústia do mistério se consubstanciava com ela, nela se fundia e se □. Tornava-se uma só coisa. Mas, por certa falta de espanto que, com todo o seu espanto, isso me trouxe, vi que a ansiedade do mistério não viera juntar-se à minha inquietação de sempre, mas de dentro dela saíra. Senti que eram as mesmas coisas que sempre a mesma coisa haviam sido. Esta verificação tornou-se uma terceira angústia, que se acrescentou por dentro às outras duas. As minhas tardes de sonho no pinhal, e o modo como tinham acabado com a vinda do homem de preto, fundiram-se com os meus serões de inquietação em que ele agora, essa mesma figura, parecia-me ter misteriosamente preexistido, presente como que detrás de um reposteiro — ou a fingir talvez que passava na escuridão do corredor, sem mesmo chegar a entrar pela porta.

Não sei quanto tempo isto levou a pensar, ou a sentir — que não sei se era pensamento a emoção. Sei que nesse auge de angústia que nisto houve, ou a que isto chegou, me lembrei de repente — sem me lembrar, agora, da sua figura — das palavras ditas pelo homem de preto:

Não fites a Estrada; segue-a.
E foi nesse momento que eu decidi partir.

Não fites a estrada; segue-a. Mas segui-la como, e até onde? Segui-la como os que vêm da cidade ou vão para ela, como os que partem e os que voltam, como os que vêm comprar e vender, como os que vêm ver e ouvir, ou como os que se vão, cansados de ouvir e de ver? Como quais destes? ou como quê comum a todos eles? ou de que outra maneira diferente da de eles todos?

Fosse como fosse, eu não podia senão partir. Fosse qual fosse o sentido e a natureza da minha inquietação, o seu paliativo — bem sabia que não o seu remédio — era partir, ir por aquela estrada fora até onde o Destino quisesse. Para que, por que, buscando o quê? Eu sabia-o tão pouco como sabia o sentido e a natureza da minha inquietação.

Longos dias, chorando e lamentando-se, quiseram meus pais deter-me, me pediram meus amigos que ficasse, senti as súplicas mudas dos olhos tristes das criadas antigas. Não sei o que disse, o que expliquei. Razões que desse eram por força falsas, porque eu nenhumas tinha, nem me sentia ter. Argumentos com que os convencesse, também não sei quais empregaria, se para mim não sabia de nenhuns. Sei que por fim, sem que as lágrimas e as tristezas cessassem, me deixaram que fizesse o que eu queria. Foi porventura a força muda e convincente de toda a decisão intensamente querida, em todo o desejo absorventemente forte, o que conseguiu o triunfo do meu intento.

Com esse triunfo não exultei, nem me impacientei mais ou menos. Não me recordo da alteração que causou em mim. Seria porque de tal modo determinara partir que não concebi dificuldades; seria porque partir é que me importava e não só preparar-me para partir; o certo é que a minha própria inquietação não diminuiu, nem cresceu, nem se alterou.

Veio por fim o dia da minha viagem. Choravam todos à minha volta; não sei se choravam só por eu partir, se por sentir que eu partia sem intuito, se por supor que eu nunca voltaria. Eu não atendia esses lamentos, embora não fosse indiferente a eles. Qualquer coisa me atraía para fora e para longe de mim.

Nos últimos momentos que passei em casa, nesses momentos em que me encontrei só, de repente, sem saber como, tornou a surgir-me no espírito a figura do homem de preto, e as suas palavras, conforme as relembrava, ocorreram-me outra vez.

Reparei então em como eram vagas, indistintas. Que não fitasse a Estrada, que a seguisse. Que a não fitasse, compreendia. Mas que a seguisse, não sabia como compreender. Que a seguisse em que mister — tornei a perguntar-me; que a seguisse para que fim, e em que direção. Como no mesmo momento da pergunta, vi a resposta. Que como a estrada vinha da cidade de onde eu era, e onde era minha casa, e onde, como era uma cidade à beira do mar, a estrada parava, eu devia seguir a estrada na direção do interior do reino, sempre nessa direção. Que, como ele dissera que a seguisse e não que a tomasse até certo ponto, eu a devia seguir sem parar, até o fim... E, ao pensar isto, de repente me lembrei que nestas palavras meditadas estava o fim da frase que o homem de preto me havia dito, e que — via-o eu agora — eu só tinha relembrado incompletamente. O que ele me dissera fora: *Não fites a Estrada, segue-a até o fim.*

Mas dissera-me ele isso realmente? Fosse como fosse, era esse o sentido da frase.

Mas seguir a estrada para que, até encontrar o quê? Ah, se ele me não tinha dito para que, até onde, é que eu devia segui-la só por segui--la, só para a seguir até o fim, só por ela, sem nada procurar, sem nada querer, sem a nenhuma parte querer chegar. E devia seguir a estrada, pensando só em segui-la, amando só nunca a deixar.

Nisto lembrou-me, (e pasmei), pela primeira vez, que eu nunca tinha pensado em procurar o homem de preto; que, em tudo quanto pensava dele, em tudo quanto ele me fizera pensar, eu nunca pusera a vontade de o procurar, nem a vontade abstrata, sem intuito.

Então por que razão me lembrara, ao pensar em seguir a estrada só para segui-la, em segui-la até o fim, porque só isso era verdadeiramente segui-la, em procurar o homem de preto? Por que é que uma vida estava contida na outra, e, não sei de que maneira, era a outra?

Que importava, de resto, se a ânsia era forte, e o fim, ainda que vago, só um?

Foi assim que, entrando para a estrada, parti deixando atrás o lar paterno, a minha vida passada, e a minha cidade natal à beira do mar.

Longo tempo segui, pela estrada fora, internando-me cada vez mais no país. Do que me aconteceu pela viagem nada há que contar, porque não me sucedeu coisa diferente do que sucede a todos os viajantes, quando não têm mais que contar do que a alegria de certos momentos

do percurso e o cansaço feliz com que à noite adormecem, nas estalagens, contentes da viagem do dia.

Passei por várias vilas e por várias aldeias, vi campos de muitas espécies, andei rente aos muros de muitas quintas. Passaram por mim os que vinham para a minha cidade natal, e os que partiam dela, uns alegres, outros tristes, uns preocupados, outros ligeiros, mas nenhum, que eu visse, como eu, porque todos me pareciam ter um destino, e eu não tinha outro senão a Estrada, e todos me pareciam buscar o que conheciam e eu só buscava um Homem de Preto de quem não me podia recordar.

Não sei descrever bem qual a espécie de emoções ou de pensamentos que mais distinguia o estado usual do meu espírito no decurso da minha viagem. Talvez a distância a que isto hoje está de mim faça com que de nada me lembre, nem me importe de nada me lembrar; certo é, porém, que, sabendo eu com que estranhas emoções e pensamentos eu tinha abandonado a minha casa, não podiam ser fáceis de definir, nem no próprio momento de serem sentidas, aquelas, não sei se as mesmas se diferentes, que acompanhavam a minha alma na minha viagem.

Também não sei quantos dias caminhei, ou se caminhei mais tempo do que é costume ser contado só por dias. Quem pensa só em seguir a Estrada nem leva número ao Tempo, nem sabe bem dos passos que dá. Sei que, ao fim de incertos dias, começou o campo a transformar-se e o aspecto das casas, o talhe das árvores, certa garridice das frontarias, e o próprio modo diferente com que os habitantes se mexiam, proclamava a proximidade de uma cidade muito grande. Eu estava, com efeito, já nos arredores da maior cidade do reino, vasto empório sobre um grande rio, onde o comércio, a indústria e a concentração da vida faziam formigar e misturar-se as vidas, as intenções e os destinos.

Poucos passos, comparados aos muitos que até ali dera, me trouxeram às portas da cidade. Penetrei no seu vastíssimo recinto. Não sei explicar com que emoção meio curiosidade, meio angústia, nem sei explicar que curiosidade ou que angústia, me senti parte daquela multidão que como um rio multicolor perpetuamente oscilava nas ruas e, desaguando na amplidão das praças, se alastrava ao sol garridamente.

Decidi ali parar um tempo, um pouco pelo cansaço um pouco pela curiosidade, um pouco também pela necessidade de decidir melhor, um pouco mais pela consciência de que aquele estádio de algum modo devia pertencer ao meu destino.

★ ★ ★

No ouro fulvo das suas madeixas, no branco róseo da sua face clara, no seu porte nervoso e instintivo, onde dormiam condescendências de fera amável e transportes de árvore com seiva, o seu ser mostrava que hauria plenamente todo o ar natural da vida. No arfar do seu seio, sereno e forte, participava da elasticidade dos animais e da fome natural das raízes. Toda ela derramava sobre nós um fluido que era tão intenso que se não podia dizer sutil, tão forte que nos ligava a ela como se a sua vitalidade fosse aquela árvore falada dos viajantes longínquos que nos seus ramos em feitio de braços aperta estreitamente o incauto que dela se aproxima. Tudo isto é, talvez, exagerar quem ela era, porque, afinal, não passava do animal humano instintivo, ligado à vida por todos os sentidos e tendo a gula das coisas naturais com loquacidade e esplendor.

Enamorei-me dela logo que a vi. Perdi a alma por ela logo que lhe falei. Os seus olhos, de fogo para a minha perturbação, desceram o seu incêndio até o fundo do indesperto do meu ser. O contato da sua mão fez-me todas as coisas. Minha própria consciência, se eu estava ao pé dela, era um calor que ardia no meu corpo e me fazia sentir as veias com um estremecimento de prazer.

Não sei que horas vivi desde que pude conhecê-la. Alegre, contente do que em mim despertara, ela amava-me também. Laços invisíveis nos estreitavam um ao outro. Cada um de nós os sentia e os queria sentir sempre. Deliciosas prisões aquelas em que a vontade se sente num sono de conforto, e a inteligência não quer ter outro emprego senão compreender cada dia novos encantos no ente amado, e novas palavras a dizer-lhe que diferentemente repitam o mesmo ardor, e o mesmo anseio, e o mesmo desejo!

Ela era filha □

Cada vez que eu mais vividamente queria fitar os meus pensamentos na estrada, a figura da minha amada me aparecia no meio dela, tolhendo-me, com deixar-me vê-la, o caminho que eu sonhara. Mil vezes quis pensar na estrada só, e em onde levaria, e tantas vezes o meu pensamento via aquela peregrina figura aparecer-lhe para que ele não seguisse.

Mil argumentos me apareciam no espírito para me desviar dum intuito que eu mal conseguia sonhar descansado. Ora me perguntava se a

estrada não valia, afinal, por me ter trazido até ela. Se não havia sido para encontrar quem eu tanto amava que a estrada me fora lembrada para seguir. Como a teria eu encontrado, e amado, se não houvesse seguido a estrada; se, seguindo a estrada, tinha encontrado o que eu nunca antes encontrara, não era esse o fim da estrada, e o fim de a ter seguido? Eu partira em busca do desconhecido; esta mulher, antes que eu a conhecesse, era o desconhecido para mim. O amor, antes que eu o encontrasse, era o que nunca tinha encontrado. Por que não parava eu ali, sem querer parar? Por que não queria eu aquilo que desejava? Que mais desejaria, se nada mais queria, pois tudo quanto eu queria era aquela a quem amava?

Estes, e mil outros, pensamentos, assim naturais e símplices me preocupavam o espírito; e preocupavam-me porque nem me satisfaziam, nem eu lhes podia responder. Não lhes podia responder, porque de tal modo eu os encadeava, que de antemão sabia que não tinham resposta. Não me satisfaziam porque, embora eu não lhes pudesse responder, eu não os podia aceitar. Não me satisfaziam, porque não me satisfaziam. Contentava-se com a razão deles a minha razão; mas não era a minha razão que eu sentia por satisfazer; e, se não era a minha razão, porque empregava eu argumentos, que só para a razão servem, e só à razão convencem, por que só falam a linguagem da razão?

Se meditava nisto e, procurando ver com que parte de mim é que eu não me satisfazia, eu me perguntava, naturalmente, se não sendo o juízo, era o coração, este respondia-me que estava tudo com a imagem da mulher amada. Que guerra havia então dentro em mim que estando o juízo e coração da mesma parte, e sendo a vontade o prêmio por que se combatia, ainda me sobrava na sombra uma faculdade desconhecida que as armas juntas do pensamento e do coração não logravam nem vencer nem corromper? Tiraria ela talvez a sua força do seu mistério, como o inimigo, cujo número a noite encobre, e antes parece muito, porque se lhe junta o mistério, e ao mistério[5] o terror que gera, e ao terror a imaginação que propicia?

Vãs considerações, como razões expostas a um néscio, que nem compreende as razões, nem a razão! Mas o que imprudentemente faz prédicas a um néscio, cansando-se de predicar, sabe por que é que predica em vão. Mas eu não sabia a que predicava, nem por que não me entendia. Era como se na noite alguém me segurasse pelas costas de tão perto que eu não pudesse virar-me para o ver, nem, voltando a cabeça, ver senão para detrás dele.

Não foram horas, mas dias, mas cada hora deles parecia um dia, que eu andava nestas razões comigo, nada concluindo, e quanto mais me agitava, mais seguro apenas de me não ter mexido, como uma criança num baloiço, que, por alto que vá, não passa da árvore a que o baloiço está preso, e o pouco que finja andar para um lado, cedo o perde para o outro. Mas isto, com que a criança se deleita e se passa com o seu corpo, nunca deleita quem não é criança, e quando se passa com a sua alma.

Um efeito, porém, certo e definido, teve toda esta hesitação na minha vida. Todo o prazer, sem deixar de ser prazer, se me tornou doloroso. Quando eu via a mulher que amava, eu tinha a mesma alegria de sempre, mas sentia que a minha alegria tinha uma sombra, ou que vestia de negro. Não era a minha angústia senão íntima; porque os outros a não notavam, sobretudo aquela que, sendo a causa da alegria, era a da angústia, e, sendo quem eu buscava, eu não sabia já se buscava ou não. Se eu sentia que a queria, perguntava a mim se a queria. Se queria outra coisa, perguntava a mim que coisa, se só queria a ela?

Tentei persuadir-me que esta tortura era a da esperança, quando sente demasiado que ser esperança é não ter ainda conseguido. Tentei persuadir-me que, uma vez verdadeiramente minha, essa mulher me traria a felicidade que me faltava na felicidade; que a minha felicidade só por ser incompleta tinha dor, porque onde era incompleta não estava, e onde não estava, notando eu que não estava, notava que ali era infeliz. Julguei por isso que os dias que, correndo, me traziam ao dia do casamento, me levavam, também, ao dia da felicidade, que era esse.

Mas a maior tortura de toda esta tortura — não tardou muito que eu a visse — era a de sentir que, fosse qual fosse a causa que me fizera hesitar, o fim para que eu hesitava era o de tomar uma decisão. E se eu havia que casar com aquela mulher, a quem eu tanto desejava, que decisão tinha eu que tomar, que havia de ser escolhida entre essa e outra, e que outra poderia ser a outra decisão que não a decisão de não casar? E se não casasse que fazer senão fugir, senão seguir, senão ir sempre no caminho?

Tudo em mim queria que eu casasse; o amor, a felicidade, a gratidão para quem me amava, a própria vergonha de não ousar o que queria, de não acabar o que começara, de não vencer o que acometera. Se assim tudo me indicava um caminho, por que não o seguia eu?

Poucos dias faltavam já para a consumação da minha felicidade, quando, a sós, alta noite, vindo quase dos braços da adorada, eu de

propósito busquei um auge ao meu tormento para que eu o vencesse, ou ele me superasse, e o que era incerto enfim se definisse. Novamente fiz passar ante os olhos da razão todas as peças da minha lógica, e tanto mais perfeitamente o fiz quanto a imagem amada se me gravara quase no corpo, e eu trazia presente em todos os sentidos. Novamente, ao fogo da minha paixão, aqueci, fundi, temperei os meus argumentos. Novamente os levei à mesma aquela conclusão. Se assim tudo me indicava um caminho, por que é que eu não o seguia?

Mas aqui, de repente, o fio, que pusera às minhas razões, se virou contra mim e me conteve. Porque se o que eu queria, eu o podia indicar, para bem dizer que o queria, como um caminho, quanto mais a Estrada, que eu seguira, não era um caminho verdadeiramente! Se para me convencer para parar eu ia buscar a imagem ao que indica que não se para, quanto mais ele próprio não era a verdade! Se a sua imagem me servia para dar verdade ao meu argumento, como não seria aquilo a verdade, de onde eu tirara a imagem?

Sem me compreender; sem ousar interpretar-me, parei dentro do meu espírito. Como que me desertaram as ideias. Fiquei num deserto dentro de mim.

E, de repente, volveram-se-me os olhos atrás, ao início da viagem, ao sentimento inquieto que ma trouxera, ao destino obscuro que ma pusera na alma. Num instante de muitos pensamentos, rememorei-me. Conduzi-me outra vez, desde o passado perdido, até a hora no muro da quinta, em que o homem de negro me aparecera. De novo repeti, dentro de mim, as suas palavras, pela sua voz:

"Não fites a Estrada: segue-a até o fim."

E, pela vez primeira, mas como se não a houvesse esquecido, ouvi, primeiro o tom, depois os termos, da minha resposta negativa:

"Ainda não; só partirei quando sentir o mal de parar."

E eu havia parado! Quantos dias havia parado! Ai de mim, e com quanta alegria! Eu havia parado porque amava, porque desejava, porque queria. Mas o que era amar, o que era desejar, o que era querer, se não parar (pelo menos no desejo do caminho?). Eu havia parado porque amava? Mas como pararia, se não tivesse uma razão para parar? Uma figura, que me encantava, prendia-me? O que era prender se não não deixar seguir? E o que era encantar se não fazer parar?

Um instante ainda me escutei a sofrer, e pareceu-me que não tinha faculdades no meu espírito, senão uma — a angústia. Um instante

hesitei ainda. Depois, como se eu fosse um deus que se condenasse à própria morte que criara, decidi partir. Não sei dizer, ninguém por mim saberia dizer, quanto a partida me custou. Mas decidi partir, ir, seguir logo. Pus aos ombros o meu fardo de viandante. Ele foi-me leve porque pesada era só a angústia, que era só o que eu sentia. A chorar alto dentro do meu sangue e da minha vida, eu parti. Parti a correr, alta noite, a fugir, com uma fúria de louco, como se quisesse ir além de mim, ou deixar atrás a própria sombra. Corri, corri, corri sem que o tempo acompanhasse a minha sensação de correr. Tinha a impressão de que não me mexia, de que estava parado, a ferros na cela estreita do meu sofrimento.

Mas parti. Eu levava a alma seca, dura, acabada. E centrada no fundo dela, como uma gota fina de orvalho, dormia não sei que vaga alegria de uma grande libertação.

Saí, chorando,[6] a porta extrema da cidade.

Diante de mim, rio gelado sob o luar frio,[7] a Estrada prolongava-se indefinidamente.

Em casa dos pais.

Visitado pelo Homem de Preto, que lhe pergunta por um nome de que ele depois nunca se pode lembrar, e, sem que ele saiba por que, lhe sugere a ideia inquieta de ir à procura dele pelo mundo fora.

Embora os pais chorem e lhe peçam que não parta, ele decide-se e caminha, saindo da sua casa, na cidade à beira do mar, e internando-se pouco a pouco no país.

Na primeira cidade do interior a que chega passa algum tempo. Ali se enamora de uma donzela de beleza excepcional e voluptuosa (o Prazer). Metal do anel que ela usa □. Depois de sentir a sua grande atração, consegue (por não poder deixar de pensar no Homem de Preto que motivou a sua busca) obter força para se arrancar ao amor que ela lhe causa, e deixá-la, o que faz precipitadamente, de noite, como uma espécie de fuga. — A sua alegria ao sentir-se livre dela, e ao mesmo tempo a tristeza que lhe vem daquela separação, em que parece ter deixado tudo quanto podia tornar a vida bela e digna de ser vivida.

Na segunda cidade, mais para o interior, aonde chega depois e algum tempo vive, enamora-se de uma outra donzela (a Glória). A sua beleza é material, mas espiritualizada. Todos a olham quando ela passa, quer a desejem quer não. O seu anel é do metal □. Mas um dia

lembra-se fortemente do intuito da sua viagem e (apesar de lhe custar) consegue separar-se dela e seguir. A sua partida é já menos uma fuga, e ele não pode deixar de virar-se muitas vezes para trás. Também não se despede dela, e, deixando-a, o alívio que sente é menor que da primeira vez, mas a sua alegria do triunfo maior ainda.

 Na terceira cidade, que fica no alto de uma montanha enorme, e é cercada por antigas muralhas severas e tristes, enamora-se de uma terceira donzela, castelã antiquíssima daqueles lugares, senhora absoluta da cidade em que vive. Esta representa o Poder. O seu anel é de *ferro*. Acontece a mesma coisa do que das outras vezes, com as diferenças inevitáveis. O seu amor por esta não é, como pela primeira, uma paixão louca e absorvente; nem, como pela segunda, um desejo intenso e mais inquieto do que perturbador. Esta ama ele com uma paixão calma e ardente. A beleza dela é majestática e altiva; nas próprias dobras do seu manto há a majestade da sua grandeza. — A mesma coisa acontece. Lembrando-se do seu destino, parte, também não ousando despedir-se dela, embora a visite, não dizendo que a vê pela última vez. "De longe da estrada já na planície, olhei longamente as altas torres ao cimo da montanha, todas de ouro brunido no sol do anoitecer."

 Entra agora no interior do país, longe já da esfera das cidades. E chega a uma vila calma, numa vertente de um monte, onde tudo é tranquilo e adorável. O rio que passa no vale é cheio de pontes. As casas são todas juntas e alegres. Ali se enamora da filha do pastor de almas do lugar, donzela não bela já, mas de tal suavidade de trato e de tal doçura de caráter que por isso toda ela se transfigura e se anima. Ele ama-a com um amor cheio de ternura, quase sem paixão. O anel dela é de □. Por fim o mesmo que acontecera com as outras acontece. Aqui ele demora-se bastante, mas por fim parte. Despede-se dela e ela chora. Ao sair da vila ele lamenta consigo que tudo quanto é suave e puro parece ter saído da sua vida. Interna-se mais no país, e cada vez o campo é mais campo e a atmosfera mais rara e pura.

 Chega a uma aldeia pequena, quase perdida e invisível, onde se demora muito tempo. Ama com um amor repousado e quase sem desejo, quase mesmo sem ternura, só devoção e respeito, uma donzela que vive sozinha contemplando tudo, sem quase falar aos outros, silenciosa e pura. É a Sabedoria. O seu anel é de □. Por fim parte também. Segue e despede-se dela; cada despedida lhe custa mais, e em cada novo lugar

que chega lhe parece que de ali não mais poderá partir. Como a que representa o Amor, ela busca detê-lo, falando-lhe de como é feliz a vida em que só se contempla e se não busca mais do que compreender as coisas.

Mas ele parte, cada vez mais triste.

Avançando pelo país dentro, cada vez mais se interna em regiões isoladas. Chega, desta vez, a uma casa solitária, ladeada de ciprestes, e ao pé da qual um som constante de água caindo, convida, não já a uma contemplação, mas a um repouso absoluto. Vive nessa casa uma donzela de grave e estranha formosura. Dela também ele se enamora. O seu porte é sereno e supremo; amando-a parece ter-se a consolação de ter abandonado tudo. A sua presença fazia esquecer todas as angústias e o gesto com que nos falava limpava-nos as lágrimas por chorar. É a Morte. Na sua mão longa e pálida trazia um anel de *prata*. Por fim ele partiu também. Ela quis detê-lo, falando-lhe não de si, mas do sossego da sua moradia longe de tudo, do som fresco e grave da água caindo sempre, do murmúrio acariciador das folhas quase sem se agitarem. Mas ele lembrava-se de que tinha saído da sua casa já quase esquecida por causa do Homem de Preto que um dia lhe tinha perguntado ele já nem sabia o quê.

Partiu, e depois de muito andar, chegou a uma espécie de choupana rude construída, quase como um mero alpendre, contra a encosta de um monte. Ali lhe apareceu uma donzela por quem logo sentiu um amor como nenhum outro, de tantos que havia já sentido. Esta não sabia ele se era bela, ou se era graciosa, ou como era propriamente; sabia apenas que nela haviam tomado forma todos aqueles seus desejos que nem para ele, ao tê-los, tinham uma forma e um contorno. Esta é a sua própria Personalidade. Tinha no dedo simples e puro, um anel de Ouro. Esta amou ele com um amor que não tinha já nem desejo, nem propriamente afeição — um amor despido de todos os anseios e de todas as renúncias mesmo — o amor de quem encontra quem procura há muito e se sente qualquer coisa mais do que feliz. Mas, ai, isto lhe lembrou que não era a ela que ele viera procurar. E por isso, cheio de uma pesada tristeza, decidiu partir. Ela tentou detê-lo. Contou-lhe que ele fizera bem em vir até ali, onde nada chegava do mundo, nem as suas renúncias, que ainda são dele. Mas para além, passando a fronteira do país não se sabia se habitava alguém. Era tudo incerto e obscuro. Que a não deixasse. Muito tinha ele viajado e muito

tinha sacrificado. Ela era a razão talvez, de todo aquele sacrifício. Não seria para a encontrar a ela que ele procurava o Homem de Preto em uma direção que viera por fim ter ali? Foi esta a maior tentação dele; quase que não pôde resistir. Mas lembrou-se do sinal estranho que o Homem de Preto não lhe fizera realmente, e, com a alma morta já, todo ele sem nada em si, partiu, partiu resolutamente entrando breve num território inóspito e inabitado, sem estradas, sem campos lavrados, quase sem campos mesmo, onde só o céu e a terra, e os raros riachos existiam frente a frente.

Dias e dias andou, e por fim, num vale sem belezas e sem conforto para a vida, encontrou sentado à beira de uma caverna virada para leste, um velho eremita de barbas brancas, solitário asceta contemplador. Uma pele rude cobria-o, raízes o alimentavam, a água de um arroio que mal se ouvia era o que tinha para beber. Mas a sua calma era maior que todas quanto ele tinha visto; a sua face era espelho do Repouso, não talvez do contentamento, mas por certo da Tranquilidade. Passei ali maravilhosos dias, livre por fim de todo o amor de toda a espécie. Conheci a felicidade de não ter mais nenhum desejo de mais coisa nenhuma. Aquela vida atraía-me sem puxar por mim. Mas lembrou-se do que buscava e teve de partir. Para quê, disse-lhe o eremita tristemente. Vale a pena atingir mais do que esta tranquilidade absoluta...? (Aqui o símbolo é o Sol, a esfera luminosa e quente do sol de todos os dias. Não havia ali tempestades nem nuvens.) (O eremita é a Tranquilidade.)

Partiu. Caminhou mais, internando-se nesta nova região, que cada vez aparecia mais árida e despida de vida. Por fim numa região só de pedras numa montanha pesada e morta, viu de noite a luz de um clarão enorme. Aproximou-se admirado do lugar de onde via vir a luz. E viu que era de onde em uma grande caverna um ferreiro trabalhava a uma bigorna com um fogo tão prodigioso que parecia o próprio sol a que se houvesse tirado a forma, reduzindo-o à sua essência de puro fogo informe. (Este ferreiro é o Esforço, a contínua aspiração.) Aqui se demorou um tempo, mas teve de partir, sem saber agora onde chegaria. O Ferreiro mal tentou detê-lo.

Pouco mais andou, que chegou a uma região vedada por uma imensa muralha íngreme, a prumo, onde não havia passagem e de lado a lado fazia uma fronteira entre esse território e não se podia imaginar que outro. Era como chegar ao fim do mundo. Descobriu por fim que carregando em uma pedra da imensa muralha sólida essa

pedra parecia ceder. Experimentou. Abriu-se de repente um abismo, para o qual se descia por degraus sem número à vista, que mal os media. Foi descendo; perdeu toda a conta ao tempo e à distância que descia. Cansado mas determinado prosseguiu, descendo sempre até que chegou a uma espécie de espaço circular de onde partiam (como a sua vista já acostumada podia ver) vários corredores. Um deles via-se que descia, que tinha mais degraus. Desceu por esse, que tinha uma curva a certa altura. Ao virar certo ponto da curva, de repente teve a sensação de luz, que foi aumentando à medida que ele avançava no corredor. Por fim tornou-se assombrosamente intensa, mas sem ser concentrada como a luz do sol nem quente como a luz do fogo. Chegou por fim a uma sala imensa cheia desta luz e que não tinha outra saída senão aquela por onde ele entrara. Esta sala estava cheia desta luz, que não partia de ponto nenhum, mas, coextensa com o ar, a ocupava sem maneira de se perceber de onde vinha. Não era quente, nem tinha o fogo imanente em toda a luz. Era fogo absolutamente sem fogo, era luz líquida, despida de toda a lembrança da luz material.[8] No quarto, sentado a uma mesa, estava, em fim, o Homem de Preto.

"Senhor três vezes grande", eu respondi.

E deu-me uma pedra, uma rosa e uma cruz. E eu vi com admiração que a pedra era, com perfeição absoluta, a pedra tipo daquela engastada e em faces que eu vira no anel da castelã senhora da cidade no alto da montanha; e que a rosa era, mas agora de todo perfeita, a rosa tipo daquelas, imperfeitas e toscas, que floresciam no roseiral da última donzela que eu amara. Só a cruz, tal como ela era, eu não tinha visto senão ali.

Do quanto passei e vi nada posso ensinar-te senão dizer-te o que vi e o que passei. E do que me disseram, o quanto que posso ensinar-te é o pouco que posso dizer-te, que foi o que me disseram:
Não fites a Estrada: segue-a até o fim.[9]

NOTAS

[1] Variante: *o reconhecer.*
[2] Var.: *traje.*
[3] Var.: *bem o podia imaginar.*
[4] Var.: *construir.*
[5] Var.: *a ignorância, e à ignorância.*
[6] Var.: *cambaleando.*
[7] Var.: *macio.*
[8] Encontra-se noutro manuscrito uma descrição variante desta sala: *Vi então porque é que a sala — se sala podia chamar-se-lhe — não tinha forma nem dimensão. É que ocupava todo o espaço do mundo — céu e terra — lado a lado invisível, estando, porém, por dentro de todo esse espaço que ocupava. E assim acontecia que todas as coisas ela iluminava por dentro, e, vendo-se isto, via-se que elas eram todas transparentes e ocas, que eram todas da substância real desta luz que, iluminando-as, lhes dava ao mesmo tempo a sua ilusão e a sua existência, e que na luz interna já todas umas às outras estavam ligadas por fios e laços invisíveis jacentes do lado onde elas eram diferentes.*
[9] Estes três fragmentos aparecem seguidos num caderno, tendo o terceiro a nota *end*, assinalando tratar-se do final.

A HORA DO DIABO*

> No light, but rather darkness visible.[1]
> John Milton, *Paradise Lost*

"Diga-me uma coisa, mãe... Dizem que certas memórias maternas se podem transmitir aos filhos. Há uma coisa que constantemente me aparece em sonhos e que não posso relacionar com coisa alguma que me houvesse sucedido. É uma memória de uma viagem estranha, em que aparece um homem de vermelho que fala muito. É, primeiro, um automóvel, e depois um comboio, e nessa viagem em comboio passa-se sobre uma ponte altíssima, que parece dominar toda a terra. Depois há um abismo, e uma voz que diz muitas coisas, que, se eu as ouvisse, talvez me dissessem a verdade. Depois sai-se à luz, isto é, ao luar, como se saíssemos de um subterrâneo, e é exatamente aqui no fim da rua... Ah, é verdade, no fundo ou princípio de tudo há uma espécie de baile, ou festa, em que esse homem de vermelho aparece..."

Maria depôs no colo a sua costura. E, virando-se para a Antônia, disse:

"Ora isto tem graça. Está claro que aquilo dos comboios e automóveis e tudo mais é sonho, mas, realmente, há uma parte de verdade... Foi aquele baile no Club Azul, no Carnaval, aqui há muitos anos — sim, uns cinco — uns seis — meses antes de este nascer. Lembras-te? Eu dancei com um rapaz qualquer vestido de Mefistófeles, e depois vocês vieram trazer-me a casa no seu automóvel, e eu fiquei, até, no fim da rua (olha, onde ele diz que saiu do abismo...)..."

"Oh, filha, lembro-me perfeitamente... Nós queríamos vir até a porta de casa, aqui, e tu não quiseste. Disseste que gostavas de andar este bocadinho ao luar..."

"Isso mesmo... Mas é engraçado, filho, que tu tenhas acertado com certas coisas que estou certa que nunca te contei. É claro, não têm importância nenhuma... Que coisas curiosas que são os sonhos! Como é que se pode arranjar assim uma história, em que há coisas verdadeiras — e que a própria pessoa não podia adivinhar

* Em algumas versões, recebeu o título alternativo de *A noite do Diabo*.

— e tantos grandes disparates, como o comboio e a ponte e o subterrâneo?"

Ingrata humanidade! Assim se agradeceu ao Diabo.

"Não, disse ela rindo, sempre há de haver uma religião verdadeira — ou (rindo mais) ou então são todas falsas."

"Minha senhora, todas as religiões são verdadeiras, por mais opostas que pareçam entre si. São símbolos diferentes da mesma realidade. São como a mesma frase dita em várias línguas; de sorte que se não entendem uns aos outros os que estão dizendo a mesma coisa. Quando um pagão diz Júpiter e um cristão diz Deus estão pondo a mesma emoção em termos diversos da inteligência: estão pensando diferentemente a mesma intuição. O repouso de um gato ao sol é a mesma coisa que a leitura de um livro. Um selvagem olha para a tormenta do mesmo modo que um judeu para Jeová, um selvagem olha para o Sol do mesmo modo que um cristão para o Cristo. E por que não minha senhora? Porque trovão e Jeová, Sol e Cristo, são símbolos diversos da mesma coisa.

"Vivemos neste mundo dos símbolos, ao mesmo tempo claro e obscuro — treva visível, por assim dizer; e cada símbolo é uma verdade substituída à verdade até que o tempo ou as circunstâncias restituam a verdadeira."

"Corrompo mas ilumino. Sou a Estrela Brilhante e da Manhã — frase, por sinal, que já foi duas vezes aplicada, não sem critério ou entendimento, a outro que não parece eu."

"Meu marido disse-me uma vez que Cristo era o símbolo do sol..."
"Sim, minha senhora. E porque não será verdade o contrário — que o Sol é o símbolo de Cristo."
"Mas o sr. vira tudo de avesso..."
"É o meu dever, minha senhora. Não sou, como disse Goethe, o espírito que nega, mas o espírito que contraria."
"Contrariar é feio..."
"Contrariar atos, sim... Contrariar ideias não."
"E por quê?"
"Porque contrariar atos, por maus que sejam, é estorvar o giro do mundo, que é ação. Mas contrariar ideias é fazer com que se

abandonem, e se caia no desalento e de aí no sonho e portanto se pertença ao mundo."

"Mas, se o mundo é ação, como é que o sonho faz pertencer ao mundo?"

"É que o sonho, minha senhora, é uma ação que se tornou ideia; e que por isso conserva a força do mundo que é o decorrer e lhe repudia a matéria, que é o estar no espaço. Não é verdade que somos livres no sonho?"

"Sim, mas é triste o acordar..."

"O bom sonhador não acorda. Eu nunca acordei. Deus mesmo duvido que não durma. Já uma vez Ele mo disse..."

Ela olhou-o de sobressalto e teve subitamente medo, uma expressão do fundo de toda a alma, que nunca sentira.

"Mas afinal quem é o sr.? E por que está assim mascarado?"

"Respondo, numa só resposta, às suas duas perguntas: não estou mascarado."

"Como?"

"Minha senhora, eu sou o Diabo."

E num relance de terror estranho, onde boiava um prazer novo, ela reconheceu, de repente, que era verdade.

"Sim, sou o Diabo, mas não me tema nem se sobressalte."

"Eu sou de fato o Diabo. Não se assuste, porém, porque eu sou realmente o Diabo, e por isso não faço mal. Certos imitadores meus, na terra e acima da terra, são perigosos, como todos os plagiários, porque não conhecem o segredo da minha maneira de ser. Shakespeare, que inspirei muitas vezes, fez-me justiça: disse que eu era um cavalheiro. Por isso esteja descansada: em minha companhia está bem. Sou incapaz de uma palavra, de um gesto, que ofenda uma senhora. Quando assim não fosse de minha própria natureza, obrigava-me o Shakespeare a sê-lo. Mas, realmente, não era preciso.

"Dato do princípio do mundo, e desde então tenho sido sempre um ironista. Ora, como deve saber, todos os ironistas são inofensivos, exceto se querem usar da ironia para insinuar qualquer verdade. Ora eu nunca pretendi dizer a verdade a ninguém — em parte porque de nada serve, e em parte porque a não conheço. Meu irmão mais velho, Deus todo-poderoso, creio que também a não sabe. Isso, porém, são questões de família.

"Mas talvez não saiba por que é que a trouxe aqui, nesta viagem sem termo real nem propósito útil. Não foi, como parecia que ia julgar, para a violar ou a atrair. Essas coisas sucedem na terra, entre os animais, que incluem os homens, e parece que dão prazer — creio, segundo me dizem de lá de baixo, que até as vítimas. Mas deixemos isso, que é puramente jornalístico. Lembremo-nos de que sou o Diabo. Sejamos, pois, diabólicos. Quantas vezes tem sonhado comigo?"

"Que eu saiba, nunca", respondeu, sorrindo, Maria, fitando-o com olhos muito abertos.

"Nunca pensou no Príncipe Encantado, no Homem Perfeito, no Amante interminável? Nunca sentiu ao pé de si, em sonho, o que acariciasse como ninguém acaricia, o que fosse seu com se a incluísse em ele, o que fosse, ao mesmo tempo, o pai, o marido, o filho, numa tripla sensação que é só uma?"

"Embora não compreenda bem, sim, creio que pensei assim e que senti assim. Custa um pouco a confessá-lo, sabe?"

"Era eu, sempre eu, que sou a Serpente — foi o papel que distribuíram — desde o princípio do mundo. Tenho que andar a tentar, mas, bem entendido, num sentido figurado e fruste, porque não vale tentar utilmente.

"... não para a violar. De resto, não poderia. Essas coisas acontecem na terra, porque os homens são animais. Na minha posição social no universo são impossíveis — não bem porque a moral seja melhor, mas porque nós, os anjos, não temos sexo, e essa é, neste caso pelo menos, a principal garantia. Pode pois estar tranquila porque a não desrespeitarei. Bem sei que há desrespeitos acessórios e inúteis, como os dos romancistas modernos e os da velhice; mas até esses me são negados, porque a minha falta de sexo data desde o princípio das coisas, e nunca tive que pensar nisso. Dizem que muitas feiticeiras tiveram comércio comigo, mas é falso; ainda que o não seja, porque o com que tiveram comércio foi com a própria imaginação, que, em certo modo, sou eu.

"Esteja, pois, tranquila. Corrompo, é certo, porque faço imaginar. Mas Deus é pior — num sentido, pelo menos, porque criou o corpo corruptível, que é muito menos estético. Os sonhos, ao menos, não apodrecem. Passam. Antes assim, não é verdade?

"É o que está significado no Arcano 18. Confesso que não conheço bem o Tarot, porque ainda não consegui aprender os seus

segredos com as muitas pessoas que há no mundo que o compreendem perfeitamente."

"Dezoito? O meu marido tem o grau 18 da Maçonaria."

"Da Maçonaria, não: de um rito da Maçonaria. Mas, apesar do que se tem dito, não tenho nada com a Maçonaria, e muito menos com esse grau. Referia-me ao Arcano 18 do Tarot, isto é, da chave de todo o universo, da qual, aliás, o meu entendimento é imperfeito, como o é da Cabala, da qual os doutores da Doutrina Secreta sabem mais do que eu."

"Onde é que se diz que tentei Eva? Diz no Gênesis que Eva foi tentada pela Serpente, que é o mais sutil dos bichos que há no campo. Quem lhe disse que eu era a Serpente?"

"Desde o princípio do mundo que me insultam e me caluniam. Os mesmos poetas — por natureza meus amigos — que me defendem, me não têm defendido bem. Um — um inglês chamado Milton — fez-me perder, com parceiros meus, uma batalha indefinida que nunca se travou. Outro — um alemão chamado Goethe — deu-me um papel de alcoviteiro numa tragédia de aldeia. Mas eu não sou o que pensam. As Igrejas abominam-me. Os crentes tremem do meu nome. Mas tenho, quer queiram quer não, um papel no mundo. Nem sou o revoltado contra Deus nem o espírito que nega. Sou o Deus da Imaginação, perdido porque não crio. É por mim que, quando criança, sonhastes aqueles sonhos que são brinquedos; é por mim que, quando mulher já, tiveste a abraçar-te de noite os príncipes e os dominadores que dormem no fundo desses sonhos. Sou o Espírito que cria sem criar, cuja voz é um fumo, e cuja alma é um erro. Deus criou-me para que eu o imitasse de noite. Ele é o Sol, eu sou a Lua. Minha luz paira sobre tudo quanto é fútil ou findo, fogo-fátuo, margens de rio, pântanos e sombras. O que crio fica dentro da alma — não tem lugar nem posição no mundo.

"Que homem pousou sobre os teus seios aquela mão que foi minha? Que beijo te deram que fosse igual ao meu? Quando, nas grandes tardes quentes, sonhavas tanto que sonhavas de sonhar, não viste passar, no fundo dos teus sonhos, uma figura velada e rápida, a que te daria toda a felicidade, a que te beijaria indefinidamente? Era eu. Sou eu. Sou aquele que sempre procuraste e nunca poderás achar. Talvez, no fundo

imenso do abismo, Deus mesmo me busque, para que eu o complete, mas a maldição do Deus Mais Velho — o Saturno de Jeová — paira sobre ele e sobre mim, separa-nos, quando nos devera unir, para que a vida e o que desejamos dela fossem uma só coisa.

"O anel que usas e amas, a alegria de um pensamento vago, o sentires que estás bem ao espelho em que te vês — não te iludas: não és tu, sou eu. Sou eu que ato bem todos os laços com que as coisas se decoram, que disponho certas as cores com que as coisas se ornam. De tudo quanto não vale a pena ser faço eu meu domínio e meu império, senhor absoluto do interstício e do intermédio, do que na vida não é vida. Como a noite é o meu reino, o sonho é o meu domínio. O que não tem peso nem medida — isso é meu."

"Sou o mestre lunar de todos os sonhos, o músico solene de todos os silêncios. Lembra-se do que tem pensado quando, sozinha, está ante uma grande paisagem de arvoredos e de luar? Não se lembra, porque pensou em mim, e, devo dizer-lho, verdadeiramente não existo. Se existe qualquer coisa, não sei.

"As aspirações vagas, os desejos fúteis, os tédios do vulgar, ainda quando o amamos, os aborrecimentos do que não aborrece — tudo isso é obra minha, nascida de quando, deitado à margem de grandes rios do abismo, penso que também não sei nada. Então o meu pensamento desce, eflúvio vago, às almas dos homens e eles sentem-se diferentes de si mesmos.

"Sou o eterno Diferente, o eterno Adiado, o Supérfluo do Abismo. Fiquei fora da Criação. Sou o Deus dos mundos que foram antes do Mundo — os reis de Edom que reinaram mal antes de Israel. A minha presença neste universo é a de quem não foi convidado. Trago comigo memórias de coisas que não chegaram a ser mas que estiveram para ser. (Então face não via face, e não havia equilíbrio.)

"A verdade, porém, é que não existo — nem eu nem outra coisa qualquer. Todo este universo, e todos os outros universos, com seus diversos Criadores e seus diversos Satãs — mais ou menos perfeitos e adestrados — são vácuos dentro do vácuo, nadas que giram, satélites, na órbita inútil de coisa nenhuma."

"Nunca tive infância, nem adolescência, nem portanto idade viril a que chegasse. Sou o negativo absoluto, a incarnação do nada. O

que se deseja e se não pode obter, o que se sonha porque não pode existir — nisso está meu reino nulo e aí está assente o trono que me não foi dado. O que poderia ter sido, o que deveria ter possuído, o que a Lei ou a Sorte não deram — atirei-os às mancheias para a alma do homem e ela perturbou-se de sentir a vida viva do que não existe. Sou o esquecimento de todos os deveres, a hesitação de todas as intenções. Os tristes e os cansados da vida, depois de levantados da ilusão,[2] erguem para mim os olhos, porque eu também, e a meu modo, sou a Estrela Brilhante da Manhã. E há tanto tempo que o sou! Outro me veio substituir..."

"Que coisa tão pavorosa e tão bonita! O que é aquilo tudo ali embaixo?"

"Aquilo, minha senhora, é o mundo. Foi de aqui que, por incumbência de Deus, tentei seu Filho, Jesus. Mas não deu resultado, como eu já esperava, porque o Filho era mais iniciado que o Pai, e estava em contato direto com os Superiores Incógnitos da Ordem. Foi uma provação, como se diz em linguagem iniciática, e o Candidato portou-se admiravelmente."

"Não percebo bem. Foi de aqui, realmente, que tentou ao Cristo?"

"Foi. Está claro que, onde agora está um vale imenso, estava então uma montanha. No abismo também há geologias. Aqui, onde estamos passando, era o píncaro. Que bem que me lembro! O Filho do Homem repudiou-me desde além de Deus. Segui, porque era o meu dever, o conselho e a ordem de Deus: tentei-o com tudo quanto havia. Se houvesse seguido o meu conselho próprio, tê-lo-ia tentado com o que não pode haver. Talvez a história do mundo em geral, e a da religião cristã em particular, tivessem sido diferentes. Mas que podem contra a força do Destino, supremo arquiteto de todos os mundos, o Deus que criou este, e eu, o Diabo distrital,[3] que, porque o nega, o sustenta?"

"Mas como é que se pode sustentar uma coisa por a negar?"

"É a lei da vida, minha senhora. O corpo vive porque se desintegra, sem se desintegrar demais. Se não se desintegrasse segundo a segundo, seria um mineral. A alma vive porque é perpetuamente tentada, ainda que resista. Tudo vive porque se opõe a qualquer coisa. Eu sou aquilo a que tudo se opõe. Mas, se eu não existisse, nada existiria, porque não havia a que opor-se, como a pomba do meu discípulo Kant que, voando bem no ar leve, julga que poderia voar melhor no vácuo."

Embaixo, a uma distância mais que impossível, estavam, como astros espalhados, grandes manchas de luz — cidades, sem dúvida, da terra. O Diabo apontou-lhas. São as grandes cidades do mundo: aquela é Londres — e apontou uma na distância descida. Aquela é Berlim, e apontou outra. E aquela, ali, é Paris. São manchas de luz na treva, e nós, nesta ponte, passamos alto sobre elas, peregrinos do mistério e do conhecimento.

"Há, minha senhora, com respeito ao que sucede neste mundo, três teorias distintas — que tudo é obra do Acaso, que tudo é obra de Deus, e que tudo é obra de várias coisas, combinadas ou entrecruzadas. Pensamos, em geral, em termos da nossa sensibilidade, e por isso tudo se nos volve num problema do bem e do mal; há muito que eu mesmo sofro grandes calúnias por causa dessa interpretação. Parece não ter ainda ocorrido a ninguém que as relações entre as coisas — supondo que haja coisas e relações — são complicadas demais para que algum Deus ou Diabo as explique, ou ambos as expliquem."

"A humanidade é pagã. Nunca qualquer religião a penetrou. Nem está na alma do homem vulgar o poder crer na sobrevivência dessa mesma alma. O homem é um animal que desperta, sem que saiba onde nem para quê.

"Quando adora os Deuses, adora-os como feitiços. A sua religião é uma bruxaria. Assim foi, assim é, e assim será. As religiões são somente o que extravasa dos mistérios para a profanidade e dela não é entendido, pois, por natureza, o não pode ser.

"As religiões são símbolos, e os homens tomam os símbolos, não como vidas (que são), mas como coisas (que não podem ser). Propiciam a Júpiter como se ele existisse, nunca como se ele vivesse. Quando se entorna sal, deita-se uma pitada, com a mão direita, por cima do ombro esquerdo. Quando se ofende a Deus, rezam-se uns tantos Padre-Nossos. A alma continua pagã e Deus por exumar. Só os raros lhe puseram a acácia (a planta imortal) no topo do túmulo, para que o levantassem dele quando a hora viesse. Mas esses são os que, por bem buscarem, foram eleitos para achá-lo.

"O homem não difere do animal senão em saber que o não é. É a primeira luz, que não é mais que treva visível. É o começo, porque ver a treva é ter a luz dela. É o fim, porque é o saber, pela vista, que se nasceu cego. Assim o animal se torna homem pela ignorância que nele nasce.

"São eras sobre eras, e tempos atrás de tempos, e não há mais que andar na circunferência de um círculo que tem a verdade no ponto que está no centro.

"O princípio da ciência é sabermos que ignoramos. O mundo, que é onde estamos; a carne, que é o que somos; o Diabo, que é o que desejamos — esses três, na Hora Alta, nos mataram o Mestre que estivemos para ser. E aquele segredo que ele tinha, para que nos convertêssemos nele, esse segredo foi perdido."

"Também eu, minha senhora, sou a Estrela Brilhante da Manhã. Era-o antes que João falasse, porque há Patmos antes de Patmos, e mistérios anteriores a todos os mistérios. Sorrio quando pensam que sou Vênus em outro esquema de símbolos. Mas que importa? Todo este universo, com seu Deus e seu Diabo, com o que há nele de homens e de coisas que eles veem, é um hieróglifo eternamente por decifrar. Sou, por mister, Mestre da Magia: não sei contudo o que ela é.

"A mais alta iniciação acaba pela pergunta incarnada de se há qualquer coisa que exista. O mais alto amor é um grande sono, como aquele em que nos amamos de dormir. Às vezes eu mesmo, que devera ser um alto iniciado, pergunto ao que em mim é de além de Deus se estes deuses todos e todos estes astros não serão mais que sonos de si mesmos, grandes esquecimentos do abismo.

"Não pasme de que eu assim fale. Sou naturalmente poeta, porque sou a verdade falando por engano, e toda a minha vida, afinal, é um sistema especial de moral velado em alegoria e ilustrado por símbolos."

"A música, o luar e os sonhos são as minhas armas mágicas. Mas por música não deve entender-se só aquela que se toca, senão também aquela que fica eternamente por tocar. Por luar, ainda, não se deve supor que se fala só do que vem da lua e faz as árvores grandes perfis; há outro luar, que o mesmo sol não exclui, e obscurece em pleno dia o que as coisas fingem ser. Só os sonhos são sempre o que são. É o lado de nós em que nascemos e em que somos sempre naturais e nossos."

"Os problemas que atormentam os homens são os mesmos que atormentam os deuses. O que está embaixo é como o que está em cima, disse Hermes Três Vezes Máximo, que, como todos os fundadores de religiões, se lembrou de tudo, menos de existir. Quantas vezes

Deus me disse, citando Antero de Quental, "Ai de mim! ai de mim! e quem sou eu?"

"Tudo é símbolo e atraso, e nós, os que somos deuses, não temos mais que um grau mais alto numa Ordem cujos Superiores Incógnitos não sabemos quem sejam. Deus é o segundo na Ordem manifesta, e não me diz quem é o Chefe da Ordem, o único que conhece — se conhece — os Chefes Secretos. Quantas vezes Deus me disse: 'Meu irmão, não sei quem sou.'

"Tendes a vantagem de serdes homens, e creio às vezes, do fundo do meu cansaço de todos os abismos, que mais vale a calma e a paz de uma noite da família à lareira que toda esta metafísica dos mistérios a que nós, os deuses e os anjos, estamos condenados por substância. Quando, às vezes, me debruço sobre o mundo, vejo ao longe, indo do porto ou voltando a ele, as velas dos barcos dos pescadores, e o meu coração tem saudades imaginárias da terra onde nunca esteve. Felizes os que dormem, na sua vida animal, — um sistema peculiar de alma, velado em poesia e ilustrado por palavras."

"Foram os gregos que, pela interposição da Balança, fizeram doze os dez signos primitivos do Zodíaco.

"Foi a Serpente que, pela interposição da crítica, tornou realmente dois a díada primitiva. Não reconheceram, em verdade, que eram unos; reconheceram que eram dois."

"Realmente, não percebo nada."

"Não perceba: ouça. Outros perceberão."

"... As minhas melhores criações — o luar e a ironia."

"Não são coisas muito parecidas..."

"Não, porque eu não sou parecido comigo mesmo. É por isso que sou o Diabo. Esse vício é a minha virtude."

"E como se sente?"

"Cansado, principalmente cansado. Cansado de astros e de leis, e um pouco com a vontade de fugir para fora do Universo e recrear-me a sério com coisa nenhuma. Aqui não há vácuo nem sem-razão; e eu lembro coisas antigas, — sim muito antigas — os reinos de Edom[4] que eram antes de Israel. Desses estou eu para ser rei, e hoje estou em exílio que não tive."

"Esta conversa tem sido interessantíssima..."

"Esta conversa, minha senhora? Mas esta conversa, embora talvez o fato mais importante da sua vida, nunca verdadeiramente se deu. Em primeiro lugar, é bem sabido que eu não existo. Em segundo lugar, como estão concordes os teólogos, que me chamam Diabo, e os livres pensadores, que me chamam Reação, nenhuma conversa minha pode ter interesse. Sou um pobre mito, minha senhora, e, o que é pior, um mito inofensivo. Consola-me só o fato de que o universo — sim, esta coisa cheia de várias formas de luzes e de vidas — é um mito também.

"Dizem-me que todas estas coisas podem ser esclarecidas à luz da Cabala e da Teosofia, mas são esses assuntos de que nada sei; e Deus, a quem uma vez falei deles, disse-me que também os não compreendia bem, pois que eram pertença exclusiva, em seus arcanos, dos grandes iniciados da Terra — que, pelo que tenho lido em livros e jornais, são e têm sido abundantes.

"Aqui nestas esferas superiores, de onde se criou e transformou o mundo, nós, para lhe dizer a verdade, não percebemos nada. Debruço-me às vezes sobre a terra vasta, deitado à margem do meu planalto sobre tudo — o planalto da Montanha de Heredom,[5] como já lhe ouvi chamar — e cada vez que me debruço vejo religiões novas, novas grandes iniciações, novas formas, todas contraditórias, da verdade eterna, que nem Deus conhece.

"Confesso-lhe que estou cansado do Universo. Tanto Deus como eu de bom grado dormiríamos um sono que nos libertasse dos cargos transcendentes em que, não sabemos como, fomos investidos. Tudo é muito mais misterioso do que se julga, e tudo isto aqui — Deus, o universo e eu — é apenas um recanto misterioso da verdade intangível."

"Não imagina quanto apreciei a sua conversa. Nunca ouvi falar assim..."

Tinham saído para a rua cheia de luar na qual ela não reparava. Ela calou-se um momento.

"Mas, sabe — é curioso — sabe realmente, e no fim de tudo, o que sinto?"

"O quê?" perguntou o Diabo.

Ela voltou para ele olhos subitamente marejados.

"Uma grande pena de si!..."

Uma expressão de angústia, como ninguém julgaria que pudesse haver, passou pelo rosto e pelos olhos do homem vermelho. Deixou cair súbito o braço que enlaçava o dela. Parou. Ela deu uns passos constrangida. Depois voltou-se para trás para dizer qualquer coisa — não sabia o que porque nada percebera — para se desculpar da mágoa que viu que causara.

"Não estou falando contigo mas com teu filho..."
"Não tenho filho... Isto é, vou tê-lo de aqui a seis meses, se Deus quiser..."
"É com ele que estou falando... De aqui a seis meses? Seis meses de quê?"
"De quê?! Seis meses..."
"Seis meses solares? Ah, sim. Mas a gravidez vai por meses lunares, e eu mesmo não posso contar senão por meses da Lua, que é minha filha, isto é, a minha cara vista nas águas do caos. Com a gravidez e todas as porcarias da terra não tenho nada que ver, nem sei por que graça me foram medir essas coisas pelas leis da lua que forneci. Por que não arranjaram outra bitola? Para que é que o onipotente precisava do meu trabalho?"

Saíram do *terminus*, e, ao chegar à rua, ela viu com pasmo que estava na própria rua onde morava, a poucos passos de casa. Estacou. Depois voltou-se para trás, para exprimir esse pasmo ao companheiro; mas atrás dela não vinha ninguém. Estava a rua, lunar e deserta, nem havia nela edifício que pudesse ser ou parecer ser um *terminus* de estação de comboios.

Tonta, sonolenta, mas interiormente desperta e alarmada, foi até casa[6]. Entrou, subiu; no andar de cima encontrou, ainda desperto, o marido. Lia, no escritório, e, quando ela entrou, depôs o livro.

"Então?" perguntou ele.

E ela, "Correu tudo muito bem. O baile foi muito interessante". E acrescentou, antes que ele perguntasse: "Uma gente que estava lá no baile trouxe-me de automóvel até o princípio da rua. Não quis que eles viessem até a porta. Saí ali mesmo; insisti. Ah, que cansada que estou!"

E, num gesto de grande cansaço e esquecendo-se de um beijo, foi-se deitar.

Seu filho, quando nasceu, nasceu normal de figura, mas não tardou que mostrasse que era um homem de gênio. Os seus poemas têm uma

feição estranha e lunar. Paira neles um desejo de grandes coisas, como de alguém que um dia tivesse pairado, numa vida antes desta, por sobre todas as cidades da terra. Recorre em seus versos uma visão de grandes pontes, inexplicável por qualquer experiência que se lhe conheça. E uma vez, num poema escrito quase em sonho, ele diz que qualquer coisa nele fora tentada, como Cristo, na grande altura de onde se vê todo o mundo.[7]

"Nem nesse baile havia alguém vestido de Mefistófeles, todo de vermelho. Isso nunca me esqueceria... Não havia, não é verdade, Antônia?"

"Não, não me lembro... Não havia com certeza. Essas coisas assim, sobretudo de cores muito violentas, nunca esquecem."

"E a mãe não dançou com ninguém nesse baile?"

"Dancei — só uma vez. Com um homem vestido de sábio, e que me disse que era o Doutor Fausto. Por sinal que não dancei mais. Era uma criatura quase muda. À parte dizer-me que era o Doutor Fausto, porque lho perguntei, creio que não me disse mais nada." E desatou a rir. "Ainda me lembro da cara dele — muito triste, muito caída, como se estivesse ali por condenação. Ah! Disse. Disse. Quando se despediu de mim, disse: 'Adeus, Margarida!' Nunca percebi que graça isso tinha. Mas o desgraçado estava tão distraído que, naturalmente, estava pensando numa rapariga qualquer."[8] E foi tudo que sucedeu nesse baile... O que é curioso é isso da rua e do luar. Mas talvez eu te tivesse falado nisso alguma vez."

"Talvez, sim... Não me lembro mas é possível... Deve ter sido isso..."[9]

NOTAS

[1] O autor assinala este verso como epígrafe, sem o identificar. Ensaia a seguir a tradução (dos versos de *Paradise Lost*, de John Milton, *Yet from those flames/No light, but rather darkness visible*): *Mas essas chamas/Lançavam, não luz, mas sim treva visível*.
[2] Sobre *ilusão*, lê-se: *figuras*.
[3] Var. de *distrital*: igualmente provincial.
[4] *Edom*: reino da Idade do Bronze e da Idade do Ferro, situado a sul da Palestina, que vem referido na Bíblia e também em documentos na Antiguidade.
[5] Na tradição maçônica, Heredom é a montanha mística, símbolo da Iniciação. Nome de um ritual ligado ao Rito Escocês Antigo da Maçonaria.
[6] Encontra-se um trecho variante para esta passagem do conto: *Ficou atônita. Estava sozinha /Sim, era a rua dela, o topo da rua, mas além dela não estava ali ninguém. O luar batia, claríssimo, não na saída do funicular, mas nas duas portas fechadas da serralharia de sempre /Não, além dela, não estava ali ninguém. Era a rua de dia vista à noite. Em vez do sol o luar — mais nada; um luar normal muito claro que deixava naturais as casas e as sombras. O luar de sempre, e ela avançou para casa*.
[7] Encontrava-se outro trecho variante para esta passagem do conto: *"Vim com uma gente conhecida. Como vínhamos para os mesmos lados…"/"E como vieste? A pé?!"/"Não. Vim de automóvel."/"Essa é boa! Não ouvi."/"Não até a porta, disse ela sem hesitação. Passaram ali à esquina, e eu pedi que me não trouxessem até aqui, porque queria andar este bocado de rua com este luar tão lindo. E está lindo… Olha, vou-me deitar… Boa noite… …"/"E foi, sorrindo, mas sem lhe dar um beijo — o do costume, que ninguém, mesmo quem o dá, sabe se é costume, se é beijo./A criança, um rapaz, que nasceu cinco meses depois, veio, no decurso do tempo geral e do seu crescimento particular, a revelar-se muito inteligente e, quando já homem, com talento, talvez com gênio, o que era talvez verdade, embora o dissessem alguns críticos./Um astrólogo, que lhe □ o horóscopo, disse-lhe que tinha Câncer no Ascendente, e Saturno nesse signo."*
[8] No manuscrito, entre parênteses, a seguinte anotação: *Gretchen*. É uma alternativa a Margarida, ambos nomes da personagem do *Fausto* de Goethe.
[9] Escrita a seguir, a palavra *End* assinala tratar-se do fragmento final.

O BANQUEIRO ANARQUISTA[*]

Tínhamos acabado de jantar. Defronte de mim o meu amigo, o banqueiro, grande comerciante e açambarcador notável, fumava como quem não pensa. A conversa, que fora amortecendo, jazia morta entre nós. Procurei reanimá-la, ao acaso, servindo-me de uma ideia que me passou pela meditação. Voltei-me para ele, sorrindo.

"É verdade: disseram-me há dias que V. em tempos foi anarquista…"

"Fui, não: fui e sou. Não mudei a esse respeito. *Sou* anarquista."

"Essa é boa! V. anarquista! Em que é que V. é anarquista?… Só se V. dá à palavra sentido diferente…"

"Do vulgar? Não; não dou. Emprego a palavra no sentido vulgar."

"Quer V. dizer, então, que é anarquista exatamente no mesmo sentido em que são anarquistas esses tipos das organizações operárias? Então entre V. e esses tipos da bomba e dos sindicatos não há diferença nenhuma?"

"Diferença, diferença, há… Evidentemente que há diferença. Mas não é a que V. julga. V. duvida talvez que as minhas teorias sociais sejam iguais às deles?…"

"Ah, já percebo! V., quanto às teorias, é anarquista; quanto à prática…"

"Quanto à prática sou tão anarquista como quanto às teorias. E quanto à prática sou mais, sou muito mais anarquista que esses tipos que V. citou. Toda a minha vida o mostra."

"Hem?!"

"Toda a minha vida o mostra, filho. V. é que nunca deu a estas coisas uma atenção lúcida. Por isso lhe parece que estou dizendo uma asneira, ou então que estou brincando consigo."

"Ó homem, eu não percebo nada!… A não ser…, a não ser que V. julgue a sua vida dissolvente e antissocial e dê esse sentido ao anarquismo…"

[*] Publicado pela primeira vez em 1922, no número de estreia da *Revista Contemporânea*, o conto foi classificado por Pessoa como uma "sátira dialética" em carta ao editor. Em 1935, ano de sua morte, Pessoa preparava uma versão inteiramente nova do texto. Pretendia vertê-lo para o inglês e editá-lo na Inglaterra.

"Já lhe disse que não — isto é, já lhe disse que não dou à palavra anarquismo um sentido diferente do vulgar."

"Está bem... Continuo sem perceber... Ó homem, V. quer me dizer que não há diferença entre as suas teorias verdadeiramente anarquistas e a prática da sua vida — a prática da sua vida como ela é agora? V. quer que eu acredite que V. tem uma vida exatamente igual à dos tipos que vulgarmente são anarquistas?"

"Não; não é isso. O que quero dizer é que entre as minhas teorias e a prática da minha vida não há divergência nenhuma, mas uma conformidade absoluta. Lá que não tenho uma vida como a dos tipos dos sindicatos e das bombas — isso é verdade. Mas é a vida deles que está fora do anarquismo, fora dos ideais deles. A minha não. Em mim — sim, em mim, banqueiro, grande comerciante, açambarcador se V. quiser —, em mim a teoria e a prática do anarquismo estão conjuntas e ambas certas. V. comparou-me a esses parvos dos sindicatos e das bombas para indicar que sou diferente deles. Sou, mas a diferença é esta: eles (sim, eles e não eu) são anarquistas só na teoria; eu sou-o na teoria e na prática. Eles são anarquistas e estúpidos, eu anarquista e inteligente. Isto é, meu velho, eu é que sou o verdadeiro anarquista. Eles — os dos sindicatos e das bombas (eu também lá estive e saí de lá exatamente pelo meu verdadeiro anarquismo) — eles são o lixo do anarquismo, os fêmeas da grande doutrina libertária."

"Essa nem ao diabo a ouviram! Isso é espantoso! Mas como concilia V. a sua vida — quero dizer a sua vida bancária e comercial — com as teorias anarquistas? Como o concilia V., se diz que por teorias anarquistas entende exatamente o que os anarquistas vulgares entendem? E V., ainda por cima, me diz que é diferente deles por ser *mais* anarquista do que eles — não é verdade?"

"Exatamente."

"Não percebo nada."

"Mas V. tem empenho em perceber?"

"Todo o empenho."

Ele tirou da boca o charuto, que se apagara; reacendeu-o lentamente; fitou o fósforo que se extinguia; depô-lo ao de leve ao cinzeiro; depois, erguendo a cabeça, um momento abaixada, disse:

"Ouça. Eu nasci do povo e na classe operária da cidade. De bom não herdei, como pode imaginar, nem a condição, nem as circunstâncias.

Apenas me aconteceu ter uma inteligência naturalmente lúcida e uma vontade um tanto ou quanto forte. Mas esses eram dons naturais, que o meu baixo nascimento me não podia tirar.

"Fui operário, trabalhei, vivi uma vida apertada; fui, em resumo, o que a maioria da gente é naquele meio. Não digo que absolutamente passasse fome, mas andei lá perto. De resto, podia tê-la passado, que isso não alterava nada do que se seguiu, ou do que lhe vou expor, nem do que foi a minha vida, nem do que ela é agora.

"Fui um operário vulgar, em suma; como todos, trabalhava porque tinha que trabalhar, e trabalhava o menos possível. O que eu era, era inteligente. Sempre que podia, lia coisas, discutia coisas e, como não era tolo, nasceu-me uma grande insatisfação e uma grande revolta contra o meu destino e contra as condições sociais que o faziam assim. Já lhe disse que, em boa verdade, o meu destino podia ter sido pior do que era; mas naquela altura parecia-me que eu era um ente a quem a Sorte tinha feito todas as injustiças juntas, e que se tinha servido das convenções sociais para mas fazer. Isto era aí pelos meus vinte anos — vinte e um o máximo — que foi quando me tornei anarquista."

Parou um momento. Voltou-se um pouco mais para mim. Continuou, inclinando-se mais um pouco.

"Fui sempre mais ou menos lúcido. Sentia-me revoltado. Quis perceber a minha revolta. Tornei-me anarquista consciente e convicto — o anarquista consciente e convicto que hoje sou."

"E a teoria, que V. tem hoje, é a mesma que tinha nessa altura?"

"A mesma. A teoria anarquista, a verdadeira teoria, é só uma. Tenho a que sempre tive, desde que me tornei anarquista. V. já vai ver... Ia eu dizendo que, como era lúcido por natureza, me tornei anarquista consciente. Ora o que é um anarquista? É um revoltado contra a injustiça de nascermos desiguais *socialmente* — no fundo é só isto. E de aí resulta, como é de ver, a revolta contra as convenções sociais que tornam essa desigualdade possível. O que lhe estou indicando agora é o caminho psicológico, isto é, como é que a gente se torna anarquista; já vamos à parte teórica do assunto. Por agora, compreenda V. bem qual seria a revolta de um tipo inteligente nas minhas circunstâncias. O que é que ele vê pelo mundo? Um nasce filho de um milionário, protegido desde o berço contra aqueles infortúnios — e não são poucos — que o dinheiro pode evitar ou atenuar; outro nasce miserável, a ser, quando criança, uma boca a mais numa família onde as bocas são

de sobra para o comer que pode haver. Um nasce conde ou marquês, e tem por isso a consideração de toda a gente, faça ele o que fizer; outro nasce assim como eu, e tem que andar direitinho como um prumo para ser ao menos tratado como gente. Uns nascem em tais condições que podem estudar, viajar, instruir-se — tornar-se (pode-se dizer) mais inteligentes que outros que naturalmente o são mais. E assim por adiante, e em tudo...

"As injustiças da Natureza, vá: não as podemos evitar. Agora as da sociedade e das suas convenções — essas, por que não evitá-las? Aceito — não tenho mesmo outro remédio — que um homem seja superior a mim por o que a Natureza lhe deu — o talento, a força, a energia; não aceito que ele seja meu superior por qualidades postiças, com que não saiu do ventre da mãe, mas que lhe aconteceram por bambúrrio logo que ele apareceu cá fora — a riqueza, a posição social, a vida facilitada etc. Foi da revolta que lhe estou figurando por estas considerações que nasceu o meu anarquismo de então — o anarquismo que, já lhe disse, mantenho hoje sem alteração nenhuma."

Parou outra vez um momento, como a pensar como prosseguiria. Fumou e soprou o fumo lentamente, para o lado oposto ao meu. Voltou-se, e ia a prosseguir. Eu, porém, interrompi-o.

"Uma pergunta, por curiosidade... Por que é que V. se tornou propriamente anarquista? V. podia ter-se tornado socialista, ou qualquer outra coisa avançada que não fosse tão longe. Tudo isso estava dentro da sua revolta... Deduzo do que V. disse que por anarquismo V. entende (e acho que está bem como definição do anarquismo) a revolta contra todas as convenções e fórmulas sociais e o desejo e esforço para a abolição de todas..."

"Isso mesmo."

"Por que escolheu V. essa fórmula extrema e não se decidiu por qualquer das outras... das intermédias?..."

"Eu lhe digo. Eu meditei tudo isso. É claro que nos folhetos que eu lia via todas essas teorias. Escolhi a teoria anarquista — a teoria extrema, como V. muito bem diz — pelas razões que lhe vou dizer em duas palavras."

Fitou um momento coisa nenhuma. Depois voltou-se para mim.

"O mal verdadeiro, o único mal, são as convenções e as ficções sociais, que se sobrepõem às realidades naturais — tudo, desde a família

ao dinheiro, desde a religião ao Estado. A gente nasce homem ou mulher — quero dizer, nasce para ser, em adulto, homem ou mulher; não nasce, em boa justiça natural, nem para ser marido, nem para ser rico ou pobre, como também não nasce para ser católico ou protestante, ou português ou inglês. E todas estas coisas em virtude das ficções sociais. Ora essas ficções sociais são más por quê? *Porque são ficções, porque não são naturais.* Tão mau é o dinheiro como o Estado, a constituição da família como as religiões. Se houvesse outras, que não fossem estas, seriam igualmente más, *porque também seriam ficções,* porque também se sobreporiam e estorvariam as realidades naturais. Ora qualquer sistema que não seja o puro sistema anarquista, que quer a abolição de todas as ficções e de cada uma delas completamente, *é uma ficção também.* Empregar todo o nosso desejo, todo o nosso esforço, toda a nossa inteligência para implantar, ou contribuir para implantar, uma ficção social em vez de outra, é um absurdo, quando não seja mesmo um crime, *porque é fazer uma perturbação social com o fim expresso de deixar tudo na mesma.* Se achamos injustas as ficções sociais, porque esmagam e oprimem o que é natural no homem, para que empregar o nosso esforço em substituir-lhes outras ficções, se o podemos empregar para as destruir a todas?

"Isto parece-me que é concludente. Mas suponhamos que o não é; suponhamos que nos objetam que isto tudo estará muito certo, mas que o sistema anarquista não é realizável na prática. Vamos lá a examinar essa parte do problema.

"Por que é que o sistema anarquista não seria realizável? Nós partimos, todos os avançados, do princípio, não só de que o atual sistema é injusto, mas de que há vantagem, porque há justiça, em substituí-lo por outro mais justo. Se não pensamos assim, não somos avançados, mas burgueses. Ora de onde vem esse critério de *justiça?* Do que é natural e verdadeiro, em oposição às ficções sociais e às mentiras da convenção. Ora o que é natural é o que é inteiramente natural, não o que é metade, ou um quarto, ou um oitavo de natural. Muito bem. Ora, de duas coisas, uma: ou o natural é realizável socialmente ou não é; em outras palavras, ou a sociedade pode ser natural, ou a sociedade é essencialmente ficção e não pode ser natural de maneira nenhuma. Se a sociedade pode ser natural, então pode haver a sociedade anarquista, ou livre, e deve haver, porque é ela a sociedade inteiramente natural. Se a sociedade não pode ser natural, se (por qualquer razão

que não importa) tem por força que ser ficção, então do mal o menos; façamo-la dentro dessa ficção inevitável, o mais natural possível, para que seja, por isso mesmo, o mais justa possível. Qual é a ficção mais natural? Nenhuma é natural em si, porque é ficção; a mais natural, neste nosso caso, será aquela que *pareça* mais natural, que se *sinta* como mais natural. Qual é a que parece mais natural, ou que sintamos mais natural? É aquela a que estamos habituados. (Você compreende: o que é natural é o que é do instinto; é o que, não sendo instinto, se parece em tudo como o instinto é o hábito. Fumar não é natural, não é uma necessidade do instinto; mas se nos habituamos a fumar, passa a ser-nos natural, passa a ser sentido como uma necessidade do instinto.) Ora qual é a nossa ficção social que constitui um hábito nosso? É o atual sistema, o sistema burguês. Temos pois, em boa lógica, que ou achamos possível a sociedade natural, e seremos defensores do anarquismo; ou não a julgamos possível, e seremos defensores do regime burguês. Não há hipótese intermédia. Percebeu?..."

"Sim, senhor; isso é concludente."

"Ainda não é bem concludente... Ainda há uma outra objeção, do mesmo gênero, a liquidar... Pode concordar-se que o sistema anarquista é realizável, mas pode duvidar-se que ele seja realizável *de chofre* — isto é, que se possa passar da sociedade burguesa para a sociedade livre sem haver um ou mais estados ou regimes intermédios. Quem fizer esta objeção aceita como boa, e como realizável, a sociedade anarquista; mas palpita-lhe que tem que haver um estado qualquer de transição entre a sociedade burguesa e ela.

"Ora muito bem. Suponhamos que assim é. O que é esse estado intermédio? O nosso fim é a sociedade anarquista, ou livre; esse estado intermédio só pode ser, portanto, um estado de preparação da humanidade para a sociedade livre. Essa preparação ou é material, ou é simplesmente mental; isto é, ou é uma série de realizações materiais ou sociais que vão adaptando a humanidade à sociedade livre, ou é simples propaganda gradualmente crescente e influente, que a vai preparando *mentalmente* a desejá-la ou a aceitá-la.

"Vamos ao primeiro caso, a adaptação gradual e material da humanidade à sociedade livre. É impossível; é mais que impossível: é absurdo. Não há adaptação material senão a uma coisa *que já há*. Nenhum de nós se pode adaptar materialmente ao meio social do século vinte e três, mesmo que saiba o que ele será; e não se pode adaptar materialmente

porque o século vinte e três e o seu meio social não existem *materialmente* ainda. Assim, chegamos à conclusão que, na passagem da sociedade burguesa para a sociedade livre, a única parte que pode haver de adaptação, de evolução ou de transição é *mental,* é a gradual adaptação dos espíritos à ideia da sociedade livre… Em todo o caso, no campo da adaptação material, ainda há uma hipótese…"

"Irra com tanta hipótese!…"

"Ó filho, o homem lúcido tem que examinar todas as objeções possíveis e de as refutar, antes de se poder dizer seguro da doutrina. E, de mais a mais, isto tudo é em resposta a uma pergunta, que V. me fez…"

"Está bem."

"No campo da adaptação material, dizia eu, há em todo o caso uma outra hipótese. É a da ditadura revolucionária."

"Da ditadura revolucionária como?"

"Como eu lhe expliquei, não pode haver adaptação material a uma coisa que não existe, materialmente, ainda. Mas se, por um movimento brusco, se fizer a revolução social, fica implantada já, não a sociedade livre (porque para essa não pode a humanidade ter ainda preparação), mas uma ditadura daqueles que querem implantar a sociedade livre. Mas existe já, ainda que em esboço ou em começo, existe já *materialmente* qualquer coisa da sociedade livre. Há já portanto uma coisa material, a que a humanidade se adapte. É este o argumento com que as bestas que defendem a 'ditadura do proletariado' a defenderiam se fossem capazes de argumentar ou de pensar. O argumento, é claro, não é deles: é meu. Ponho-o, como objeção, a mim mesmo. E, como lhe vou mostrar…, é falso.

"Um regime revolucionário, enquanto existe, e seja qual for o fim a que visa ou a ideia que o conduz, é *materialmente* só uma coisa — um regime revolucionário. Ora um regime revolucionário quer dizer uma ditadura de guerra, ou, nas verdadeiras palavras, um regime militar despótico, porque o estado de guerra é imposto à sociedade por uma parte dela — aquela parte que assumiu revolucionariamente o poder. O que é que resulta? Resulta que quem se adaptar a esse regime, como a única coisa que ele é *materialmente, imediatamente,* é um regime militar despótico, adapta-se a um regime militar despótico. A ideia, que conduziu os revolucionários, o fim, a que visaram, desapareceu por completo da *realidade* social, que é ocupada exclusivamente pelo fenômeno guerreiro. De modo que o que sai de uma ditadura revolucionária — e

tanto mais completamente sairá, quanto mais tempo essa ditadura durar — é uma sociedade guerreira de tipo ditatorial, isto é, um despotismo militar. Nem mesmo podia ser outra coisa. E foi sempre assim. Eu não sei muita história, mas o que sei acerta com isto; nem podia deixar de acertar. O que saiu das agitações políticas de Roma? O império romano e o seu despotismo militar. O que saiu da Revolução Francesa? Napoleão e o seu despotismo militar. E V. verá o que sai da Revolução Russa... Qualquer coisa que vai atrasar dezenas de anos a realização da sociedade livre... Também o que era de esperar de um povo de analfabetos e de místicos?...

"Enfim, isto já está fora da conversa... V. percebeu o meu argumento?"

"Percebi perfeitamente."

"V. compreende portanto que eu cheguei a esta conclusão: Fim: a sociedade anarquista, a sociedade livre; meio: a passagem, *sem transição,* da sociedade burguesa para a sociedade livre. Esta passagem seria preparada e tornada possível por uma propaganda intensa, completa, absorvente, de modo a predispor todos os espíritos e enfraquecer todas as resistências. É claro que por 'propaganda' não entendo só a pela palavra escrita e falada: entendo tudo, ação indireta ou direta, quanto pode predispor para a sociedade livre e enfraquecer a resistência à sua vinda. Assim, não tendo quase resistências nenhumas que vencer, a revolução social, quando viesse, seria rápida, fácil, e não teria que estabelecer nenhuma ditadura revolucionária, por não ter contra quem aplicá-la. Se isto não pode ser assim, é que o anarquismo é irrealizável; e, se o anarquismo é irrealizável, só é defensável e justa, como já lhe provei, a sociedade burguesa.

"Ora aí tem V. por que e como eu me tornei anarquista, e por que e como rejeitei, como falsas e antinaturais, as outras doutrinas sociais de menor ousadia.

"E pronto... Vamos lá a continuar a minha história."

Fez explodir um fósforo, e acendeu lentamente o charuto. Concentrou-se, e de aí a pouco prosseguiu.

"Havia vários outros rapazes com as mesmas opiniões que eu. A maioria era de operários, mas havia um ou outro que o não era; o que todos éramos era pobres, e, que me lembre, não éramos muito estúpidos. A gente tinha uma certa vontade de se instruir, de saber

coisas, e ao mesmo tempo uma vontade de propaganda, de espalhar as nossas ideias. Queríamos para nós e para os outros — para a humanidade inteira — uma sociedade nova, livre destes preconceitos todos, que fazem os homens desiguais artificialmente e lhes impõem inferioridades, sofrimentos, estreitezas, que a Natureza lhes não tinha imposto! Por mim, o que eu lia confirmava-me nestas opiniões. Em livros libertários baratos — os que havia ao tempo, e eram já bastantes — li quase tudo. Fui a conferências e comícios dos propagandistas do tempo. Cada livro e cada discurso me convencia mais da certeza e da justiça das minhas ideias. O que eu pensava então — repito-lhe, meu amigo — é o que penso hoje; a única diferença é que então pensava-o só, e hoje penso-o e pratico-o."

"Pois sim; isso, até onde vai, está muito bem. Está muito certo que V. se tornasse anarquista assim, e vejo perfeitamente que V. era anarquista. Não preciso mais provas disso. O que eu quero saber é como é que de aí saiu o banqueiro..., como é que saiu de aí sem contradição... Isto é, mais ou menos já calculo..."

"Não, não calcula nada... Eu sei o que V. quer dizer... V. baseia-se nos argumentos que me acaba de ouvir, e julga que eu achei o anarquismo irrealizável e por isso, como lhe disse, só defensável e justa a sociedade burguesa — não é?"

"Sim, calculei que fosse mais ou menos isso..."

"Mas como o podia ser, se desde o princípio da conversa lhe tenho dito e repetido que sou anarquista, que não só o fui mas o continuo sendo? Se eu me tivesse tornado banqueiro e comerciante pela razão que V. julga, eu não era anarquista, era burguês."

"Sim, V. tem razão... Mas então como diabo...? Vá lá, vá dizendo..."

"Como lhe disse, eu era, fui sempre mais ou menos lúcido, e também um homem de ação. Essas são qualidades naturais; não mas puseram no berço (se é que eu tive berço), eu é que as levei para lá. Pois bem. Sendo anarquista, eu achava insuportável ser anarquista só passivamente, só para ir ouvir discurso e falar nisso com os amigos. Não: era preciso fazer qualquer coisa! Era preciso trabalhar e lutar pela causa dos oprimidos e das vítimas das convenções sociais! Decidi meter ombros a isso, conforme pudesse. Pus-me a pensar como é que eu poderia ser útil à causa libertária. Pus-me a traçar o meu plano de ação.

"O que quer o anarquista? A liberdade — a liberdade para si e para os outros, para a humanidade inteira. Quer estar livre da influência ou

da pressão das ficções sociais; quer ser livre tal qual nasceu e apareceu no mundo, que é como em justiça deve ser; e quer essa liberdade para si e para todos os mais. Nem todos podem ser iguais perante a Natureza: uns nascem altos, outros baixos, uns fortes, outros fracos, uns mais inteligentes, outros menos... Mas todos podem ser iguais de aí em diante; só as ficções sociais o evitam. Essas ficções sociais é que era preciso destruir.

"Era preciso destruí-las... Mas não me escapou uma coisa, era preciso destruí-las *mas em proveito da liberdade,* e tendo sempre em vista a criação da sociedade livre. Porque isso de destruir as ficções sociais tanto pode ser para criar liberdade, ou preparar o caminho da liberdade, como para estabelecer outras ficções sociais diferentes, igualmente más porque igualmente ficções. Aqui é que era preciso cuidado. Era preciso acertar com um processo de ação, qualquer que fosse a sua violência ou a sua não violência (porque contra as injustiças sociais tudo era legítimo), pelo qual se contribuísse para destruir as ficções sociais sem, ao mesmo tempo, estorvar a criação da liberdade futura; criando já mesmo, caso fosse possível, alguma coisa da liberdade futura.

"É claro que esta liberdade, que deve haver cuidado em não estorvar, é *a liberdade futura* e, no presente, *a liberdade dos oprimidos pelas ficções sociais.* Claro está que não temos que olhar a não estorvar a 'liberdade' dos poderosos, dos bem-situados, de todos que representam as ficções sociais e têm vantagem nelas. Essa não é liberdade; é a liberdade de tiranizar, que é o contrário da liberdade. Essa, pelo contrário, é o que mais devíamos pensar em estorvar e em combater. Parece-me que isto está claro..."

"Está claríssimo. Continue..."

"Para quem quer o anarquista a liberdade? Para a humanidade inteira. Qual é a maneira de conseguir a liberdade para a humanidade inteira? Destruir por completo todas as ficções sociais? Já lhe antecipei a explicação, quando, por causa da sua pergunta, discuti os outros sistemas avançados e lhe expliquei como e por que era anarquista... V. lembra-se da minha conclusão?..."

"Lembro..."

"... Uma revolução social súbita, brusca, esmagadora, fazendo a sociedade passar, de um salto, do regime burguês para a sociedade livre. Esta revolução social preparada por um trabalho intenso e contínuo, de ação direta e indireta, tendente a dispor todos os espíritos para a

vinda da sociedade livre, e a enfraquecer até o estado comatoso todas as resistências da burguesia. Escuso de lhe repetir as razões que levam inevitavelmente a esta conclusão, adentro do anarquismo; já lhas expus e V. já as percebeu."

"Sim."

"Essa revolução seria preferivelmente mundial, simultânea em todos os pontos, ou os pontos importantes do mundo; ou, não sendo assim, partindo rapidamente de uns para outros, mas, em todo o caso, em cada ponto, isto é, em cada nação, fulminante e completa.

"Muito bem. O que poderia eu fazer para esse fim? Só por mim, não a poderia fazer a ela, à revolução mundial, nem mesmo poderia fazer a revolução completa na parte referente ao país onde estava. O que eu podia era trabalhar, na inteira medida do meu esforço, para fazer a preparação para essa revolução. Já lhe expliquei como: combatendo, por todos os meios acessíveis, as ficções sociais, não estorvando nunca ao fazer esse combate ou a propaganda da sociedade livre, nem a liberdade futura, nem a liberdade presente dos oprimidos; criando já, sendo possível, qualquer coisa da futura liberdade."

Puxou fumo; fez uma leve pausa; recomeçou.

"Ora aqui, meu amigo, pus eu a minha lucidez em ação. Trabalhar para o futuro, está bem, pensei eu; trabalhar para os outros terem liberdade, está certo. Mas então eu? eu não sou ninguém? Se eu fosse cristão, trabalhava alegremente pelo futuro dos outros, porque lá tinha a minha recompensa no céu; mas também, se eu fosse cristão, não era anarquista, porque então as tais desigualdades sociais não tinham importância na nossa curta vida: eram só condições da nossa provação, e lá seriam compensadas na vida eterna. Mas eu não era cristão, como não sou, e perguntava-me: mas por quem é que eu me vou sacrificar nisto tudo? Mais ainda: *por que* é que eu me vou sacrificar?

"Vieram-me momentos de descrença; e V. compreende que era justificada… Sou materialista, pensava eu; não tenho mais vida que esta; para que hei de ralar-me com propagandas e desigualdades sociais, e outras histórias, quando posso gozar e entreter-me muito mais se não me preocupar com isso? Quem tem só esta vida, quem não crê na vida eterna, quem não admite lei senão a Natureza, quem se opõe ao Estado porque ele não é natural, ao casamento porque ele não é natural, ao dinheiro porque ele não é natural, a todas as ficções sociais porque elas

não são naturais, por que carga de água é que defende o altruísmo e o sacrifício pelos outros, ou pela humanidade, se o altruísmo e o sacrifício também não são naturais? Sim, a mesma lógica que me mostra que um homem não nasce para ser casado, ou para ser português, ou para ser rico ou pobre, mostra-me também que ele não nasce para ser *solidário*, que ele não nasce senão para ser ele-próprio, e portanto o contrário de altruísta e solidário, e portanto exclusivamente egoísta.

"Eu discuti a situação comigo mesmo. Repara tu, dizia eu para mim, que nascemos pertencentes à espécie humana, e que temos o dever de ser solidários com todos os homens. Mas a ideia de 'dever' era natural? De onde é que vinha esta ideia de 'dever'? Se esta ideia de dever me obrigava a sacrificar o meu bem-estar, a minha comodidade, o meu instinto de conservação e outros meus instintos naturais, em que divergia a ação dessa ideia da ação de qualquer ficção social, que produz em nós exatamente o mesmo efeito?

"Esta ideia de dever, isto de solidariedade humana, só podia considerar-se natural *se trouxesse consigo uma compensação egoísta,* porque então, embora em princípio contrariasse o egoísmo natural, se dava a esse egoísmo uma compensação, sempre, no fim de contas, o não contrariava. Sacrificar um prazer, simplesmente sacrificá-lo, não é natural; sacrificar um prazer a outro, é que já está dentro da Natureza: é, entre duas coisas naturais que se não podem ter ambas, escolher uma, o que está bem. Ora que compensação egoísta, ou natural, podia dar-me a dedicação à causa da sociedade livre e da futura felicidade humana? Só a consciência do dever cumprido, do esforço para um fim bom; e nenhuma destas coisas é um prazer em si, mas um prazer, se o é, nascido de uma ficção, como pode ser o prazer de ter nascido em uma boa posição social.

"Confesso-lhe, meu velho, que me vieram momentos de descrença... Senti-me desleal à minha doutrina, traidor a ela... Mas em breve passei sobre tudo isto. A ideia de justiça cá estava, dentro de mim, pensei eu. Eu sentia-a natural. Eu sentia que havia um dever superior à preocupação só cá do meu destino. E fui para diante na minha intenção."

"Não me parece que essa decisão revelasse uma grande lucidez da sua parte... V. não resolveu a dificuldade... V. foi para diante por um impulso absolutamente sentimental..."

"Sem dúvida. Mas o que lhe estou contando agora é a história de como eu me tornei anarquista, e de como o continuei sendo, e

continuo. Vou-lhe expondo lealmente as hesitações e as dificuldades que tive, e como as venci. Concordo que, naquele momento, venci a dificuldade lógica com o sentimento, e não com o raciocínio. Mas V. há de ver que, mais tarde, quando cheguei à plena compreensão da doutrina anarquista, esta dificuldade, até então logicamente sem resposta, teve a sua solução completa e absoluta."

"É curioso..."

"É... Agora deixe-me continuar na minha história. Tive esta dificuldade, e resolvi-a, se bem que mal, como lhe disse. Logo a seguir, e na linha dos meus pensamentos, surgiu-me outra dificuldade que também me atrapalhou bastante.

"Está bem — vamos lá — que estivesse disposto a sacrificar-me, sem recompensa nenhuma propriamente pessoal, isto é, sem recompensa nenhuma verdadeiramente *natural*. Mas suponhamos que a sociedade futura não dava em nada do que eu esperava, que nunca havia a sociedade livre, a que diabo é que eu, nesse caso, me estava sacrificando? Sacrificar-me a uma ideia sem recompensa pessoal, sem eu ganhar nada com o meu esforço por essa ideia, vá; mas sacrificar-me sem ao menos ter a certeza de que aquilo, para que eu trabalhava, existiria um dia, *sem que a própria ideia ganhasse com o meu esforço* — isso era um pouco mais forte... Desde já lhe digo que resolvi a dificuldade pelo mesmo processo sentimental por que resolvi a outra; mas advirto-o também que, no mesmo modo que a outra, resolvi esta pela lógica, automaticamente, quando cheguei ao estado plenamente consciente do meu anarquismo... V. depois verá... Na altura do que lhe estou contando, saí-me do apuro com uma ou duas frases ocas. 'Eu fazia o meu dever para com o futuro; o futuro que fizesse o seu para comigo'... Isto, ou coisa que o valha...

"Expus esta conclusão, ou, antes, estas conclusões, aos camaradas, e eles concordaram todos comigo; concordaram todos que era preciso ir pra frente e fazer tudo pela sociedade livre. É verdade que um ou outro, dos mais inteligentes, ficaram um pouco abalados com a exposição, não porque concordassem, mas porque nunca tinham visto as coisas assim claras, nem os bicos que estas coisas têm... Mas enfim, concordaram todos... Iríamos todos trabalhar pela grande revolução social, pela sociedade livre, quer o futuro nos justificasse, quer não! Formamos um grupo, entre gente certa, e começamos uma grande propaganda — grande, é claro, dentro dos limites do que

podíamos fazer. Durante bastante tempo, no meio de dificuldades, embrulhadas, e por vezes perseguições, lá fomos trabalhando pelo ideal anarquista."

O banqueiro, chegado aqui, fez uma pausa um pouco longa. Não acendeu o charuto, que estava outra vez apagado. De repente teve um leve sorriso, e, com o ar de quem chega ao ponto importante, fitou-me com mais insistência e prosseguiu, clarificando mais a voz e acentuando mais as palavras.

"Nesta altura", disse ele, "apareceu uma coisa nova. 'Nesta altura' é modo de dizer. Quero dizer que, depois de alguns meses desta propaganda, comecei a reparar numa nova complicação, e esta é que era a mais séria de todas, esta é que era séria a valer...

"V. recorda-se, não é verdade? daquilo em que eu, por um raciocínio rigoroso, assentei que devia ser o processo de ação dos anarquistas... Um processo, ou processos, quaisquer pelo qual se contribuísse para destruir as ficções sociais sem, ao mesmo tempo, estorvar a criação da liberdade futura, sem, portanto, estorvar em coisa nenhuma a pouca liberdade dos atuais oprimidos pelas ficções sociais; um processo que, sendo possível, criasse já alguma coisa da liberdade futura...

"Pois bem: uma vez assente este critério, nunca mais deixei de o ter presente... Ora, na altura da nossa propaganda em que lhe estou falando, descobri uma coisa. No grupo da propaganda — não éramos muitos; éramos uns quarenta, salvo erro — dava-se este caso: *criava-se tirania*."

"Criava-se tirania?... Criava-se tirania como?"

"Da seguinte maneira... Uns mandavam em outros e levavam--nos para onde queriam; uns impunham-se a outros e obrigavam-nos a ser o que eles queriam; uns arrastavam outros por manhas e por artes para onde eles queriam. Não digo que fizessem isto em coisas graves; mesmo, não havia coisas graves ali em que o fizessem. Mas o fato é que isto acontecia sempre e todos os dias, e dava-se não só em assuntos relacionados com a propaganda, como fora deles, em assuntos vulgares da vida. Uns iam insensivelmente para chefes, outros insensivelmente para subordinados. Uns eram chefes por imposição; outros eram chefes por manha. No fato mais simples isto se via. Por exemplo: dois dos rapazes iam juntos por uma rua fora; chegavam ao fim da rua, e um tinha que ir para a direita e outro para a esquerda; cada um tinha conveniência em ir para seu lado. Mas o

que ia para a esquerda dizia para o outro, 'venha V. comigo por aqui'; o outro respondia, e era verdade, 'Homem, não posso; tenho que ir por ali' por esta ou aquela razão... Mas afinal, contra sua vontade e sua conveniência, lá ia com o outro para a esquerda... Isto era uma vez por persuasão, outra vez por simples insistência, uma terceira vez por um outro motivo qualquer assim... Isto é, nunca era por uma razão lógica; havia sempre nesta imposição e nesta subordinação qualquer coisa de espontâneo, de como que instintivo... E como neste caso simples, em todos os outros casos; desde os menos até os mais importantes... V. vê bem o caso?"

"Vejo. Mas que diabo há de estranho nisso? Isso é tudo quanto há de mais natural!..."

"Será. Já vamos a isso. O que lhe peço que note é que é *exatamente o contrário da doutrina anarquista*. Repare bem que isto se passava num grupo pequeno, num grupo sem influência nem importância, num grupo a quem não estava confiada a solução de nenhuma questão grave ou a decisão sobre qualquer assunto de vulto. E repare que se passava num grupo de gente que se unira especialmente para fazer o que pudesse para o fim anarquista — isto é, para combater, tanto quanto possível, as ficções sociais, e criar, tanto quanto possível, a liberdade futura. V. reparou bem nestes dois pontos?"

"Reparei."

"Veja agora bem o que isso representa... Um grupo pequeno, de gente sincera (garanto-lhe que era sincera!), estabelecido e unido expressamente para trabalhar pela causa da liberdade, tinha, no fim de uns meses, conseguido só uma coisa de positivo e concreto — *a criação entre si de tirania*. E repare que tirania... Não era uma tirania derivada da ação das ficções sociais, que, embora lamentável, seria desculpável, até certo ponto, ainda que menos em nós, que combatíamos essas ficções, que em outras pessoas; mas enfim, vivíamos em meio de uma sociedade baseada nessas ficções e não era inteiramente culpa nossa se não pudéssemos de todo fugir à sua ação. Mas não era isso. Os que mandavam nos outros, ou os levavam para onde queriam, não faziam isso pela força do dinheiro, ou da posição social, ou de qualquer autoridade de natureza fictícia, que se arrogassem; faziam-no por uma ação de qualquer espécie fora das ficções sociais. Quer dizer, esta tirania era, relativamente às ficções sociais, *uma tirania nova*. E era uma tirania exercida sobre gente essencialmente

oprimida já pelas ficções sociais. Era, ainda por cima, tirania exercida entre si por gente cujo intuito sincero não era senão destruir tirania e criar liberdade.

"Agora ponha o caso num grupo muito maior, muito mais influente, tratando já de questões importantes e de decisões de caráter fundamental. Ponha esse grupo a encaminhar os seus esforços, como o nosso, para a formação de uma sociedade livre. E agora diga-me se através desse carregamento de tiranias entrecruzadas V. entrevê qualquer sociedade futura que se pareça com uma sociedade livre ou com uma humanidade digna de si própria…"

"Sim: isso é muito curioso…"

"É curioso, não é?… E olhe que há pontos secundários também muito curiosos… Por exemplo: a tirania do auxílio…"

"A quê?"

"A tirania do auxílio. Havia entre nós quem, em vez de mandar nos outros, em vez de se impor aos outros, pelo contrário os auxiliava em tudo quanto podia. Parece o contrário, não é verdade? Pois olhe que é o mesmo. É a mesma tirania nova. É do mesmo modo ir contra os princípios anarquistas."

"Essa é boa! Em quê?"

"Auxiliar alguém, meu amigo, é tomar alguém por incapaz; se esse alguém não é incapaz, é ou fazê-lo tal, ou supô-lo tal, e isto é, no primeiro caso uma tirania, e no segundo um desprezo. Num caso cerceia-se a liberdade de outrem; no outro caso parte-se, pelo menos inconscientemente, do princípio de que outrem é desprezível e indigno ou incapaz de liberdade.

"Voltemos ao nosso caso… V. vê bem que este ponto era gravíssimo. Vá que trabalhássemos pela sociedade futura sem esperarmos que ela nos agradecesse, ou arriscando-nos, mesmo, a que ela nunca viesse. Tudo isso, vá. Mas o que era demais era estarmos trabalhando para um futuro de liberdade e não fazermos, de positivo, mais que criar tirania, e não só tirania, mas tirania nova, e tirania exercida por nós, os oprimidos, uns sobre os outros. Ora isto é que não podia ser…

"Pus-me a pensar. Aqui havia um erro, um desvio qualquer. Os nossos intuitos eram bons; as nossas doutrinas pareciam certas; seriam errados os nossos processos? Com certeza que deveriam ser. Mas onde diabo estava o erro? Pus-me a pensar nisso e ia dando em doido. Um dia, de repente, como acontece sempre nestas coisas, dei com a solução.

Foi o grande dia das minhas teorias anarquistas; o dia em que descobri, por assim dizer, a técnica do anarquismo."

Olhou-me um momento sem me olhar. Depois continuou, no mesmo tom.

"Pensei assim... Temos aqui uma tirania nova, uma tirania que não é derivada das ficções sociais. Então de onde é ela derivada? Será derivada das qualidades naturais? Se é, adeus sociedade livre! Se uma sociedade onde estão em operação apenas as qualidades naturais dos homens — aquelas qualidades com que eles nascem, que devem só à Natureza, e sobre as quais não temos poder nenhum —, se uma sociedade onde estão em operação apenas essas qualidades é um amontoado de tiranias, quem é que vai mexer o dedo mínimo para contribuir para a vinda dessa sociedade? Tirania por tirania, fique a que está, que ao menos é aquela a que estamos habituados, e que por isso fatalmente sentimos menos que sentiríamos uma tirania nova, e com o caráter terrível de todas as coisas tirânicas que são diretamente da Natureza — o não haver revolta possível contra ela, como não há revolução contra ter que morrer, ou contra nascer baixo quando se preferia ter nascido alto. Mesmo, eu já lhe provei que, se por qualquer razão não é realizável a sociedade anarquista, então deve existir, por ser mais natural que qualquer outra salvo aquela, a sociedade burguesa.

"Mas seria esta tirania, que nascia assim entre nós, realmente derivada das qualidades naturais? Ora o que são as qualidades naturais? São o grau de inteligência, de imaginação, de vontade etc., com que cada um nasce — isto no campo mental, é claro, porque as qualidades naturais físicas não vêm para o caso. Ora um tipo que, sem ser por uma razão derivada das ficções sociais, manda noutro, por força que o faz por lhe ser superior em uma ou outra das qualidades naturais. Domina-o pelo emprego das suas qualidades naturais. Mas há uma coisa a ver: esse emprego das qualidades naturais será legítimo, isto é, será *natural*?

"Ora qual é o emprego natural das nossas qualidades naturais? O servir os fins naturais da nossa personalidade. Ora dominar alguém será um fim natural da nossa personalidade? Pode sê-lo; há um caso em que pode sê-lo: é quando esse alguém está para nós num lugar de inimigo. Para o anarquista, é claro, quem está no lugar de inimigo, é qualquer representante das ficções sociais e da sua tirania; mais ninguém, porque todos os outros homens são homens como ele e camaradas naturais. Ora, V. bem vê, o caso da tirania que tínhamos estado criando entre nós

não era este; a tirania, que tínhamos estado criando, era exercida sobre homens como nós, camaradas naturais, e, mais ainda, sobre homens duas vezes nossos camaradas, porque o eram também pela comunhão no mesmo ideal. Conclusão: esta nossa tirania, se não era derivada das ficções sociais, também não era derivada das qualidades naturais; era derivada duma aplicação errada, duma perversão, das qualidades naturais. E essa perversão, de onde é que provinha?

"Tinha que provir de uma de duas coisas: ou de o homem ser naturalmente mau, e portanto todas as qualidades naturais serem *naturalmente pervertidas*; ou de uma perversão resultante da longa permanência da humanidade numa atmosfera de ficções sociais, todas elas criadoras de tirania, e tendente, portanto, a tornar já instintivamente tirânico o uso mais natural das qualidades mais naturais. Ora, destas duas hipóteses, qual é que seria a verdadeira? De um modo satisfatório — isto é, rigorosamente lógico ou científico — era impossível determinar. O raciocínio não pode entrar com o problema, porque ele é de ordem histórica, ou científica, e depende do conhecimento de *fatos*. Por seu lado, a ciência também nos não ajuda, porque, por mais longe que recuemos na história, encontramos sempre o homem vivendo sob um ou outro sistema de tirania social, e portanto sempre num estado que nos não permite averiguar como é o homem quando vive em circunstâncias pura e inteiramente naturais. Não havendo maneira de determinar ao certo, temos que pender para o lado da maior probabilidade; e a maior probabilidade está na segunda hipótese. É mais natural supor que a longuíssima permanência da humanidade em ficções sociais criadoras de tirania faça cada homem nascer já com as suas qualidades naturais pervertidas no sentido de tiranizar espontaneamente, mesmo em quem não pretenda tiranizar, do que supor que qualidades naturais podem ser naturalmente pervertidas, o que, de certo modo, representa uma contradição. Por isso o pensador decide-se, como eu me decidi, com uma quase absoluta segurança, pela segunda hipótese.

"Temos, pois, que uma coisa é evidente... No estado social presente não é possível um grupo de homens, por bem intencionados que estejam todos, por preocupados que estejam todos só em combater as ficções sociais e em trabalhar pela liberdade, trabalharem juntos sem que espontaneamente criem entre si tirania, sem criar entre si uma tirania nova, suplementar à das ficções sociais, sem destruir na prática tudo quanto querem na teoria, sem involuntariamente estorvar o

mais possível o próprio intuito que querem promover. O que há a fazer? É muito simples... É trabalharmos todos para o mesmo fim, *mas separados.*"

"Separados?!"

"Sim. V. não seguiu o meu argumento?"

"Segui."

"E não acha lógica, não acha fatal esta conclusão?"

"Acho, sim, acho... O que não vejo bem é como isso..."

"Já vou esclarecer... Disse eu: trabalharmos todos para o mesmo fim, mas separados. Trabalhando todos para o mesmo fim anarquista, cada um contribui com o seu esforço para a destruição das ficções sociais, que é para onde o dirige, e para a criação da sociedade livre do futuro; e trabalhando separados não podemos, *de modo nenhum*, criar tirania nova, porque nenhum tem ação sobre outro, e não pode portanto, nem, dominando-o, diminuir-lhe a liberdade, nem, auxiliando-o, apagar-lha.

"Trabalhando assim separados e para o mesmo fim anarquista, temos as duas vantagens — a do esforço conjunto, e a da não criação de tirania nova. Continuamos unidos, porque o estamos moralmente e trabalhamos do mesmo modo para o mesmo fim; continuamos anarquistas, porque cada um trabalha para a sociedade livre; mas deixamos de ser traidores, voluntários ou involuntários, à nossa causa, deixamos mesmo de poder sê-lo, porque nos colocamos, pelo trabalho anarquista isolado, fora da influência deletéria das ficções sociais, no seu reflexo hereditário sobre as qualidades que a Natureza deu.

"É claro que toda esta tática se aplica ao que eu chamei o *período de preparação* para a revolução social. Arruinadas as defesas burguesas, e reduzida a sociedade inteira ao estado de aceitação das doutrinas anarquistas, faltando só fazer a revolução social, então, para o golpe final, é que não pode continuar a ação separada. Mas, nessa altura, já a sociedade livre estará virtualmente chegada; já as coisas serão de outra maneira. A tática a que me refiro só diz respeito à ação anarquista em meio da sociedade burguesa, como agora, como no grupo a que eu pertencia.

"Era esse — até que enfim! — o verdadeiro processo anarquista. Juntos, nada valíamos, que importasse, e, ainda por cima, nos tiranizávamos, e nos estorvávamos uns aos outros e às nossas teorias. Separados, pouco também conseguiríamos, mas ao menos não estorvávamos a

liberdade, não criávamos tirania nova; o que conseguíamos, pouco que fosse, era realmente conseguido, sem desvantagem nem perda. E, de mais a mais, trabalhando assim separados, aprendíamos a confiar mais em nós-mesmos, a não nos encostarmos uns aos outros, a tornarmo-nos mais livres já, a prepararmo-nos, tanto pessoalmente, como aos outros pelo nosso exemplo, para o futuro.

"Fiquei radiante com esta descoberta. Fui logo expô-la aos meus camaradas... Foi uma das poucas vezes em que fui estúpido na minha vida. Imagine V. que eu estava tão cheio da minha descoberta que esperava que eles concordassem!..."

"Não concordaram, é claro..."

"Repontaram, meu amigo, repontaram todos! Uns mais, outros menos, tudo protestou!... Não era isso!... Isso não podia ser!... Mas ninguém dizia o que era ou o que é que havia de ser. Argumentei e argumentei, e, em resposta aos meus argumentos, não obtive senão frases, lixo, coisas como essas que os ministros respondem nas câmaras quando não têm resposta nenhuma... Então é que eu vi com que bestas e com que cobardões estava metido! Desmascararam-se. Aquela corja tinha nascido para escravos. Queriam ser anarquistas à custa alheia. Queriam a liberdade, logo que fossem os outros que lha arranjassem, logo que lhes fosse dada como um rei dá um título! Quase todos eles são assim, os grandes lacaios!"

"E V., escamou-se?"

"Se me escamei! Enfureci-me! Pus-me aos coices. Dei por paus e por pedras. Quase que me peguei com dois ou três deles. E acabei por me vir embora. Isolei-me. Veio-me um nojo àquela carneirada toda, que V. não imagina! Quase que descri do anarquismo. Quase que decidi não me importar mais com tudo aquilo. Mas, passados uns dias, voltei a mim. Pensei que o ideal anarquista estava acima destas quezílias. Eles não queriam ser anarquistas? Sê-lo-ia eu. Eles queriam só brincar aos libertários? Não estava eu para brincar num caso desses. Eles não tinham força para combater senão encostados uns aos outros, e criando, entre si, um simulacro novo da tirania que diziam querer combater? Pois que o fizessem, os parvos, se não serviam para mais. Eu é que não ia ser burguês por tão pouco.

"Estava estabelecido que, no verdadeiro anarquismo, cada um tem que, por suas próprias forças, criar liberdade e combater as ficções sociais. Pois por minhas próprias forças eu ia criar liberdade e combater

as ficções sociais. Ninguém queria seguir-me no verdadeiro caminho anarquista? Seguiria *eu* por ele. Iria eu só, com os meus recursos, com a minha fé, desacompanhado até do apoio mental dos que tinham sido meus camaradas, contra as ficções sociais inteiras. Não digo que fosse um belo gesto, nem um gesto heroico. Foi simplesmente um gesto natural. Se o caminho tinha que ser seguido por cada um separadamente, eu não precisava de mais ninguém para o seguir. Bastava o meu ideal. Foi baseado nestes princípios e nestas circunstâncias que decidi, por mim só, combater as ficções sociais."

Suspendeu um pouco o discurso, que se lhe tornara quente e fluido. Retomou-o de ali a pouco, com a voz já mais sossegada.

"É um estado de guerra, pensei eu, entre mim e as ficções sociais. Muito bem. O que posso eu fazer contra as ficções sociais? Trabalho sozinho, para não poder, de modo nenhum, criar qualquer tirania. Como posso eu colaborar sozinho na preparação da revolução social, na preparação da humanidade para a sociedade livre? Tenho que escolher um de dois processos, dos dois processos que há; caso, é claro, não possa servir-me de ambos. Os dois processos são a ação indireta, isto é, a propaganda, e a ação direta, de qualquer espécie.

"Pensei primeiro na ação indireta, isto é, na propaganda. Que propaganda poderia eu fazer só por mim? À parte esta propaganda que sempre se vai fazendo em conversa, com este ou aquele, ao acaso e servindo-nos de todas as oportunidades, o que eu queria saber era se a ação indireta era um caminho por onde eu pudesse encaminhar a minha atividade de anarquista energicamente, isto é, de modo a produzir resultados sensíveis. Vi logo que não podia ser. Não sou orador e não sou escritor. Quero dizer: sou capaz de falar em público, se for preciso, e sou capaz de escrever um artigo de jornal; mas o que eu queria averiguar era se o meu feitio natural indicava que, especializando-me na ação indireta, de qualquer das duas espécies ou em ambas, eu poderia obter resultados *mais positivos* para a ideia anarquista que especializando os meus esforços em qualquer outro sentido. Ora a ação é sempre mais proveitosa que a propaganda, exceto para os indivíduos cujo feitio os indica essencialmente como propagandistas — os grandes oradores, capazes de eletrizar multidões e arrastá-las atrás de si, ou os grandes escritores, capazes de fascinar e convencer com os seus livros. Não me parece que eu seja muito vaidoso, mas, se o sou, não me dá,

pelo menos, para me envaidecer daquelas qualidades que não tenho. E, como lhe disse, nunca me deu pra me julgar orador ou escritor. Por isso abandonei a ideia da ação indireta como caminho a dar à minha atividade de anarquista. Por exclusão de partes, era forçado a escolher a ação direta, isto é, o esforço aplicado à prática da vida, à vida real. Não era a inteligência, mas a ação. Muito bem. Assim seria.

"Tinha eu pois que aplicar à vida prática o processo fundamental de ação anarquista que eu já tinha esclarecido — combater as ficções sociais sem criar tirania nova, criando já, caso fosse possível, qualquer coisa da liberdade futura. Ora como diabo se faz isso na prática?

"Ora o que é combater na prática? Combater na prática é a guerra, é *uma* guerra, pelo menos. Como é que se faz guerra às ficções sociais? Antes de mais nada, como é que se faz guerra? Como é que se vence o inimigo em qualquer guerra? De uma de duas maneiras: ou matando-o, isto é, destruindo-o; ou aprisionando-o, isto é, subjugando-o, reduzindo-o à inatividade. *Destruir* as ficções sociais não podia eu fazer; *destruir* as ficções sociais só o podia fazer a revolução social. Até ali, as ficções sociais podiam estar abaladas, cambaleando, por um fio; mas *destruídas*, só o estariam com a vinda da sociedade livre e a queda positiva da sociedade burguesa. O mais que eu poderia fazer nesse sentido era destruir — destruir no sentido físico de matar — um ou outro membro das classes representativas da sociedade burguesa. Estudei o caso, e vi que era asneira. Suponha V. que eu matava um ou dois, ou uma dúzia de representantes da tirania das ficções sociais... O resultado? As ficções sociais ficavam mais abaladas? Não ficavam. As ficções sociais não são como uma situação política que pode depender de um pequeno número de homens, de um só homem por vezes. O que há de mau nas ficções sociais são elas, no seu conjunto, e não os indivíduos que as representam senão por serem representantes delas. Depois, um atentado de ordem social produz sempre uma reação; não só tudo fica na mesma, mas, as mais das vezes, piora. E, ainda por cima, suponha, como é natural, que, depois de um atentado, eu era caçado; era caçado e liquidado, de uma maneira ou outra. E suponha que eu tinha dado cabo de uma dúzia de capitalistas. Em que vinha isso tudo dar, em resumo? Com a minha liquidação, ainda que não por morte, mas por simples prisão ou degredo, a causa anarquista perdia um elemento de combate; e os doze capitalistas, que eu teria estendido, não eram doze elementos que a sociedade burguesa tinha

perdido, porque os elementos componentes da sociedade burguesa não são elementos de combate, mas elementos puramente passivos, pois que o 'combate' está, não nos membros da sociedade burguesa, mas no conjunto de ficções sociais, em que essa sociedade assenta. Ora as ficções sociais não são gente, em quem se possa dar tiros... V. compreende bem? Não era como o soldado de um exército que mata doze soldados de um exército contrário; era como um soldado que mata doze civis da nação do outro exército. É matar estupidamente, porque não se elimina combatente nenhum... Eu não podia portanto pensar em destruir, nem no todo nem em nenhuma parte, as ficções sociais. Tinha então que subjugá-las, que vencê-las subjugando-as, reduzindo-as à inatividade."

Apontou para mim o indicador direito súbito.

"Foi o que eu fiz!"

Retirou logo o gesto, e continuou.

"Procurei ver qual era a primeira, a mais importante, das ficções sociais. Seria a essa que me cumpria, mais que a nenhuma outra, tentar subjugar, tentar reduzir à inatividade. A mais importante, da nossa época pelo menos, é o dinheiro. Como subjugar o dinheiro, ou, em palavras mais precisas, a força, ou a tirania do dinheiro? Tornando-me livre da sua influência, da sua força, superior portanto à sua influência, reduzindo-o à inatividade pelo que me dizia respeito a mim. Pelo que me dizia respeito a *mim*, compreende V.?, porque *eu* é que o combatia; se fosse reduzi-lo à inatividade pelo que respeita a toda a gente, isso não seria já subjugá-lo, mas *destruí-lo*, porque seria acabar de todo com a ficção dinheiro. Ora eu já lhe provei que qualquer ficção social só pode ser 'destruída' pela revolução social, arrastada com as outras na queda da sociedade burguesa.

"Como podia eu tornar-me superior à força do dinheiro? O processo mais simples era afastar-me da esfera da sua influência, isto é, da civilização; ir para um campo comer raízes e beber água das nascentes; andar nu e viver como um animal. Mas isto, mesmo que não houvesse dificuldade em fazê-lo, não era combater uma ficção social; não era mesmo combater: era fugir. Realmente, quem se esquiva a travar um combate não é derrotado nele. Mas moralmente é derrotado, porque não se bateu. O processo tinha que ser outro — um processo de combate e não de fuga. Como subjugar o dinheiro, combatendo-o? Como furtar-me à sua influência e tirania, não evitando o seu encontro? O

processo era só um — *adquiri-lo*, adquiri-lo em quantidade bastante para lhe não sentir a influência; e em quanto mais quantidade o adquirisse, tanto mais livre eu estaria dessa influência. Foi quando vi isto claramente, com toda a força da minha convicção de anarquista, e toda a minha lógica de homem lúcido, que entrei na fase atual — a comercial e bancária, meu amigo — do meu anarquismo."

Descansou um momento da violência, novamente crescente, do seu entusiasmo pela sua exposição. Depois continuou, ainda com um certo calor, a sua narrativa.

"Ora V. lembra-se daquelas duas dificuldades lógicas que eu lhe disse que me haviam surgido no princípio da minha carreira de anarquista consciente?... E V. lembra-se de eu lhe dizer que naquela altura as resolvi artificialmente, pelo sentimento e não pela lógica? Isto é, V. mesmo notou, e muito bem, que eu não as tinha resolvido pela lógica..."

"Lembro-me, sim..."

"E V. lembra-se de eu lhe dizer que mais tarde, quando acertei por fim com o verdadeiro processo anarquista, as resolvi então de vez, isto é, pela lógica?"

"Sim."

"Ora veja como ficaram resolvidas... As dificuldades eram estas: não é *natural* trabalhar por qualquer coisa, seja o que for, sem uma compensação natural, isto é, egoísta; e não é natural dar o nosso esforço a qualquer fim sem ter a compensação de saber *que esse fim se atinge*. As duas dificuldades eram estas; ora repare como ficam resolvidas pelo processo de trabalho anarquista que o meu raciocínio me levou a descobrir como sendo o único verdadeiro... O processo dá em resultado eu enriquecer; portanto, compensação egoísta. O processo visa ao conseguimento da liberdade; ora eu, tornando-me superior à força do dinheiro, isto é, libertando-me dela, *consigo liberdade*. Consigo liberdade só para mim, é certo; mas é que como já lhe provei, a liberdade para todos só pode vir com a destruição das ficções sociais, pela revolução social, e eu, só por mim, não posso fazer a revolução social. O ponto concreto é este: viso liberdade, consigo liberdade: consigo a liberdade que posso, porque, é claro, não posso conseguir a que não posso... E veja V.: à parte o raciocínio que determina este processo anarquista como o único verdadeiro, o fato que ele resolve automaticamente as dificuldades lógicas, que se podem opor a qualquer processo anarquista, mais prova que ele é o verdadeiro.

"Pois foi este o processo que eu segui. Meti ombros à empresa de subjugar a ficção dinheiro, enriquecendo. Consegui. Levou um certo tempo, porque a luta foi grande, mas consegui. Escuso de lhe contar o que foi e o que tem sido a minha vida comercial e bancária. Podia ser interessante, em certos pontos sobretudo, mas já não pertence ao assunto. Trabalhei, lutei, ganhei dinheiro; trabalhei mais, lutei mais, ganhei mais dinheiro; ganhei muito dinheiro por fim. Não olhei a processos — confesso-lhe, meu amigo, que não olhei a processos; empreguei tudo quanto há — o açambarcamento, o sofisma financeiro, a própria concorrência desleal. O quê?! Eu combatia as ficções sociais, imorais e antinaturais por excelência, e havia de olhar a processos?! Eu trabalhava pela liberdade, e havia de olhar às armas com que combatia a tirania?! O anarquista estúpido, que atira bombas e dá tiros, bem sabe que mata, e bem sabe que as suas doutrinas não incluem a pena de morte. Ataca uma imoralidade com um crime, porque acha que essa imoralidade vale um crime para se destruir. Ele é estúpido quanto ao processo, porque, como já lhe mostrei, esse processo é errado e contraproducente *como processo anarquista*; agora quanto à moral do processo ele é inteligente. Ora o meu processo estava certo, e eu servia-me legitimamente, como anarquista, de todos os meios para enriquecer. Hoje realizei o meu limitado sonho de anarquista prático e lúcido. Sou livre. Faço o que quero, dentro, é claro, do que é possível fazer. O meu lema de anarquista era a liberdade; pois bem, tenho a liberdade, a liberdade que, por enquanto, na nossa sociedade imperfeita, é possível ter. Quis combater as forças sociais; combati-as, e, o que é mais, venci-as."

"Alto lá! alto lá! disse eu. Isso estará tudo muito bem, mas há uma coisa que V. não viu. As condições do seu processo eram, como V. provou, não só criar liberdade, mas também não criar tirania. Ora V. criou tirania. V. como açambarcador, como banqueiro, como financeiro sem escrúpulos — V. desculpe, mas V. é que o disse —, V. criou tirania. V. criou tanta tirania como qualquer outro representante das ficções sociais, que V. diz que combate."

"Não, meu velho, V. engana-se. Eu não criei tirania. A tirania, que pode ter resultado da minha ação de combate contra as ficções sociais, é uma tirania que não parte de mim, que portanto eu não criei; *está nas ficções sociais, eu não a juntei a elas*. Essa tirania *é a própria tirania das ficções sociais*; e eu não podia, nem me propus, *destruir* as ficções sociais. Pela centésima vez lhe repito: só a revolução social pode *destruir* as ficções

sociais; antes disso, a ação anarquista perfeita, como a minha, só pode *subjugar* as ficções sociais, subjugá-las em relação só ao anarquista que põe esse processo em prática, porque esse processo não permite uma mais larga sujeição dessas ficções. Não é de não criar tirania que se trata: é de não criar *tirania nova*, tirania *onde não estava*. Os anarquistas, trabalhando em conjunto, influenciando-se uns aos outros como eu lhe disse, criam *entre si*, fora e à parte das ficções sociais, uma tirania; *essa* é que é uma tirania nova. Essa, eu não a criei. Não a podia mesmo criar, *pelas próprias condições do meu processo*. Não, meu amigo; eu só criei liberdade. Libertei *um*. Libertei-me a mim. É que o meu processo, que é, como lhe provei, o único verdadeiro processo anarquista, me não permitiu libertar mais. O que pude libertar libertei."

"Está bem... Concordo... Mas olhe que, por esse argumento, a gente quase que é levada a crer que nenhum representante das ficções sociais exerce tirania..."

"E não exerce. A tirania é das ficções sociais e não dos homens que as incarnam; esses são, por assim dizer, os *meios* de que as ficções se servem para tiranizar, como a faca é o meio de que se pode servir o assassino. E V. decerto não julga que abolindo as facas abole os assassinos... Olhe... Destrua V. *todos* os capitalistas do mundo, mas *sem destruir o capital*... No dia seguinte o capital, já nas mãos de outros, continuará, por meio *desses*, a sua tirania. Destrua, não os capitalistas, mas o capital; quantos capitalistas ficam?... Vê?..."

"Sim; V. tem razão."

"Ó filho, o máximo, o máximo, o máximo que V. me pode acusar de fazer é de aumentar um pouco — muito, muito pouco —, a tirania das ficções sociais. O argumento é absurdo, porque como já lhe disse, a tirania que eu não devia criar, e não criei, é outra. Mas tem mais um ponto fraco: é que, pelo mesmo raciocínio, V. pode acusar um general, que trava combate pelo seu país, de causar ao seu país o prejuízo do número de homens *do seu próprio exército* que teve de sacrificar para vencer. Quem vai à guerra dá e leva. Consiga-se o principal; o resto..."

"Está muito bem... Mas olhe lá outra coisa... O verdadeiro anarquista quer a liberdade não só para si, mas também para os outros... Parece-me que quer a liberdade para a humanidade inteira..."

"Sem dúvida. Mas eu já lhe disse que, pelo processo que descobri que era o único processo anarquista, cada um tem de libertar-se a si próprio. Eu libertei-me a mim; fiz o meu dever simultaneamente para

comigo e para com a liberdade. Por que é que os outros, os meus camaradas, não fizeram o mesmo? Eu não os impedi. Esse é que teria sido o crime, se eu os tivesse impedido. Mas eu nem sequer os impedi ocultando-lhes o verdadeiro processo anarquista; logo que descobri o processo, disse-o claramente a todos. O próprio processo me impedia de fazer mais. Que mais podia fazer? Compeli-los a seguir o caminho? Mesmo que o pudesse fazer, não o faria, porque seria tirar-lhes a liberdade, e isso era contra os meus princípios anarquistas. Auxiliá-los? Também não podia ser, pela mesma razão. Eu nunca ajudei, nem ajudo, ninguém, porque isso, sendo diminuir a liberdade alheia, é também contra os meus princípios. V. o que me está censurando é eu não ser mais gente que uma pessoa só. Porque me censura o cumprimento do meu dever de libertar, até onde eu o podia cumprir? Porque não os censura antes a eles por não terem cumprido o deles?"

"Pois sim, homem. Mas esses homens não fizeram o que V. fez, naturalmente, porque eram menos inteligentes que V., ou menos fortes de vontade, ou…"

"Ah, meu amigo: essas são já as desigualdades naturais, e não as sociais… Com essas é que o anarquismo não tem nada. O grau de inteligência ou de vontade de um indivíduo é com ele e com a Natureza; as próprias ficções sociais não põem pr'aí nem prego nem estopa. Há qualidades naturais, como eu já lhe disse, que se pode presumir que sejam pervertidas pela longa permanência da humanidade entre ficções sociais; mas a perversão não está no *grau* da qualidade, que é absolutamente dado pela Natureza, mas na *aplicação* da qualidade. Ora uma questão de estupidez ou de falta de vontade não tem que ver com a aplicação dessas qualidades, mas só com o grau delas. Por isso lhe digo: essas são já absolutamente as desigualdades naturais, e sobre essas ninguém tem poder nenhum, nem há modificação social que a modifique, como não me pode tornar a mim alto ou a V. baixo…

"A não ser… A não ser que, no caso desses tipos, a perversão hereditária das qualidades naturais vá tão longe que atinja o próprio fundo do temperamento… Sim, que um tipo nasça para escravo, nasça naturalmente escravo, e portanto incapaz de qualquer esforço no sentido de se libertar… Mas nesse caso…, nesse caso…, que tem ele que ver com a sociedade livre, ou com a liberdade?… Se um homem nasceu para escravo, a liberdade, sendo contrária à sua índole, será para ele uma tirania."

Houve uma pequena pausa. De repente ri alto.

"Realmente, disse eu, V. é anarquista. Em todo o caso, dá vontade de rir, mesmo depois de o ter ouvido, comparar o que V. é com o que são os anarquistas que pr'aí há..."

"Meu amigo, eu já lho disse, já lho provei, e agora repito-lho... A diferença é só esta: eles são anarquistas só teóricos, eu sou teórico e prático; eles são anarquistas místicos, e eu científico; eles são anarquistas que se agacham, eu sou um anarquista que combate e liberta... Em uma palavra: eles são pseudoanarquistas, e eu sou anarquista."

E levantamo-nos da mesa.

Lisboa, janeiro de 1922.

Um grande português

Vivia, há já não poucos anos, algures, num concelho do Ribatejo, um pequeno lavrador, e negociante de gado, chamado Manuel Peres Vigário.

Da sua *qualidade,* como diriam os psicólogos práticos, falará o bastante a circunstância que dá princípio a esta narrativa. Chegou uma vez ao pé dele certo fabricante ilegal de notas falsas, e disse-lhe: "Sr.Vigário, tenho aqui umas notazinhas de cem mil-réis que me falta passar. O senhor quer? Largo-lhas por vinte mil-réis cada uma." "Deixa ver", disse o Vigário; e depois, reparando logo que eram imperfeitíssimas, rejeitou-as: "Para que quero eu isso?", disse; "isso nem a cegos se passa." O outro, porém, insistiu; Vigário cedeu um pouco regateando; por fim fez-se negócio de vinte notas, a dez mil-réis cada uma.

Sucedeu que dali a dias tinha o Vigário que pagar a uns irmãos, negociantes de gado como ele, a diferença de uma conta, no valor certo de um conto de réis. No primeiro dia da feira, em a qual se deveria efetuar o pagamento, estavam os dois irmãos jantando numa taberna escura da localidade, quando surgiu pela porta, cambaleando de bêbado, o Manuel Peres Vigário. Sentou-se à mesa deles, e pediu vinho. Daí a um tempo, depois de vária conversa, pouco inteligível da sua parte, lembrou que tinha que pagar-lhes. E, puxando da carteira, perguntou se se importavam de receber tudo em notas de cinquenta mil-réis. Eles disseram que não, e, como a carteira nesse momento se entreabrisse, o mais vigilante dos dois chamou, com um olhar rápido, a atenção do irmão para as notas, que se via que eram de cem. Houve então a troca de outro olhar.

O Manuel Peres, com lentidão, contou tremulamente vinte notas, que entregou. Um dos irmãos guardou-as logo, tendo-as visto contar, nem se perdeu em olhar mais para elas. O Vigário continuou a conversa, e, várias vezes, pediu e bebeu mais vinho. Depois, por natural efeito da bebedeira progressiva, disse que queria ter um recibo. Não era uso, mas nenhum dos irmãos fez questão. Ditava ele o recibo, disse, pois queria as coisas todas certas. E ditou o recibo — um recibo de bêbado, redundante e absurdo: de como em tal dia, a tais horas, na taberna de

fulano, "estando nós a jantar" (e por ali fora com toda a prolixidade frouxa do bêbado...), tinham eles recebido de Manuel Peres Vigário, do lugar de qualquer coisa, em pagamento de não sei quê, a quantia de um conto de réis em notas de cinquenta mil-réis. O recibo foi datado, foi selado, foi assinado. O Vigário meteu-o na carteira, demorou-se mais um pouco, bebeu ainda mais vinho, e daí a um tempo foi-se embora.

Quando, no próprio dia ou no outro, houve ocasião de se trocar a primeira nota, o que ia a recebê-la devolveu-a logo, por escarradamente falsa, e o mesmo fez à segunda e à terceira... E os irmãos, olhando então verdadeiramente para as notas, viram que nem a cegos se poderiam passar.

Queixaram-se à polícia, e foi chamado o Manuel Peres, que, ouvindo atônito o caso, ergueu as mãos ao céu em graças da bebedeira providencial que o havia colhido no dia do pagamento. Sem isso, disse, talvez, embora inocente, estivesse perdido.

Se não fosse ela, explicou, nem pediria recibo, nem com certeza o pediria como aquele que tinha, e apresentou, assinado pelos dois irmãos, e que provava bem que tinha feito o pagamento em notas de cinquenta mil-réis. "E se eu tivesse pago em notas de cem", rematou o Vigário, "nem eu estava tão bêbado que pagasse vinte, como estes senhores dizem que têm, nem muito menos eles, que são homens honrados, mas receberiam." E, como era de justiça, foi mandado em paz.

O caso, porém, não pôde ficar secreto; pouco a pouco se espalhou. E a história do "conto de réis do Manuel Vigário" passou, abreviada em "o conto do Vigário", para a imortalidade quotidiana, esquecida já da sua origem.

Os imperfeitíssimos imitadores, pessoais como políticos, do mestre ribatejano nunca chegaram, que eu saiba, a qualquer simulacro digno do estratagema exemplar. Por isso é com ternura que relembro o feito deste grande português, e me figuro, em devaneio, que, se há um céu para os hábeis, como constou que o havia para os bons, ali lhe não deve ter faltado o acolhimento dos próprios grandes mestres da Realidade — nem um leve brilho de olhos de Macchiavelli[1] ou Guicciardini,[2] nem um sorriso momentâneo de George Saville, Marquês de Halifax.[3]

NOTAS

[1] Niccolò Macchiavelli (1469-1527), estadista, filósofo da política, secretário da república de Florença. Escreveu, entre outras obras, *Discursos sobre Tito Lívio* e *O Príncipe*. Esta última obra é constituída por um conjunto de normas e de conselhos acerca do comportamento ideal de um príncipe.

[2] Francesco Guicciardini (1483-1540), político, diplomata e historiador de Florença. Autor de uma história de Itália, escreveu ainda sobre os problemas do governo e da sociedade do seu tempo. Foi amigo de Macchiavelli.

[3] George Saville, marquês de Halifax (1633-1695), hábil estadista e escritor inglês. Membro do Parlamento, destacou-se pela sua atitude conciliadora e pelo papel de moderador que desempenhou entre facções rivais na vida política do seu tempo.

Maridos

A gente cria o costume e gosta mais por costume que por outra coisa. Que outra coisa é que podia ser? Depois, a gente afeiçoa-se, mas afeiçoa--se já d'outra maneira, e são uns filhos grandes que casam conosco.

Outros acham que a gente há de gostar deles por isto ou por aquilo. Ora! A gente nem sabe por que gosta. Depois de gostar diz que gosta por isto ou por isto ou por aquilo, mas é só depois de gostar. Mas julgam que a gente gosta deles por serem fortes, ou por serem bonitos, ou por terem olhos azuis, ou qualquer coisa assim. E um pouco de tudo isso, senhor juiz, e não é nada disso.

As mulheres sérias a valer têm um ódio doido às putas. Julga o meritíssimo juiz que é por serem sérias? É, mas é por verem de que é que estão privadas por serem sérias. Esta é a verdade —, senhor juiz — e o mais — não faço o gesto por respeito.

Não há mulher nenhuma neste mundo — nem a mais séria, senhor juiz — que não tenha invejado essas que lá andam nas ruas à procura dos homens — nenhuma, senhor juiz, se dissesse a verdade como a pôr o coração aí em cima dessa mesa.

A alma da gente é uma coisa suja e o que vale é que a alma não tem cheiro.

Isto, senhor juiz, e para que Vossa Excelência saiba, e os senhores jurados, é o que todas as mulheres sentem. Umas nem dão por isso e vão vivendo como os empregados de escritório que dão em velhos sempre a fazer a mesma letra; outras sentem e calam, e vivem só p'rós filhos, porque lhes ensinaram a ser sérias — porque a gente aprende a ser séria como aprende a tocar piano; e outras não aguentam, senhor juiz, e rebentam, e no meio disto tudo a gente não sabe [o] que é melhor ou pior, porque o melhor é a gente não avaliar dos outros, porque eles são outros e a gente não sabe o que vai lá por dentro.

E vem uma vontade de meter a costura p'la pia abaixo, e de ir para longe ao menos só para chorar à vontade. A vida, senhor juiz — se o senhor juiz soubesse o que é a vida!

A falta de coragem é o que é o pior nas mulheres. A gente ainda tem medo dos tempos em que a lei nos batia mais que os homens. Então o

senhor juiz julga que uma mulher séria usa saia curta por moda — lá no íntimo da alma dela? É para chamar os homens — mas o que ela não se atreve é a deixá-los chegar. Então há alguma mulher que se deitasse só para ser apalpada com os olhos?

Tenho, senhor juiz, tenho muitas coisas é a dizer e oxalá o senhor juiz e os senhores jurados se não importem que eu as diga. Porque esta, senhor juiz, é a verdade, e o que eu sinto, e o que toda a gente sente se pensar nisso, e eu quero dizer isso tudo, senhor juiz, sem tirar nem pôr.

O que faz mal à gente é a imaginação. Se uma mulher não tem imaginação é séria por sua natureza, senhor juiz, séria a valer.

Mas a gente nasce com o coração que recebe, e é com esse que tem que sentir e penar.

Foi por isto, senhor juiz e senhores jurados, que eu matei o meu marido.

Sempre o mesmo homem, senhor juiz — o mesmo homem todos os dias, com o mesmo corpo e a mesma maneira! Todas as noites, senhor juiz, e na mesma cama — nem a cama muda ao menos. E aquilo ao fim de tempo já não era viver, nem coisa que se parecesse — era uma coisa entre comer para não ter fome e fazer o serviço da casa... Se os homens soubessem o que custa a aturar! Se soubessem o nojo que a gente tem por eles cá dentro quando está encostada a eles!

E eu, senhor juiz, não tinha outro remédio senão matá-lo para estar bem com a minha consciência e com a Igreja.

O ADIADOR

Quando, por fim, cheguei à estação, verifiquei, pelo horário, que o comboio ainda demorava uma hora e um quarto; pela informação humana, que ainda tardava duas. Decidi, com a violência do desespero, dar uma volta lenta pela vila. Se a volta fosse rápida, teria que dar várias, e ainda o comboio tardaria.

Percorri, com uma lentidão impessoal, as ruas quase vazias da aldeia crescida. Examinei, com interesse sucessivo, sucessivas coisas sem interesse. Ia a tornejar para uma estrada, já não rua, por onde se saía da vila para a extensão do campo, quando me bateu na consciência de ver uma tabuleta pequena, velha já, que se encontrava saliente de cima de uma porta fechada. A tabuleta dizia, "Passos, Adiador".

Parei. Li mais uma vez a tabuleta. Li-a mais algumas vezes. Tentei extrair um sentido vulgar e aceitável do que havia escrito nela. Tentei outras coisas mentais. Falhei em todas. O comboio tardava ainda quase duas horas? Por que não saber o que isto era? Avancei para a porta e bati.

Um movimento arrastado de passos surgiu do horizonte interior da casa, aproximou-se por um corredor audível, raiou do outro lado da porta num som de chave que rodeia na fechadura. A chave acabou num tiro brando, um fecho rançoso roçou de onde estava, a porta começou a abrir-se. Nessa altura lembrei-me que não me tinha lembrado do que perguntasse. Pus um sorriso e esperei. Qualquer outro, onde quer que fosse, não esperaria melhor.

Quando a porta se abriu de vez, surgiu-me do espaço que se fez nela um vulto de velho, vestido, na exterioridade próxima, de um sobretudo antigo, com um *bonnet* de pala de viagem de quem não sai de casa. O velho usava barba por aparar e tinha olhos vivos e tristes. Olhou para o espaço da porta aberta sem curiosidade, mas, depois, olhou com curiosidade para a minha ocupação desse espaço.

"O que deseja?", perguntou numa voz baixa, abstrata, desprendida de tudo salvo do fato necessário de ser voz.

"Nada", respondi. "Quero dizer com isto que desejava saber o que quer dizer a palavra 'adiador' que se encontra naquela tabuleta."

Apontei a tabuleta com a naturalidade de quem aponta para o que não precisa ser apontado. Não havia outra tabuleta ali, nem existia, suponho, a palavra "adiador", como designação profissional, em qualquer tabuleta humana que não fosse aquela.

O velho respondeu-me conforme perguntei. "Quer entrar?", disse.

Hesitei depois de entràr. Não me envergonhei do fato. Sucede isto a muitos neste mundo, em muitas coisas que não são casas de aldeia, e, com certeza, sob tabuletas muito diferentes.

O velho fechou a porta, e, sem me dizer mais nada, avançou, seguindo-o eu, pelo corredor da casa, que era longo, e colocado ao centro exato dela, tanto quanto eu podia calcular. Chegou ao fim, que era tapado por uma parede com uma janela pequena e alta, de se não usar, e, abrindo uma porta que estava à direita, fez-me, parando, sinal que entrasse, precedendo-o. Entrei. Era uma casa de jantar, de móveis velhos e sem interesse. Na mesa larga, sem toalha nem pano, havia uma garrafa e um copo, que servira. O copo era alto, dos de água. A garrafa era de vinho. O copo estava vazio, a garrafa quase vazia. O velho indicou-me que me sentasse, levou a garrafa, e, ao passar por um aparador, tirou de lá outro copo, que pôs na mesa. Saiu do quarto, onde fiquei, sentando-me, sem pensar nem reparar. Em breve tempo — segundos só — voltou com a garrafa cheia, ou, talvez, com outra garrafa, pois esta me pareceu mais verde no vidro claro de que era feita. Sentou-se numa cadeira defronte de mim. Encheu o meu copo e, depois, o dele. Bebeu um gole longo, indicou-me que fizesse o mesmo, e eu assim fiz. Depois, deposto o copo, perguntou-me:

"O que deseja saber sobre a palavra 'adiador'?"

"Propriamente nada, a não ser o que significa..."

"Em outras palavras, propriamente tudo. Não se tratando de política, o sentido das palavras é o principal sentido delas."

"Isso então, se quiser."

"'Adiador', respondeu o velho, "é a minha profissão. Propriamente, eu devia tê-la explicado melhor: sou, especial — e particularmente, um professor de adiamento."

"Devem então ter passado por aqui muitos ministros?" Afirmei, perguntando e sorrindo.

"Não", respondeu sem sorrir, "nunca passou algum. Os ministros, quando adiam, não adiam: atrasam. Bem vê, são homens de ação. Eu

adio deveras e ensino a adiar — a adiar simplesmente, a não fazer com complexidade, a deixar para amanhã com nobreza.

"Educo na consciência da complexidade de todos os atos humanos, na certeza do erro de qualquer gesto, na segurança da derrota de todas as vitórias e de todos os conseguimentos. Se a maioria dos homens tem forçosamente que ser vencidos, por que não se educarão vencidos? Por que não educar a humanidade para não ser nada, se a maioria dela — que digo? se toda ela — nada há de ser?

"Todos temos viveza, inteligência, imaginação e energia em crianças; ou, pelo menos, temo-las a maioria de nós. Adolescemos para a perda d'estas faculdades todas. Adultos, parece que as nunca tivemos. Quem é velho sabe isto muito bem. Ouvi ditos de espírito a pequenitos de cinco anos que os idiotas de quarenta, em que eles deram, não seriam capazes sequer de compreender. Vi brilhar os olhos com a consciência da beleza de uma história, ou de uma coisa, a pequenitas de três anos, que hoje, aos trinta, têm a substância mental de um pano de casa, ou a vibração íntima de uma tigela com uma escova dentro.

"Em adolescentes, também, todos tivemos grandes sonhos, ou, ao menos, a maioria de todos. Amamos em imaginação mulheres impossíveis, mas amamo-las... Vencemos, em sonho, obstáculos invencíveis, mas vencemo-los... Quando íamos sendo adultos, qualquer mulher nos servia... Quando ganhamos a estatura de homens, tudo era obstáculo para nós, e o maçador era já intransitável...

"Por que não havemos de educar a humanidade para este seu constante destino?

"Mas não são apenas os que falham que falham. Os que vencem falham todos também. Nuns a derrota está escrita na distância entre o muito que obtiveram e o imenso que desejaram. Noutros a derrota está gravada na qualidade da coisa quase conseguida, em comparação com a da coisa em que se havia posto o desejo. Enriquece o que preferira ser célebre. Chora o poderoso os seus versos por fazer; e o poeta geme, sobre o seu melhor soneto, a carreira de glória militar, cujo sonho lhe animou outrora a alma e até os próprios versos em que o matou.

"Mas falhar não é adiar..."

A CARTA DA CORCUNDA PARA O SERRALHEIRO

Senhor Antônio:

O senhor nunca há de ver esta carta, nem eu a hei de ver segunda vez porque estou tuberculosa, mas eu quero escrever-lhe ainda que o senhor o não saiba, porque se não escrevo abafo.

O senhor não sabe quem eu sou, isto é, sabe mas não sabe a valer. Tem-me visto à janela quando o senhor passa para a oficina e eu olho para si, porque o espero a chegar, e sei a hora que o senhor chega. Deve sempre ter pensado sem importância na corcunda do primeiro andar da casa amarela, mas eu não penso senão em si. Sei que o senhor tem uma amante, que é aquela rapariga loura alta e bonita; eu tenho inveja dela mas não tenho ciúmes de si porque não tenho direito a ter nada, nem mesmo ciúmes. Eu gosto de si porque gosto de si, e tenho pena de não ser outra mulher, com outro corpo e outro feitio, e poder ir à rua e falar consigo ainda que o senhor me não desse razão de nada, mas eu estimava conhecê-lo de falar.

O senhor é tudo quanto me tem valido na minha doença e eu estou-lhe agradecida sem que o senhor o saiba. Eu nunca poderia ter ninguém que gostasse de mim como se gosta das pessoas que têm o corpo de que se pode gostar, mas eu tenho o direito de gostar sem que gostem de mim, e também tenho o direito de chorar, que não se negue a ninguém.

Eu gostava de morrer depois de lhe falar a primeira vez mas nunca terei coragem nem maneiras de lhe falar. Gostava que o senhor soubesse que eu gostava muito de si, mas tenho medo que se o senhor soubesse não se importasse nada, e eu tenho pena já de saber que isso é absolutamente certo antes de saber qualquer coisa, que eu mesmo não vou procurar saber.

Eu sou corcunda desde a nascença e sempre riram de mim. Dizem que todas as corcundas são más, mas eu nunca quis mal a ninguém. Além disso sou doente, e nunca tive alma, por causa da doença, para ter grandes raivas. Tenho dezenove anos e nunca sei para que é que cheguei a ter tanta idade, e doente, e sem ninguém que tivesse pena de

mim a não ser por eu ser corcunda, que é o menos, porque é a alma que me dói, e não o corpo, pois a corcunda não faz dor.

Eu até gostava de saber como é a sua vida com a sua amiga, porque como é uma vida que eu nunca posso ter — e agora menos que nem vida tenho — gostava de saber tudo.

Desculpe escrever-lhe tanto sem o conhecer, mas o senhor não vai ler isto, e mesmo que lesse nem sabia que era consigo e não ligava importância em qualquer caso, mas gostaria que pensasse que é triste ser marreca e viver sempre só à janela, e ter mãe e irmãs que gostam da gente mas sem ninguém que goste de nós, porque tudo isso é natural e é a família, e o que faltava é que nem isso houvesse para uma boneca com os ossos às avessas como eu sou, como eu já ouvi dizer.

Houve um dia que o senhor vinha para a oficina e um gato se pegou à pancada com um cão aqui defronte da janela, e todos estivemos a ver, e o senhor parou, ao pé do Manuel das Barbas, na esquina do barbeiro, e depois olhou para mim para a janela, e viu-me a rir e riu também para mim, e essa foi a única vez que o senhor esteve a sós comigo, por assim dizer, que isso nunca poderia eu esperar.

Tantas vezes, o senhor não imagina, andei à espera que houvesse outra coisa qualquer na rua quando o senhor passasse e eu pudesse outra vez ver o senhor a ver e talvez olhasse para mim e eu pudesse olhar para si e ver os seus olhos a direito para os meus.

Mas eu não consigo nada do que quero, nasci já assim, e até tenho que estar em cima de um estrado para poder estar à altura da janela. Passo todo o dia a ver ilustrações e revistas de modas que emprestam à minha mãe, e estou sempre a pensar noutra coisa, tanto que quando me perguntam como era aquela saia ou quem é que estava no retrato onde está a Rainha de Inglaterra, eu às vezes me envergonho de não saber, porque estive a ver coisas que não podem ser e que eu não posso deixar que me entrem na cabeça e me deem alegria para eu depois ainda por cima ter vontade de chorar.

Depois todos me desculpam, e acham que sou tonta, mas não me julgam parva, porque ninguém julga isso, e eu chego a não ter pena da desculpa, porque assim não tenho que explicar por que é que estive distraída.

Ainda me lembro daquele dia que o senhor passou aqui ao domingo com o fato azul claro. Não era azul claro, mas era uma sarja muito clara para o azul escuro que costuma ser. O senhor ia que parecia o próprio

dia que estava lindo e eu nunca tive tanta inveja de toda a gente como nesse dia. Mas não tive inveja da sua amiga, a não ser que o senhor não fosse ter com ela mas com outra qualquer, porque eu não pensei senão em si, e foi por isso que invejei toda a gente, o que não percebo mas o certo é que é verdade.

Não é por ser corcunda que estou aqui sempre à janela, mas é que ainda por cima tenho uma espécie de reumatismo nas pernas e não me posso mexer, e assim estou como se fosse paralítica, o que é uma maçada para todos cá em casa e eu sinto ter que ser toda a gente a aturar-me e a ter que me aceitar que o senhor não imagina. Eu às vezes dá-me um desespero como se me pudesse atirar da janela abaixo, mas eu que figura teria a cair da janela? Até quem me visse cair ria e a janela é tão baixa que eu nem morreria, mas era ainda mais maçada para os outros, e estou a ver-me na rua como uma macaca, com as pernas à vela e a corcunda a sair pela blusa e toda a gente a querer ter pena mas a ter nojo ao mesmo tempo ou a rir se calhasse, porque a gente é como é não como tinha vontade de ser.

... e enfim por que lhe estou a escrever se lhe não vou mandar esta carta?

O senhor que anda de um lado para o outro não sabe qual é o peso de a gente não ser ninguém. Eu estou à janela todo o dia e vejo toda a gente passar de um lado para o outro e ter um modo de vida e gozar e falar a esta e àquela, e parece que sou um vaso com uma planta murcha que ficou aqui à janela por tirar de lá.

O senhor não pode imaginar, porque é bonito e tem saúde o que é a gente ter nascido e não ser gente, e ver nos jornais o que as pessoas fazem, e uns são ministros e andam de um lado para o outro a visitar todas as terras, e outros estão na vida da sociedade e casam e têm batizados e estão doentes e fazem-lhe operações os mesmos médicos, e outros partem para as suas casas aqui e ali, e outros roubam e outros queixam-se, e uns fazem grandes crimes e há artigos assinados por outros e retratos e anúncios com os nomes dos homens que vão comprar as modas ao estrangeiro, e tudo isto o senhor não imagina o que é para quem é um trapo como eu que ficou no parapeito da janela de limpar o sinal redondo dos vasos quando a pintura é fresca por causa da água.

Se o senhor soubesse isto tudo era capaz de de vez em quando me dizer adeus da rua, e eu gostava de se lhe poder pedir isso, porque o senhor não imagina, eu talvez não vivesse mais, que pouco é o que

tenho de viver, mas eu ia mais feliz lá para onde se vai se soubesse que o senhor me dava os bons dias por acaso.

A Margarida costureira diz que lhe falou uma vez, que lhe falou torto porque o senhor se meteu com ela na rua aqui ao lado, e essa vez é que eu senti inveja a valer, eu confesso porque não lhe quero mentir, senti inveja porque meter-se alguém conosco é a gente ser mulher, e eu não sou mulher nem homem, porque ninguém acha que eu sou nada a não ser uma espécie de gente que está para aqui a encher o vão da janela e a aborrecer tudo que me vê, valha-me Deus.

O Antônio (é o mesmo nome que o seu, mas que diferença!) o Antônio da oficina de automóveis disse uma vez a meu pai que toda a gente deve produzir qualquer coisa, que sem isso não há direito a viver, que quem não trabalha não come e não há direito a haver quem não trabalhe. E eu pensei que faço eu no mundo, que não faço nada senão estar à janela com toda a gente a mexer-se de um lado para o outro, sem ser paralítica, e tendo maneira de encontrar as pessoas de quem gosta, e depois poderia produzir à vontade o que fosse preciso porque tinha gosto para isso.

Adeus senhor Antônio, eu não tenho senão dias de vida e escrevo esta carta só para a guardar no peito como se fosse uma carta que o senhor me escrevesse em vez de eu a escrever a si. Eu desejo que o senhor tenha todas as felicidades que possa desejar e que nunca saiba de mim para não rir porque eu sei que não posso esperar mais.

Eu amo o senhor com toda a minha alma e toda a minha vida. Aí tem e estou a chorar.

Maria José

A CAÇADA

Para quem visse de alto, de um alto absurdo, de uma eminência que ali não havia, ou de um aparelho voador que não passava, a cena era de um pitoresco pintalgado que punha cor e movimento no fim de tarde. Estendiam-se os campos, largos e divididos, até o muro meio-alto que definia a Quinta da Cruz. Nos campos, irregulares em altitude, espalhavam-se, irregularmente também, as figuras móveis do episódio venatório. Aqui, num pequeno alto, espécie de montículo, o Cabo Soares, o guarda, e três ou quatro curiosos, homens, vigiavam o visível incerto e entre si faziam conjecturas sobre o paradeiro do fugitivo. No recorte das figuras contra o céu destacava-se, ao ombro do Soares, o cano seco da carabina. O Soares, o guarda e um dos outros fumavam; os outros pasmavam ao pé deles.

"Está por aqui, disse o guarda. Está por aqui algures. O pior é que a gente não vê quase nada por estes campos fora. Há estas sebes, e estas coisas todas — aquelas árvores ali, por exemplo" — (e apontava para um renque de árvores onde ninguém estava). "A caça há de ser difícil."

O entusiasmo da caça animava todos. O prazer de apanhar a presa, o animal, fazia brilhar num fulgor destituído de egoísmo, um fulgor desportivo, como se hoje diria, os olhos dos guardas, os dos curiosos, e refletia-se ingenuamente na expectativa dos rapazes, no pasmo acompanhador das crianças. Toda aquela assembleia dispersa era uma caçada concentrada. E havia em todos uma alegria da busca, uma ânsia do bicho, que os transfigurava. Pareciam todos crianças, brincando ao encontrar de qualquer coisa. O dia maravilhoso, o sol claro, já quase no ocaso, o azul absoluto do céu, enquadravam aquele movimento todo. A cena visível, se pudesse ser vista de onde se visse toda, era propícia ao intuito de um pintor notável. Tinha frescura, juventude, ânsia, beleza. Se um aspecto de paisagem, se uma conjunção de paisagem com gente, pode ter uma forma, embora ideal e fictícia, figurar-nos-íamos esta, sem erro, uma rapariga sã, jovem no corpo como nas vestes, indo pela tarde para casa sob a bênção do sol e da brisa.

Os caçadores hesitavam. Nada se movia, direta ou indiretamente, em parte alguma. Mas o homem devia estar por ali... Assim o dizia

cabo Soares, acendendo novo cigarro. E até o acender o cigarro, não fixava demasiado a vista no acendê-lo. Os olhos não deixavam a extensão dos campos, e brilhavam-lhe através do fumo maior quando o cigarro acabava de ser acendido. Mas, do pequeno alto onde estavam, nada se via...

"O tipo não está armado, ó sr. Soares?", perguntou o sacristão.

"Não deve estar. Por quê?"

"É que, se não está armado, podiam os pequenos ir procurar aqui e acolá, e cocar onde ele está."

O Soares meditou um momento. Falou lentamente e com psicologismos:

"Não é de supor ele atirar sobre os pequenos. É cobarde..."

Virou-se para os pequenos.

"Vocês vão com cuidado. Se virem o homem, deem um grito. Não vão para ao pé dele."

As crianças hesitaram um momento. Mas, logo a seguir, sob o influxo audaz do petiz do ferrador, rapazito loiro e álacre, mudaram de medo. E foi tudo aquilo — um pouco mais junto do que deveria ser — em modo de brinquedo pelos campos do alto, ao pé da estrada, fazendo schiu! uns aos outros, de tal modo que se ouvia de longe.

O evadido, oculto entre as sebes do recôncavo brando do campo extremo, não sabia, nem podia saber os caminhos humanos do destino. Um grande cansaço enchia-lhe toda a vida consciente, uma amargura de tudo como se fora acabar o universo.

A pequenina gritou de repente: "Está ali! Ali está ele!"

E viu-se uma espécie de relâmpago de fato passar, como um gato grande e não muito veloz, de cócoras, entre duas sebes no recôncavo do campo afastado. Sumiu-se depressa, porque as sebes eram propícias.

"Não há dúvida, está ali!" — gritou o guarda.

E uma animação enorme □

"Ó Mendonça", disse o cabo Soares, "vá você ter com os pequenos, e diga-lhes que vão assim como a brincar pelas sebes ali embaixo. Se o tipo está lá ou tem que sair para o campo aberto lá ao fundo, ou que galgar o muro da Quinta Cruz. Espere um pouco. Vá dizer isto aos pequenos, mas devagar. Deixe-me ir até aquele altinho ali adiante. Já sabemos onde o gajo está. E de ali, se ele for para o campo aberto caço-o. E se galgar o muro, caço-o também. Que ele deve ir é para o

lado do muro. O campo aberto mete mais medo. E o que eu quero é que ele vá para o muro. Se eu estiver ali" — e aqui retirou lentamente o cigarro da boca — "se eu estiver ali" (e apontou com o cigarro o outro montículo) "eu garanto aos senhores que ele galgará o muro, mas não galga mais muro nenhum nesta vida." E sorriu... Os outros sorriram com admiração.

O sacristão foi atrás das crianças pelo atalhinho. O Soares desceu a pequena encosta, e, seguido dos outros, avançou, a passo largo, em direção ao relevo menor que se via mais adiante.

O seu modo de galgar o muro não participava da prática mas da pressa, e não incluía o cuidado de se não tornar alvo. Surgiu, num passo fulgurante, no alto do muro, dando as costas plenas aos campos largos. Soou um tiro. E ele desceu para o outro lado do muro com uma maneira de descer que pertencia a outra coisa diferente da da maneira de subir.

Todos depois confessaram que parecia impossível como, em tão pequeno bocado de um momento, se podia levar uma arma à cara, apontá-la, desfechá-la. A impressão de todos, mesmo dos que estavam perto, foi o sobressalto súbito do tiro. Mas o vulto que galgava o muro alterou-se ao baixar para o outro lado. Todos reconheceram que o que baixara para o outro lado baixara de um modo estranho. O cabo Soares olhou-os e sorriu.

Era uma cara vulgar, a cara de qualquer pessoa, um exemplar típico da humanidade, logo que ele tivesse vindo por aquele caminho.

O grupo formava um conjunto colorido, naquele fim calmo da tarde, digno de um hipotético pintor notável para que se notasse.

Os noivos, mão em mão, estavam recuados um pouco, por causa da sua posição social. Mais adiante pairavam — é o termo, embora estivessem parados — um dos rapazes do *football* e dois ou três trabalhadores que vieram ver a caça. Junto do bicho caçado estavam os que haviam vindo do montículo: o cabo Soares, fumando indiferentemente; o guarda, olhando para o morto; e, um pouco distraídas, as crianças que haviam dado o alerta. O sol oblíquo da tarde lenta dava em cheio nos olhos piscos e no rosto moreninho da filha da tendeira, e, ao lado dela, punha ouro novo nos caracóis doirados do pequenino do ferrador.

Na sombra, por detrás da nespereira, espreitando ao redor do tronco, tímido e escuso, o parvinho olhava para aquilo tudo com um ar sincero de quem não compreendia.

Com grande acuidade notam os entendidos que o homem se sente mais próximo normalmente do animal que o ama que do homem que, pelo crime, se separa da comunidade. Mas não era isso, nem era tudo isso o que conjugava, num amplexo voluntário desportivo, aquela pequena multidão unânime. Era a luxúria da perseguição, o amor irresistível da caçada...

A PERVERSÃO DO LONGE

Fitei-o atônito. Alto e magro, mas de aspecto forte, queimado e enrugado por outros sóis e outros ventos, grandes olhos vagos e lúcidos, cor do misterioso, sob cílios projetados e torturados, a boca escondendo-se amarga entre a barba grisalha e intensa que lhe humanizava rudemente o rosto... Ar indefinido de marinheiro e aventureiro *consciente*, de qualquer coisa mais que as vagas profissões que se lhe poderiam atribuir atrás da impressão desconexa e una do rosto estranho, das mãos longas, finas e rudes, da atitude vagamente diversa do que parecia dever ser...

Talvez eu lesse tudo isto de repente nele por causa das frases que dissera... Talvez essas frases me revelassem isso e não mo sugestionassem apenas. Sei que o olhava atônito, alheio a saber que estava no Cais das Colunas, às 7 horas da manhã, e apenas ciente, com um recanto da atenção, que para além dos ombros dele se estendia nítida e monotonamente vária a outra margem do Tejo.[1]

Lado a lado no Cais, um súbito impulso de falar-me, a mim que pouco nele repararia, parecera ter-lhe vindo à alma... Virando-se para minha direção de repente, num gesto de face em que parecia tirar os olhos e deixar o olhar na outra margem, disse-me numa voz fria e emudecida como as suas mãos:

"Que belo, a esta hora, o perfil nítido dos montes!"

Não era muito, literariamente, mas para quem vagamente se não distinguia dos catraieiros e dos caraveleiros era bastante. Virei-me para ele de repente e, atendendo nele, concedi...

Ele então acrescentou:

"Para além dos montes está tudo o que não[2] teremos."

Foi por esta frase que o olhei atônito. Tive um impulso em crê-la uma destas maravilhas de espontânea e malconsciente □ como mais que a poesia popular tem. Mas breve, atando[3] a frase ao estado fisionômico de quem a dissera, me reconheci no erro de um momento.[4]

Ele soubera o que havia dito. O vago e o incerto da sua frase era o vago e o incerto de frases que trazem momentaneamente emoções vagas e incertas.

Eu não lhe respondi nada senão com a interrogação que eu tinha a consciência de ter no meu olhar aberto e no meu rosto rígido e atônito.

O estranho sorriu e continuou:

"Eu disse-lhe isto, primeiro porque senti o impulso de lho dizer, e eu obedeço a todos os impulsos, logo que os não reconheça lógicos. Disse-lhe em seguida porque o modo como eu, sem olhar para si, soube, senti — vi, se quiser — que o sr. olhava a Outra Banda, me mostrou que o sr. não via nela a Outra Banda, mas a Outra Margem, e a Outra Margem com mais aléns na escrita."

Eu já não tinha espírito, nem razão, para ele, mas sorri amarelamente em direção à frase e à sua sutileza dupla.

"Isso é de poeta simbolista, retorqui-lhe, para dizer qualquer coisa, e realmente, mal, definido mal, e □ mal", lho disse.

"Fui... fui... Sim fui poeta simbolista... Se assim quiser chamar... Hoje crio a poesia que escrevi, e especialmente, aquela que nunca pude escrever. Eu..." Parou e roçou com um olhar circular e alheio a entrada minuciosa da maré.

Virei-me para ele de repente. Coisas da alma no fundo profundíssimo de mim respondiam-me que ele queria que eu lhe dissesse o que lhe ia dizer...

"Conte-me a sua vida", disse-lhe...

E ele como que compreendeu toda a conversa que não tínhamos tido (por palavras):

"Pois sim... É complexo e simples. Mas eu conto por alto, por sínteses, com faisculados como aqueles com que o sol, num cair de tarde[5] para uma noite de temporal, me pinta aos[6] olhos de mareante o silêncio[7] vindo de Madagáscar.

"Repare que eu não sei ao certo se o que lhe estou contando se passou realmente ou não. Para mim as viagens e o sonho das viagens não são duas coisas, mas uma. Fundiram-se na minha vida.

"Há partes da Índia que são admiráveis... □ por exemplo. Parece um sonho de um poeta simbolista que nunca escrevera[8] nada. Do Kirchnoff, por exemplo..."

"Quem é o Kirchnoff?"

"Não sei... nunca existiu... Inventei-o eu agora... Eu sou bastante Deus... Criei-o agora mesmo... Agora mesmo começou a ter (já) existido... Mas não sei em que mundo... E depois, com um olhar cheio de um entusiasmo louco, 'Grande poeta!'

"As minhas melhores memórias são as de Madagáscar onde nunca desembarquei, e as de uma ilha da Oceania que nunca vi, e as de uma cidade da Índia que não existe. Bem vê que não viajo como outra gente...

"Sou ilógico como o sistema do universo.

"Possuí, de muitos modos, muitos corpos de mulheres e alguns de mancebos... Quando, em cada corpo eu lograva possuir um outro corpo era repentinamente feliz. Depois tinha as saudades do corpo presente na posse do corpo que não possuía.

"Há uma ilha □ onde há mancebos de uma beleza □, pajens do Longe; vivi ali dois meses, entregue a eles... Por fim fugi para os poder possuir melhor... A memória deles é-me vida na espera, e falar da memória deles mel de □ na minha consciência de um[9] paladar."

"E essa ilha existe..."

"Sim, essa deve ter existido.[10]

"Sonhei Constantinopla estando lá, de perto. Uns gozariam com o visitar Constantinopla, outros, a quem visitar Constantinopla desiludiria ou □, gozariam com o sonhá-la sempre e apenas. Eu gozei-a sonhando-a ao estar lá. Preciso de possuir a realidade para sonhar.

"E assim como misturei o sonho e a realidade, todas as minhas sensações se misturaram e confundiram em mim, todas elas como que perderam o seu caminho dentro de mim, como que se extraviaram da noção do que deviam ser. Assim, as minhas alegrias são receios e os meus cansaços fúrias; gozo o terror e a □; meu desassossego parece-me ser, ainda, a única atitude de alma que me dá algum descanso, minha ação o único modo de ser para a vida que me faz sentir-me criativo. Vivi o paradoxo e o absurdo. Cada minha sensação é um erro. Não sei como sentir o que verdadeiramente sinto. Não sei como viver a vida que vivi. Sou um monstro de impossibilidades realizadas.

"A minha sensação da vida é uma coisa esquisita e misturada, como uma grande tristeza num dia azul e alegre. Quanto eu sou é absurdecido e errôneo.

"É com sensação carnal que eu morro todas as horas, que me sinto morrê-las, ou, se quiser, que as sinto morrer em mim.

"Vivo uma vida trêmula e extravasada. Sinto toda a minha carne viver, viver, viver. Fervilho, formigo, multisser — e eu sinto tudo isto."

"Mas que espécie de gozo é esse que tanto aprecia e □?"

"Por estranho que para gozo seja, é ainda assim um gozo em fúria, um gozo verdadeiro. Não lho posso descrever bem senão dizendo-lhe

que tenho a impressão de que a minha vida é, mesmo na sensação irrequieta, torturante e ☐ dela, uma cópula constante com o ambiente... E, como aos sexuais a ânsia é toda de diversidade e mudança, assim eu preciso de mudar, de mudar de mundo sempre.

"Uma vez, a bordo de um paquete, quando seguia para a China, veio-me de repente, à beira do Canal do Suez, um tédio enorme da viagem. Atirei-me à água, cheguei à margem, desapareci. Atrás de mim deixei tudo quanto trazia. Assim faço sempre. Bem me basta o sentido da minha alma para tédio, e o meu corpo pesado para frete.

"Quantas vezes, aqui e ali, tirava bilhetes para viagens, que abandonei antes de as fazer, cansado de ter de fazê-las. A ânsia de percorrer nasceu gêmea em mim com o tédio dos percursos.

"Sempre que reparei no que fazia, uma dor[11] como a de alguém que acorda num quarto que estranha, me veio de viver a vida.

"Isto de ter cansaço de viver cansa um pouco, magoa (um pouco), como uma punição incômoda. O céu agora é uma pedra azul num engaste invisível de mistério e lonjura. Não falemos demasiado alto. As mãos invisíveis da tarde veem limpar dos meus, dos nossos olhos, as lágrimas que não chegamos a chorar.

"Fecharam a vida à chave nesses ☐ de vidro, donde as pessoas veem sempre de fora — mas o ideal é querermos, já não tendo os ideais, ter a necessidade de os ter."

"Leve-me consigo, gritei-lhe, leve-me consigo!... Quero ser um dos mancebos daquela ilha de efebos na Oceania... Quero ser seu amante, ☐ quero ser seu, pertencer-lhe, como o seu cinto, como as suas mãos! Leve-me, leve-me, mova-me à força daqui como se eu não quisesse ir!..." E, sem vergonha, sem fingir, sem ver — o todo e o incerto — sucumbi ali mesmo em soluços, rojando a alma aos pés do desconhecido...

Rugi para ele, completamente louco: "Tenho ânsias das manhãs da ilha da Oceania! Tenho ânsias das cidades a que o sr. vai! Tenho ódio às paisagens[12] [.] em que os seus olhos pousam! Leve-me, leve-me, leve-me consigo!..."

Ia gritar mais ansioso por ele — mas ele, quase virando-me as costas, disse numa voz subitamente outra, seca, áspera e fina...

"Não... O sr. não é belo... É feio e cheio de realidade..."

Nunca tão envergonhante, tão profunda, tão negativa ideia da minha imperfeição me batera na cara... Todo eu me abismei na consciência

insólita da minha fealdade, pequenez, dificuldade de articular, os meus modos, a minha atitude, a barba (nesse dia ainda não feita) — tudo isso pensei e de repente, com um abalo de nojo, se despejou às costas da minha ideia de mim.

A[13] voz áspera tomou:

"Vá-se já embora!"

E o tom □ da sua voz foi mais que o mais rude e violento gesto imperativo de despedida.

Tirei dele os olhos... voltei-me... E rapidamente, tropegamente, sem olhar para trás, afastei-me não sei por que meios nem durante que tempo, atraindo-me a alma não sei que impulsos ou que pensamentos...

Dei-me por mim em casa...

E em casa, de braços em cima da cara, chorei, chorei, chorei sem explicar nada, chorei todo o dia, todo o dia até escurecer tudo em torno à minha consciência do exterior.

Depois adormeci pesadamente como uma criança má e castigada que chora muito de[14] raiva.

Mas eu encontrei realmente aquele homem? Eu estive realmente um dia, às 7 da manhã, no Cais das Colunas, e ouvi ali a alguém, durante não sei que tempo, uma história de viagem estranha, esta história que acabo de contar?

Aquilo foi realmente real, com uma realidade como a do papel em que escrevo e a atenção com que estou escrevendo?

Eu sonhara aquilo tudo? Aquilo podia lá ter sido!

... E, contudo, com que nitidez eu vejo a figura do homem contando, contando, contando! Com que memória presente sinto,[15] palavra a palavra, gesto a gesto, a sua narrativa atravessar-me! Um sonho nítido? Não, não... Outra coisa qualquer... Se eu o pudesse explicar! Não o sei o quão de realidade tivera naquilo, o □ de sonho, não vi o quão de sonhar despe-o a realidade.

Ah, o que eu sei é que o veneno daquele homem é o sangue quotidiano da minha vida!... O que eu sei é que nunca mais a tenção do Longe, a perversão do Longe me desenterrou os furores de pranto em mim □ deseja e sofre!

Toda a minha vida hoje é aquela memória de uma coisa que não sei se se passou... Toda a minha aspiração é querer uma coisa que não sei se

se pode querer... Aquela hora — triste se viveu se nunca foi — foi a única que eu vivi; e eu hoje sou apenas a saudade encarnada dela, o seu eco confuso e consciente...

Seria aquela hora apenas eu, o fantasma de mim próprio, que, nem no tempo ou fora do tempo, nem no espaço ou fora do espaço, um dia (se assim se pode falar em dias) se ergueu satânico e tentante[16] diante de mim...

Seria ele a encarnação real do próprio Longe, entressaído da vida, a materialização de um sonho do sonhar, vindo, naquela hora à parte, à terra da aparência?...

Eu não sei, não posso saber, nem ouso querer poder saber...

Só numa indiferença a tudo, forçada, débil, gemedora, está a ignorada salvação do quotidiano do viver.

Que importa, de resto,[17] que eu o saiba ou o não saiba?[18] Talvez a morte mo diga, talvez que a morte mo explique...[19]

Sim, isso nada importa. Nem isso nem outra coisa qualquer.

NOTAS

[1] Var. subp. a *Tejo: rio.*
[2] Var. sobrep. a *não: nunca.*
[3] Var. sobrep. a *atando: apondo.*
[4] Var. entre parênteses, na linha para *no erro de um momento: num momento de erro.*
[5] Var. sobrep. a *cair de tarde: decair de tarde.*
[6] Var. sobrep. a *aos: ante os.*
[7] Var. subp. a *silêncio: distância.*
[8] Var. sobrep. a *escrevera:* [*escrev*]*eu.*
[9] Var. sobrep. a *de um: de ter um.*
[10] Var. sobrep. a *ter existido: existir.*
[11] Var. sobrep. a *dor: angústia.*
[12] Var. sobrep. a *às paisagens: a todas as paisagens.*
[13] Variante na linha, entre parênteses para *A: E a.*
[14] Var. sobrep. para *chora muito de: berra e range toda a sua.*
[15] Var. sobrep. a *sinto: conheço e digo.*
[16] Var. sobrep. a *tentante:* [*tenta*]*dor.*
[17] Var. sobrep. a *de resto: realmente.*
[18] Var. sobrep. a *eu o saiba ou não o saiba: aquilo se me explique ou não se explique.*
[19] Var. sobrep. a *explique: diga.*

O MENDIGO

"É artista? pintor? poeta?"
"Não; sou simplesmente um atônito."
Ergui a cabeça e olhei-o sem lhe responder.
"Para mim, continuou ele, o fato essencial e pasmoso das coisas é elas realmente serem. O fato de qualquer coisa ser é milagroso. O outro fato milagroso é estar eu aqui, a ter consciência que elas são. Gozo este horror com todas as formas da minha alma. Conheço bem que nem as coisas são o que parecem, nem eu o que me sinto ser. A natureza transcende-se a si própria. Eu sou muito mais do que sou. Se isto lhe parece um paradoxo, a culpa é do Universo, que é paradoxal. — A Natureza é espírito, porque é uma ideia minha. Mas é uma ideia minha de uma realidade de que essa ideia é uma ideia. Por mais ligeira que seja a vista, só vê o lado da realidade que está criado para ela.

"Para mim, a Natureza é alma. A aurora, a tarde, a noite — o próprio dia — são para mim fenômenos espirituais. Olho-os como coisas minhas. Se na minha vista parcial dela é tão bela a natureza, como não será em sua solidez espiritual?

"Cada hora é para mim uma revelação. Dou cada minuto graças a Deus de ter esse minuto por meu."

"O horror e a beleza do mundo. Admiro-me ingenuamente da natureza ser sempre tão mesma e tão diferente. Nada nela me cansa. Só o prazer de aquecer as mãos ao lar da vida consola a minha modéstia de desejos, nem esqueço que lá fora, na noite infinita, o vento do mistério arrepia a minha ideia de o sentir.

"A natureza é a minha irmã em Deus. Olho-lhe as graças como as de uma[1] irmã pequenina. Porque eu sou espírito, e por isso mais velho que ela. O que há de essencial em mim era já antes do sol e assistiu ao aparecimento das estrelas (e não[2] deve respeito a primeva idade às estrelas).

"Tenho vontade, às vezes, de bater as palmas a uma madrugada e poder dar beijos num[3] pôr do sol. Amo-os com uma fraternidade ▫

"Sou antiquíssimo, disse ele, Adão é um ignoto[4] por tão posterior a mim. Por isso posso dar conselhos, porque o que conhece é superior como pai para o que ignora. Ouve, por isso, o que te digo. Não vivas; sê vivido. Deixa que a natureza te viva. Sê nela como a flor à tona de água ou a folha suspirada pelo vento. Não sejas tu. Sê a natureza. Morre-te continuamente na alma universal.

"O sentido da natureza é Deus.

"Sonha com o teu corpo todo.

"Faz como eu, que não te minto. O que te aconselho é o que faço. Digo-te[5] a minha vida. Não vivo com Deus, não vivo em Deus, vivo Deus.

"Tudo o que é, é sempre, foi sempre sendo. O nosso mais pequeno sonho, o nosso mais passageiro pensamento é tão real como o sol e as estrelas. Hamlet é tão absolutamente real como o cérebro que o concebeu. Se tudo não fosse alma, o que morre morreria. Mas o que morre deixa simplesmente de ser nosso. Some-se, como o navio que se vai, para além da aura do horizonte. Continua sendo tão realmente como era. Mas tudo o que é, é. O mais obscuro sonho do mais obscuro ente é — como quando foi deixa de ser.

"Uma folha tem a sua alma, a sua consciência. O que essa alma está é mais remota nela do que em nós; a nossa alma está à superfície de nós. Nós é que andamos mais afastados da natureza.

"Progresso? vida social? para que é preciso tudo isso? São coisas que uma vez começadas, se não podem acabar. São nisso como a mentira. A felicidade era em nunca ter separado humanidade da natureza. Uma vez separada, a felicidade já não pode estar num regresso. A cruz não se pode depor. Tem de ser levada até o Calvário.

"Um reflexo de sol poente num lago é um ente.

"Pensar, sonhar uma coisa é dar-lhe ser na alma; basta isso para ela existir, existir tão realmente como nós. Não há graus no *ser*. Ou é ou não é. Dado que é, é da altura de tudo, ao mesmo nível do que tudo.

"Uma palavra é um ser novo. Um olhar é tão real como uma pedra. A sombra de uma árvore é tão sólida de ser como a árvore.

"O nosso mais vago desejo está realizado em o termos."

"Vemos as coisas como num espelho."

"Curioso, disse eu, que, para ti, sendo tudo tão espiritual, seja real."

"Não. Se Deus não criasse coisas reais não seria Deus. Com interesse eu olho a natureza! Sei todos os degraus da cor quando o sol sobe

da noite até o dia. Sei com que aspecto de alma o recebem os perfis dos montes, que são uma coisa diferente dos montes em si, com que elevação de olhares os rochedos de à beira-mar se deixam sentir os beijos do poente.

"Os homens, na sua ignorância adquirida,[6] julgam que um campo é o mesmo campo sempre. Mas eu sei da natureza que um campo de madrugada e um campo de dia e um campo de tarde, e depois de noite, são, não quatro aspectos ou sequer formas de uma coisa, mas 4 coisas inteiramente diferentes, com □ e dispersas consciências de si de tudo ignoradas[7] umas das outras. O perfil de um monte não tem nada que ver com o monte em si; é uma coisa diversa totalmente. Uma coisa é um campo, outra coisa as flores que ele contém — que lhe pertencem e não lhe pertencem, que estão nele e não estão. Não me compreende, sinto. É uma questão de distinguir almas. Quem se afasta muito da natureza já não lhe pode reconhecer as feições.

"Cada dia tem uma alma diferente dos outros dias. Essa alma não morre. Sobe ao céu com o cair da tarde e o luar quando desponta unge de bênçãos o mistério da sua ascensão. O cântico religioso da natureza em oração — o [.] numa alma. É-me tão compreensível e claro que pasmo de que me fale no[8] silêncio noturno. O silêncio é o aspecto exterior; é o levantar de mãos da natureza que ora. Felizes ao menos dos que lhe veem a forma velada, já que se tornaram surdos para o sentimento da sua voz.

"Tudo é real, igualmente.

"Não é só uma árvore que é real; há momentos da árvore que são *entes*. Uma árvore é um ente. O perfil de um castelo no alto de um monte é um ente (com uma alma), à parte do castelo. Cada momento de cada coisa é por si uma alma e uma vida.

"O perfume é um ente, tão materialmente e densamente real como uma pedra. Um som é uma coisa impenetrável, real; um Eco é tão Ser, em tudo quanto seja ser, como a garganta que o fala e a alma que é vida nessa garganta.

"O sentimento da beleza é a visão das coisas como almas. É porque um eco é belo que eu sei que esse eco é um ser. É porque um perfume encanta que eu sei que ele é ente também.

"Importa mais o belo que o bom. O belo é mais da essência das coisas. O bom é a beleza das almas, a beleza da ação.

"Nada é feio. Tudo é belo. Tudo é igualmente belo. O que temos por feio é em relação à nossa treva de sentidos que nos aparece escuro. É em nós que a noite está por onde os objetos são escuros.

"A Morte, disse o Mendigo, é a libertação da visão carnal das coisas. Moribundos, deixamos de ver as coisas em espaço; passamos a vê-las em alma. O além de cada coisa deixa de ser outra coisa, outras coisas; passa a ser a *alma* dessa coisa. Passamos a ver não extensamente, mas intensamente. Cada coisa — corpo passa a ser, não o ponto de partida de uma linha ideal que vai ter ao infinito, mas de uma linha real que lhe vai ter à alma.

"Digo-vos isto como certeza porque eu, que morro diariamente para a carne, já tenho de minha, ainda que incompletamente, essa visão liberta e espiritual da alma.

"Perderemos a consciência do corpo e perdendo-a ganharemos, pura, a consciência da nossa alma e das almas coexistentes com ela.

"Para além do horizonte o que há? Há alma. Porque o horizonte é um ente, a parte do mar onde termina, do céu...

"O horizonte é uma *coisa*, com uma alma. Para além do horizonte, não há mar, nem céu. Há mar para além *do mar* que até o horizonte se vê; há céu para além do céu que se vê além no horizonte; mas para além do próprio horizonte mesmo horizonte? O horizonte não é mar, nem céu; eles estão nele como o corpo na alma. Para além do horizonte materialmente não há nada; espiritualmente há só alma, na alma do horizonte primeiro, depois, interior a essa alma, a alma como que em essencial de □ (e a alma do momento do horizonte). Porque a Natureza é espírito, mas o espírito é apenas o corpo de Deus.

"A Natureza □ a ação visível do Espírito-Universal, mas o espírito é corpo, corpo de Deus. Por essa via, espírito, não compreendemos ainda que nos juntemos a Ele e por Ele."

"Mas, como é, disse eu, virando-me para o Mendigo, que existem mundos, que criamos Deus?"

"Como é que existe não Deus? É porque existe Deus. Deus é tudo, mesmo aquele que não é. Se fosse só o que é, era o mundo.[9] Como é Deus, é mais. No próprio fato de Deus ser tudo, vê-se que deve haver não Deus.

"3 ordens de *espaços*

"(1) o de 3 dimensões, onde vemos as coisas da matéria.

"(2) o de 2 dimensões, onde vemos visões, sonhos etc.

"(3) o de 1 dimensão, onde vemos sentimentos etc.

"O espírito não tem dimensão (terá posição como o ponto?)

"O tempo não é uma condição de consciência; é □

"As coisas no espaço de 3 não são mais reais do que as no espaço de 2: a realidade é a mesma, mas diverso, o gênero.

"O espírito pensando na 1ª dimensão pensa almas; □

"Do centro da esfera partem infinitos raios, raio cada um círculo próprio e da esfera toda.

"Não, tudo isso é falso. A alma é corpo, e o corpo é alma. Não há graus, há gêneros de realidade, como, dentro de cada um desses gêneros, espécies. Assim a realidade, do mesmo gênero, de uma flor e de uma pedra é, ainda assim, de espécie diferente.

"Ora uma pedra parece mais real do que um sonho, ou um sentimento parece mais real que uma pedra; mas todos são *corpos* igualmente.

"A linha é o ponto pensando-se, isto é, movendo-se. Daí *o tempo*.

"É com a linha que começa o tempo. A linha supõe-se que levou tempo a traçar. O ponto já existe. Não se traçou nem em imaginação. Escapa ao tempo.

"Para o nosso sentir limitado há só *mais* ente e *menos* vida... Bem sei que há e não há *mais* e *menos*... aquilo a que aspiro por isso é a *mais* vida, a mais □ Por isso prefiro dispersar-me a fechar-me em mim.

"O deus que fez a Bíblia existe realmente, verdadeiramente num céu real e verdadeiro... Os deuses pagãos existem, realmente existem, em carne e ser espiritual existem, no seu Olimpo real... Como a vida é grande!"

Disse-me ao ouvido:

"Teoria estranha? Medita bem nisto: que outra teoria tanto, tão misteriosamente, se casa com a pureza, o mistério e a realidade da vida? Que outra a tal ponto?

"Nada é um símbolo e é-o tudo. Cada coisa é um símbolo de si própria. Tudo vive, tudo é ser."

"Que pasmosos infinitos me revelais!"

"Sim tudo é infinito... Tudo se desdobra em infinitos. A vida é vidas infinitamente."

"E Deus?"

"Deus é o centro de que a vida é a circunferência, de que todas as vidas são as circunferências em aro infinito."

"E o raio?"

"É a consciência. Não podeis compreender? Como quereis compreender? A vida transcende a Verdade, parte dela, transcende a Realidade, parte dela, transcende a Razão, parte dela. Não sentis pesar-vos sobre a compreensão, como que passando-lhe além, uma verdade superior, isto que vos digo da vida? E a vida transcende também a não Razão. A Realidade transcende a Verdade — a Vida a ambas. Todas as teorias são verdadeiras, porque todas são vivas.

"Moral do abandono: a verdadeira vida é a vida fora de nós — a comunhão na vida imensa — no *Corpo de Deus*. O sensual abandona-se a *um ente*; o bondoso a vários entes; o místico religioso a um ente-Deus. É um sensual de outro modo. Abandona-te à Vida. Merece-a em ti. Sê casto.

"Eu não como, não bebo; não tenho função carnal. Atinjo a passagem porque atinjo o além-eu. Eu não sou eu: sou a vida. Não sou corpo nem alma; sou vida.

"Ah! Por que consideras a vida estranha à Vida? Ser é ser. Um momento é um ente vivo. Um pensamento vive carnalmente, a seu modo. Os nossos menores sonhos vivem. Há muitos espaços, muitos tempos, muitos fins de muitos mundos, onde tudo vive. O que são as almas? Corpos de outro gênero que vivem para além do espaço e chegam ao nosso ver por outra visão, que as vê muito longe, corpos talvez — obscura correspondência com outros aqui, tão corpos, tão reais, tão almas como eles...

"Depois a ilusão de que as coisas têm vida: as coisas são Vida... A Vida transcende-se a si própria.

"Nossa alma é almas. Deus é nós — o que em nós aspira e se persegue e tem é Deus. Nós não queremos a eternidade de *nós*, isso fatiga a vida. Queremos (sentimos!) a eternidade dos visitantes de nós. Passamos? Não. O instante é outro.

"O corpo é *alma*. Para o idealista, o que existe é a alma apenas; o corpo *não é real*. Para mim, o corpo é *real*, *inteiramente*, *solidamente* real. Mas é *alma*.

"Tudo o que parece ser, é. Tudo é igualmente. Esta *teoria* transcende todas as teorias que sobre o mundo se têm feito. O sentimento da beleza é uma *visão* como qualquer outra. A forma, pura, é de duas dimensões, não é? Mas não é a forma a beleza exterior? Não é a cor? Duas dimensões também.

"As coisas são entes.

"Os nossos mais pequenos pensamentos são carnalmente reais. Não se pode pensar o que não é. Ser pensado é ser."

"Mas como podem sistemas filosóficos opostos ser verdade? Isso não se compreende."

"Nada a si próprio se compreende. Para uma coisa se compreender é preciso estar fora de si: e o único ser que está também fora de si próprio é Deus, que é mais do que é.

"Um sistema filosófico é um ato de pensamento; mas para poder compreender como podem ser verdadeiros sistemas filosóficos opostos é preciso que a lógica compreendesse o que é, que estivesse fora de si própria, o que não lhe acontece, visto que a Natureza do ente, no que não Deus, é ser ele, e ser ente, e nada mais. É no que Deus que um ente está fora de si, de modo que Deus está perpetuamente dentro e fora de si próprio."

Disse e afastou-se. Seguiu para o sul, rapidamente. Meus olhos esquecidos seguiram-lhe o afastar-se, entregaram-se à sua figura que diminuía, que se apagava, até que, nítida no meu horizonte, de repente se sumiu,[10] aureolada do poente, na curva extrema do caminho.

NOTAS

[1] Var. sobrep. a *as de uma*: *uma*.
[2] Var. sobrep. a *não*: *nem*.
[3] Var. sobrep. a *num*: *a um*.
[4] Var. sobrep. a *ignoto*: *vago*.
[5] Var. sobrep. a *Digo-te*: *Falo-te*.
[6] Var. na linha, entre parênteses, para *adquirida*: *aprendida*.
[7] Var. sobrep. a *ignoradas*: *separadas*.
[8] Var. sobrep. a *no*: *do*.
[9] Entre parênteses, uma anotação: *o que não é, é o adorador???*
[10] Var. sobrep. a *sumiu*: *desapareceu*.

Memórias de um ladrão

Na minha aposentação voluntária, manifestada por uma vida quieta, sóbria, entretida pela □ da literatura mundial, a minha principal felicidade, nos intervalos em que um tédio ligeiro ameaça invadir as minhas leituras, é a voluptuosidade da reminiscência. Julgará o leitor que estas reminiscências são de ordem amorosa e orgiática e que eu, voluptuoso do material de outrora, lhe faço agora, suceder a voluptuosidade do espírito. Não é assim. Não há temperamento menos sensual, por não dizer tão indiferente aos prazeres de ordem vulgar como é o meu. Nem mulheres nem vinho nem jogo tiveram lugar algum na minha passada existência. Jogar — nunca joguei; poucas vezes tenho bebido vinho; e o sexo feminino é para mim □[1] que nunca se me antolhou apetecível nem se me afigurou misterioso. Tão pouco fui *sportsman* ou de algum modo ocupado em carreira ou vocação ativa; a minha aversão pelo propriamente físico é tão grande como pelo especificamente material. São doutro gênero — até agora insuspeito ao pensamento já perplexo dos leitores[2] — as minhas recordações.

Dá-se o caso que eu fui, voluptuosa e intelectualmente, o maior ladrão do meu tempo. As reminiscências cujo deslizar sereno me torna de um interesse de vinho aprazível a minha existência ida não são senão as dos roubos que cometi.

Como porém, neste meu declinar suave, conquanto que precoce, da vida, me viesse às vezes mais agudamente, com uma como que intensificação do meu tédio, o sentimento da minha solidão, decidi escrever as minhas memórias e comunicá-las ao público. O prazer, sempre egoísta, nunca é individual. É essencialmente, mesmo no âmago da psicologia íntima, uma modalidade sentimental[3] *à deux*.

Não há prazer solitário; pode haver um solitário satisfazer de desejos ou instintos, mas isso não se chama o prazer, nem isso se dá senão quando inevitável. O bebedor solitário não bebe nunca por prazer, mas sim para dar satisfação a uma dipsomania irritante e dolorosa, ou para submergir dores e agonias. Tudo o que sinceramente queira reunir prazer e solidão parece-me pertencer aos domínios da alienação[4] mental.

O que é verdade de qualquer prazer, como prazer — isto é, o que é certo com respeito à natureza essencial do prazer em si, como modalidade anestésica, forçosamente há de aplicar-se a qualquer prazer, seja de que espécie for, aos prazeres ditos do espírito, como aos a que chamamos do corpo. Quando vejo o belo, diz Goya, num verso que foi célebre, eu desejara ser dois.

Desejara ser dois.

E desejara ser dois para poder comunicar, transmitir esse deleite.

Quanto mais alto o prazer — quanto mais afastado do usual e do natural — mais larga solidariedade exige. Ao bêbado, ao □, ao jogador, basta uma outra pessoa. O artista precisa de *um público*. Reciprocamente o sentimento estético é um sentimento público. Um avarento de arte, que compra um quadro para o ver ele só não perderá a *classificação* geral de alienado, e serei justo. Um que compre objetos d'arte para que lhos admirem — isso sim, que [.] a publicidade do sentimento estético, ainda que temerosamente, tortuoso de ingênuo egoísmo. A galeria pública, porém, é □ do verdadeiro esteta, autor de quando em não, do esteta verdadeiro em cujo sentimento de arte não colabora o sentimento mundano do luxo individual.

Usa os dois sentimentos que mais alto estão[5] na escala do prazer, são o do prazer artístico e o do prazer intelectual. Há um prazer no beber e há um prazer no exato, no deduzido, no raciocinado. Não falo em sentimentos morais e religiosos porque não os possuo; não os nego porém, nem sequer lhes aceito ou nego a justiça, a certeza ou □. Não seria o intelectual que creio ser se me deixasse dominar intelectualmente pelo animal com belo moral. Há fanáticos e crentes na crença e na descrença. O intelectual puro, como eu sou (não afirmo aqui que seja mal ou bem havê-los) não crê nem descrê. Crer e descrer são atos[6] submentais.

Dizia eu, leitor estimado — por ser um leitor em discernimento e estima — dizia eu, repito, que os 2 sentimentos que me parecem mais altos são os do belo e do racional — o estético e o intelectual. Tanto assim é que os tratados de estética, atrás das suas numerosas contradições, incorreções e evidentes falhas de raciocínio e de análise, recebem na poesia — a única arte que pode servir o belo e o intelectual, o sentimento intelectual e o estético — a maior e a mais alta das artes.

Estas observações servem para transmitir ao leitor a razão psicológica destas estranhas memórias. E a razão resume-se no silogismo seguinte: que □

Tenho, também, limitações voluntárias. Nunca roubo um pobre, nem um artista, um sábio, um professor ou um propagandista político — o despeito que o roubo produziria neles poderia ter graves consequências para o público. Só roubo a quem pode perder. Também só quem pode perder é a quem vale a pena roubar. Aqui, como em muitas coisas idênticas, a circunstância está em íntimo acordo com o desejo.

NOTAS

[1] Podemos ler a seguinte expressão que o autor riscou: *ainda — pasme o leitor de o ouvir a um desconhecido.*
[2] Var. sobrep. a *leitores: que me leem.*
[3] Var. na linha para *uma modalidade sentimental: um sentimento.*
[4] Var. sobrep. a *da alienação: do desarranjo.*
[5] Var. sobrep. a *estão: me parecem estar.*
[6] Var. subp. a *atos: fatos.*

[Manuel Fontoura]*

Quando abancávamos no Café, o Manuel Fontoura e eu, a primeira coisa que fizemos, visto que há tanto nos não víamos, foi fitar-nos demoradamente. Qualquer de nós verificava como o outro estava mudado; e, como nenhum de nós está em estado de ter mudado para melhor, tivemos ambos a certeza natural de não dizer coisa alguma. A segunda coisa que fizemos foi falar de[1] política. Dessa parte da conversa nada relatarei, e por dois motivos: o segundo é que não vem a propósito.

Mas foi em derivação casual dessa conversa política que surgiu, sem que qualquer de nós o provocasse, o episódio verbal de onde promana esta minha reportagem discursiva.

Como eu houvesse dito, já não sei a que propósito, que me mantivera sempre fiel a dois princípios — o nacionalismo e o liberalismo — o Fontoura observou:

"Mas essas doutrinas não são contraditórias?"

"Não, a não ser para quem dê à palavra *nacionalismo* um sentido que lhe não pertence. Nacionalismo é simplesmente a teoria de que devemos defender a nação, não de influências estrangeiras, mas de influências estrangeiras que, por inassimiláveis, lhe prejudiquem a índole, como nós a concebemos. Nacionalismo não envolve critério algum quanto ao indivíduo e ao seu valor[2] ou posição dentro da sociedade. Não pode entrar portanto em conflito com liberalismo, que envolve precisamente isso, e só isso. Há tanta oposição entre nacionalismo e liberalismo como entre um triângulo e a cor azul. São coisas mas incomensuráveis. Uma nada tem com a outra. Não tenho culpa de que haja quem julgue que todos os triângulos têm que ser carmesins, e que definem portanto triângulo como uma figura carmesim com três ângulos."

* Este título foi atribuído por Ana Maria Freitas, organizadora de *A estrada do esquecimento e outros contos* (Assírio & Alvim, 2015), a um conto sem título que constava de um dos cadernos de Pessoa. A organizadora da antologia aventa a hipótese de o título original ter sido "O homem dos cafés", que, por sua vez, constava de anotações isoladas, sem um texto a que correspondesse.

"Está bem. Aliás a minha pergunta foi uma simples pergunta, um pouco no ar. Se vamos a ver, sou mais original[3] que você: sou ao mesmo tempo anticatólico e antiliberal."

"O que há de original nosso? Comentei. O comunismo, o nazismo e fascismo são isso mesmo, essas mesmas duas coisas..."

"Pois sim, mas eu não sou essas duas coisas por quaisquer motivos religiosos, políticos ou sociais."

Olhei para ele com um certo pasmo.

"Isso agora é que é original. Como diabo consegue você ter essas atitudes, ou antes essa dupla atitude, sem ser por um motivo qualquer de uma dessas três espécies?"

"É uma questão pessoal."

"Uma questão pessoal?! O quê, você tem uma questão pessoal com o catolicismo e com o liberalismo?"

"Tenho, sim senhor. Se você preferir, digo 'uma razão pessoal'..."

"Oh, homem, mas a gente não pode decentemente implicar por motivos pessoais com sistemas religiosos e políticos! Que você implique com pessoas que os servem, vá, ou com pessoas que os representem, mas..."

"Eu explico. Houve um caso importante na minha vida que me falhou por uma ação conjunta dos princípios católicos e dos princípios liberais..."

Encolhi os ombros.

"Não costumam muito andar juntos, mas se você diz que foi assim, está bem, foi assim..."

O Fontoura esteve um momento silencioso. Depois voltou-se para mim:

"Olhe, vou-lhe contar o caso, e não é só para lhe explicar o que disse, mas porque, à parte isso, ele tem realmente qualquer coisa de pitoresco. Para lho contar bem, não pode ir em duas ou três palavras, nem..."

"Leve o tempo que quiser. Tenho certa curiosidade e a pressa não é nenhuma."

O Fontoura concentrou-se um pouco, passando lentamente a mão, cotovelo na mesa, por sobre o cabelo negro e liso.

"Aqui há 3[4] anos, começou, e por circunstâncias que nada importam, entrei a dar-me com frequência e intimidade com determinada família. Eram só marido e mulher, ou, antes, estes é que vêm para o caso, pois há[5] uma tia dela que não interessa. Não foi aqui em Lisboa,

nem vou dizer onde foi, e, na mesma orientação, ele passa a ser Antônio e ela Adelaide, visto que os verdadeiros nomes nem de longe se parecem com esses.

"Resultou dessa intimidade que, pouco a pouco, me comecei a interessar pela... pela Adelaide. A interessar-me amorosamente, você compreende... Escusado é dizer-lhe que ocultei cuidadosamente esses sentimentos. Quando digo que ocultei, quero dizer em absoluto — não só a terceiros, como é de ver, mas a ela também. Mas o interesse apertava; eu não podia decentemente afastar-me do convívio do casal; e de aí a pouco nem pensava em afastar-me porque não podia. Um problema... Eu era amigo — não verdadeiramente amigo íntimo, mas, enfim, amigo — do homem. E a mulher dava-me a impressão — e eu nessas coisas não me engano facilmente — de uma rapariga seriíssima."

"Havia filhos?"

"Não."

"E ela?"

"'E ela' o quê?"

"O que pensava a misteriosa ela a seu respeito?"

"Já lá vamos. Deixe-me contar isto ordenadamente."

O Fontoura recostou-se um pouco, e olhou para o ar. Nessa atitude prosseguiu na sua voz pausada e clara:[6]

"Para incidir sobre o coração feminino, há que considerar os dois elementos que esse coração envolve, como aliás o masculino também. Esses elementos são o instinto sexual e o que, à falta de termo consagrado, chamaria instinto sentimental, porque de fato é sentimento e de fato tem o caráter subliminar[7] de um instinto. O instinto sexual é o elemento predominante quando está insatisfeito. Quando satisfeito, e, sobretudo, quando não é, além disso, muito forte, ou se equilibra com o instinto sentimental — e é esse o caso do homem e mulher normais e com vida sexual normal —, ou, se há uma insatisfação de instinto sentimental, cede o passo a este."

"Tudo isso é muito bonito, interrompi, mas falta uma definição..."

"Qual definição?"

"A do instinto sentimental. Toda a gente percebe o que é o instinto sexual, mas isso de 'instinto sentimental' é uma expressão sua, e eu não sou obrigado a adivinhar o que você quer dizer com isso..."

O Fontoura irritou-se.

"Bem se vê que você é nacionalista! Bom português, pelo menos, é... Não há nada mais português que interromper uma coisa que a gente vai dizer precisamente a seguir, e que o perguntador ouviria mais depressa se se deixasse estar calado."

"Está bem."

"Por instinto sentimental, arrastou o Fontoura, entendo o resultado do lento depósito que o instinto sexual faz nas emoções... De que diabo está você a rir?"

"É que se isso é uma definição, estou cada vez mais nacionalista..."

"Ouça, homem de Deus, isto é o *princípio* da definição... Esteja para aí calado...

"Aqueles sonhos que o instinto sexual tem na adolescência, aqueles ideais sexuais que se propagam e que, necessariamente, falharam, toda a soma de pequenas ocorrências que, neste ou naquele momento, estimularam esse instinto — tudo isso forma um depósito de insatisfações que, quando o indivíduo é imaginativo, lhe é sensível, direi até visível, e quando o não é — como, felizmente para eles, acontece à maioria — é só qualquer coisa que de vez em quando emerge no escuro, como um rato aos ouvidos de um meio-adormecido."

"Já compreendo, interrompi. O instinto sentimental é a caverna da Princesa Encantada ou do Príncipe Encantado... E concluo do que você disse que, ao passo que, como é de ver, o instinto sexual é suscetível de satisfação, o instinto sentimental não é suscetível de satisfação, ou, melhor, que é organicamente insatisfeito..."

"Quase isso, mas não bem isso. Quanto ao instinto sexual está certo. Quanto ao instinto sentimental, há que contar que, como ele é uma formação essencialmente imaginativa, a sua satisfação tem que ser imaginativa — isto é, pode ser fictícia.[8] Pondo isto em pratos limpos: o instinto sexual está, ou não está, satisfeito; o instinto sentimental *julga--se*, ou *não se julga*, satisfeito."

"Se você pudesse passar o pano mais uma vez por esses pratos, talvez eles ficassem mais limpos..."

"Explico melhor, explico melhor... a satisfação do instinto sexual depende de fatos; a do instinto sentimental depende de ilusões.

A primeira condição é haver entre eles desarmonia. Está claro que desarmonia há sempre, em grau maior ou menor. Não há dois entes humanos harmônicos em todas as suas qualidades, e quando

esses entes vivem juntos surgem à vista de um e do outro, surgem entre um e outro, com mais ou menos frequência, com maior ou menor intensidade, essas desarmonias. Em muitos casos, a falta de individualidade de duas pessoas em convívio constante esbate esses conflitos latentes, e estou certo que há muitos casais que vivem felizes, ou quase felizes[9] simplesmente porque mal se pode dizer que vivem. Nenhum tenta ser o que é ou querer o que deseja. E assim tudo vai bem no melhor dos mundos domésticos possíveis. O marido gosta vagamente do azul, a mulher adora incertamente o encarnado; a Providência encarrega sempre um decorador de propor forrar de amarelo a casa de jantar. Ninguém quis o que quereria. Mas o amarelo não incomodou ninguém. A felicidade da maioria dos lares depende sempre do decorador.[10]

Ora dizia eu: a primeira condição é que haja entre eles desarmonia; e dizia eu também que desarmonia há sempre. O problema é 1º saber qual o gênero de desarmonia, 2º se é suscetível de a trazer à superfície, 3º de que maneira o conseguir."

"Vem a dar nisto: que, idealmente, todo homem é infiel à mulher e toda a mulher infiel ao marido?"

"Naturalmente: toda a gente sabe isso. O que pode é não saber que o sabe. Se não fosse isso,[11] onde iria parar a família? Mas a família é defendida, felizmente para a ordem[12] social, por duas grandes virtudes sociais que a humanidade em geral possui: a ausência de imaginação e o medo da polícia verbal."[13]

"Quer isso dizer, afinal, que, no amor, em verdadeiro amor, sempre nos enganamos?"

"Sim, enganamo-nos sempre, e é essa a tragédia do amor. A maioria não sabe que se engana, e é essa a comédia dele."

NOTAS

[1] Var. subp. a *de*: *em*.
[2] Palavra dubitada: *valor*.
[3] Var. sobrep. a *original*: *paradoxal*.
[4] Número dubitado: 3.
[5] Var. sobrep. a *há*: *havia*.
[6] A expressão *na sua voz pausada e clara* encontra-se registrada, em destaque, no topo de outro testemunho, cota 17(23)-96.
[7] Palavra dubitada: *subliminar*. Var. sobrep. a *subliminar*: *irracional*.
[8] Expressão dubitada: *pode ser fictícia*.
[9] Expressão dubitada: *ou quase felizes;* var. sobrep. a *ou quase*: *ou que julgam ser*.
[10] Var. na linha, entre parênteses, para *do decorador*: *dos papéis pintados*.
[11] Var. sobrep. a *isso*: *essa ignorância*.
[12] Expressão dubitada: *ordem social*.
[13] Var. sobrep. a *verbal*: *natural*.

O Soares e o Pereira

O Soares e o Pereira, empregados do mesmo escritório, eram inimigos de alma. Não havia questão de serviço, ainda que rigorosamente não pudesse surgir conflito entre os dois, em que não surgisse conflito entre os dois. E, embora nunca seguissem por aquelas vias chamadas de fato, fervia em pouco tempo a descompostura mútua. De besta para cima e para baixo, todos os arredores de malandro, com passagem por gatuno e grande escala por tudo, encontrarem-se era discordarem, olharem-se era a primeira palavra de se descomporem.

Um dia o Soares, que era o mais inteligente e por isso o mais estúpido dos dois, referindo, fora do escritório, a um amigo as cenas habituais com o Pereira, recebeu desse a pergunta: "Mas por que diabo é que tu não o esmagas com uma coisa pior que todas as piadas?" "Que coisa?", perguntou o Soares; "porrada?". "Não, não digo isso... Melhor que isso: o silêncio... Ele tem mais piada que tu; pois bem, arranja mais desprezo do que ele. Ele insulta, e tu olhas para ele e não dizes nada. Ele insulta mais, e tu na mesma. Ele espuma e esbraveja, e tu idem e igualmente zero. Verás que não há piada que ele possa dizer que valha o que tu não dizes. O que tu não dizes pode ser tudo; o que ele diz não pode ser senão o que ele diz, e, se calhar, muitas vezes nem isso é."

O Soares pensou e achou razão, pelo menos provisória, ao conselho. E, ao contrário do que a prudência manda, seguiu-o. Mas, como é costume suceder quando se não segue a prudência, fez bem.

Foi logo no dia seguinte, porque era todos os dias, e o dia seguinte não era feriado. Surgiu um incidente que o Pereira fez o Soares ter feito surgir. E, sob os ouvidos fitantes do outro pessoal, o Pereira começou. Os substantivos do costume uniram-se aos adjetivos da vizinhança, e o caráter, habilitações, possibilidades penais, e outros atributos de um Soares de retórica, fulguraram no discurso. A certa altura, como o Soares não dissesse nada, mas olhasse para o orador com uma atenção despreocupada e vaga, o Pereira começou a afrouxar. Seguiu a cena, de calado a pasmo, e o Pereira, afrouxando cada vez mais, foi-se tornando lívido. Ao fim de cinco minutos estava quase mudo e com a voz e a expressão do olhar em vésperas de lágrimas. Então engoliu um pouco;

e dirigindo-se ao Soares numa voz trêmula, disse: "Ó Soares, você está zangado comigo?"
Si vis bellum, para pacem.

A TEORIA E O CÃO
O. Henry*

Há alguns dias passou aqui por Nova Iorque o meu velho amigo dos trópicos, J.P. Bridger, cônsul dos Estados Unidos na ilha de Ratona. Bebemos e regozijamo-nos juntos, vimos o último edifício em altura, e descobrimos que havia duas noites que o circo tinha acabado. E, na vazante, íamos subindo uma rua paralela e plagiária da Broadway.

Passou por nós uma mulher de cara aprazível e mundana; levava preso um cachorro amarelo, um bruto resfolegante, mal focinhado e oscilatório. O cão embrulhou-se nas pernas do Bridger e arreliou-lhe as canelas com uma mordedura rosnada e de má índole. O Bridger, num sorriso feliz, esvaziou-lhe os bofes com um pontapé; a mulher brindou-nos com um aguaceiro de adjetivos bem orientados que não deixavam dúvida sobre o nosso lugar na opinião dela; e fomos andando. Dez passos depois, uma velha de cabelo muito branco desgrenhado pedia esmola, a caderneta do banco agasalhada por baixo do xale esfarrapado. O Bridger parou e desenterrou em proveito dela uma moeda de prata do seu colete de feriados.

Na esquina seguinte, um quarto de tonelada de homem bem vestido, de queixada larga, branca, escanhoada, tinha por uma corrente um buldogue de origem infernal, cujas pernas dianteiras discordavam meio metro. Uma mulher pequenina, com um chapéu da penúltima moda, estava diante dele e chorava, que era, evidentemente, o que podia fazer, enquanto ele lhe chamava nomes numa voz baixa, doce, habituada.

O Bridger tornou a sorrir — em rigorosa confidência consigo mesmo — e desta vez puxou por um livrito de escrever e fez um apontamento do caso. Ora isto não tinha ele direito de fazer sem uma explicação, e foi o que eu lhe disse.

"É uma teoria nova", disse o Bridger, "que eu apanhei lá embaixo em Ratona. Tenho andado a colher elementos por onde quer que

* O. Henry é o pseudônimo do jornalista norte-americano William Sidney Porter, fundador do semanário humorístico *Rolling Stones* em 1894. Suas primeiras histórias foram escritas na penitenciária federal de Ohio, onde foi preso, em 1896, por estelionato. Ali, Porter criou o grupo literário Clube de Reclusos. Orrin Henry, capitão-chefe dos guardas da prisão, inspirou o nome do pseudônimo.

tenha andado. O mundo ainda não está preparado para ela, mas... Olha, vou-te dizer, e depois tu pensa em toda a gente que tens conhecido e vê o que te parece".

Entalei o Bridger num lugar com palmeiras artificiais, onde se bebe vinho; e ele contou-me a história que aí vai nas minhas palavras e sob a responsabilidade dele.

Uma tarde, pelas três horas, na ilha de Ratona, um garoto corria pela praia gritando: "*Pájaro* à vista!"

Assim fazia conhecer a agudeza do seu ouvido e a justeza da sua discriminação dos tons.

O que primeiro ouvia o apito de um vapor que se aproximava, e fazia disso proclamação oral, acertando também com o nome do vapor, era um pequeno herói em Ratona... até chegar o vapor seguinte. Por isso havia rivalidade entre a juventude descalça de Ratona, e muitos houve que caíram vítimas das buzinas de concha das chalupas, que, sopradas ao de leve ao entrarem no porto, se parecem extraordinariamente com o sinal de um vapor longínquo. Alguns havia que vos poderiam dizer de que vapor se tratava, quando a sua chamada, aos vossos ouvidos, menos hábeis, vos não soaria mais alto que o suspiro do vento nos ramos dos coqueiros.

Mas o que hoje proclamava a chegada do *Pájaro* ganhara as suas honras. Ratona inclinou o ouvido, à escuta; e não tardou que se tornasse mais forte e mais próximo aquele som prolongado, até que por fim Ratona viu, por cima da linha de palmeiras na "ponta" baixa, os dois canos negros do vapor fruteiro avançar vagarosamente para a entrada do porto.

Deveis saber que Ratona é uma ilha umas vinte milhas ao sul de uma república sul-americana. É um porto dessa república; e dorme suavemente num mar que sorri, não trabalhando nem fiando; nutrida pelos trópicos abundosos, onde todas as coisas "amadurecem, cessam e caem para a cova".

Oitocentas pessoas ali sonham a vida numa vila cercada de arvoredo, que se ajusta à curva em ferradura do seu porto pequenino. São, na sua maioria, mestiços de espanhol e índio, com umas sombras de negros de São Domingos, uma claridade de funcionários de sangue espanhol puro, e um leve fermento da espuma das três ou quatro raças brancas da vanguarda. Não há vapores que toquem em Ratona, a não

ser os vapores fruteiros, que ali recolhem os inspetores de bananas a caminho da costa. Deixam jornais de domingo, gelo, quinino, presunto e material de vacina na ilha; e é este, pouco mais ou menos, o contato que Ratona tem com o mundo.

O *Pájaro* parou à entrada do porto, dando balanço forte na mareta que coroava de branco as ondas para além da água suave de dentro. Já duas embarcações da vila — uma transportando os inspetores de fruta, a outra indo buscar o que pudessem dar-lhe — estavam a meio caminho para o vapor.

A embarcação dos inspetores foi içada para bordo com eles, e o *Pájaro* seguiu viagem para o continente com seu carregamento de fruta.

O outro barco voltou a Ratona com uma parte do gelo dos frigoríficos do *Pájaro*, o maço de jornais do costume, e um passageiro — Taylor Plunkett, regedor do distrito de Chatham, estado de Kentucky.

Bridger, o cônsul dos Estados Unidos em Ratona, estava limpando a espingarda na barraca oficial ao pé de uma árvore de banana-pão, a uns vinte passos da água do porto. O cônsul ocupava um lugar perto do fim da procissão do seu partido político. Dali quase que não ouvia a música. Os doces políticos iam para os outros. O quinhão do Bridger nos despojos — o consulado de Ratona — não era mais que uma passa, uma passa seca da repartição de "pensões de família" do Ministério. Mas novecentos dólares por ano era a opulência em Ratona. Além disso, o Bridger tinha contraído uma paixão pela caça aos jacarés nas lagoas ao pé do consulado, e por isso não era infeliz.

Levantou a cabeça de uma demorada inspeção dos fechos da espingarda e deu com um homem largo a encher-lhe o espaço da porta. Um homem largo, de movimentos lentos, queimado do sol até quase o castanho de Van Dyck. Um homem de quarenta e cinco anos, vestido com decência simples, de cabelo claro e escasso, barba meio grisalha bastante aparada, e olhos azuis exprimindo doçura e simplicidade.

"É o sr. Bridger, o cônsul — não é?", disse o homem largo. "Indicaram-me que era aqui. É capaz de me dizer o que são aqueles cachos grandes de coisas que parecem abóboras naquelas árvores que parecem espanadores, ali pela costa fora?"

"Sente-se", disse o cônsul, pondo óleo novo no trapo. "Não, na outra cadeira — a de bambu não aguenta consigo. Aquilo são cocos — cocos verdes. A casca é sempre de um verde-claro antes de estarem maduros."

"Muito obrigado", disse o outro, sentando-se com cuidado. "Não gostava de ir dizer lá na terra que eram azeitonas, a não ser que tivesse a certeza. Chamo-me Plunkett. Sou o regedor do distrito de Chatham, Kentucky. Tenho aqui na algibeira papéis de extradição autorizando-me a prender um homem aqui nesta ilha. Estão assinados pelo Presidente deste país, e estão em ordem. O homem chama-se Wade Williams. Está no negócio da cultura do coco. Matou a mulher aqui há uns dois anos. Onde é que o posso encontrar?"

O cônsul entortou um olho e espreitou pelo cano da espingarda abaixo.

"Aqui na ilha não há ninguém que se chame Williams", observou.

"Não esperava que houvesse", disse Plunkett com brandura. "Logo que seja ele, qualquer nome me serve."

"Além de mim", disse Bridger, "há só dois americanos em Ratona — Bob Reeves e Henry Morgan".

"O homem que quero vende cocos", lembrou Plunkett.

"Vê aquela fila de coqueiros que vai até a ponta?", disse o cônsul, apontando com a mão em direção à porta aberta. "Pertence ao Bob Reeves. O Henry Morgan é dono de metade das árvores do outro lado da ilha."

"Há um mês", disse o regedor, "o Wade Williams escreveu uma carta confidencial a alguém do distrito de Chatham, dizendo-lhe onde estava e como ia andando. A carta extraviou-se; e quem a achou não a guardou. Mandaram-me à busca dele, e tenho os papéis. Calculo que há de ser um dos seus homens dos cocos".

"Tem o retrato dele, não?", disse Bridger. "Pode ser que seja o Reeves ou o Morgan, mas detesto a ideia. São ambos belos rapazes, nem se encontra melhor procurando de automóvel um dia inteiro."

"Não", respondeu Plunkett num tom de dúvida; "não se pôde obter retrato. Eu mesmo nunca o vi. Há só um ano que sou regedor. Mas tenho uma descrição bastante explícita. Um metro e oitenta, pouco mais ou menos; cabelo e olhos escuros; nariz quase aquilino; ombros pesados; dentes brancos e fortes, sem falhas; ri bastante, e fala muito; bebe bem, mas nunca se embebeda; fita a gente nos olhos quando fala; idade, trinta e cinco anos. Qual dos seus homens é que é isto?"

O cônsul sorriu com amplidão.

"Olhe, sabe o que é melhor?", disse ele, depondo a espingarda e enfiando o casaco velho de alpaca preta. "O melhor é o sr. Plunkett vir comigo, e eu levo-o aos rapazes. Se me puder dizer a qual deles

é que essa descrição calha melhor que ao outro, tem o senhor muito melhores olhos que eu."

Bridger saiu, guiando o regedor; seguiram pela praia dura, perto da qual se espalhavam as casitas da vila. Logo por detrás da povoação se erguiam de repente colinas pequenas, cobertas de arvoredo. Por uma destas acima, seguindo uma escadaria aberta na argila dura, conduziu o cônsul a Plunkett. Na mesma beira de um alto assentava uma cabana de madeira, de dois quartos, coberta de palha. Uma índia estava cá fora lavando roupa. O cônsul levou o regedor até a porta do quarto que dava por sobre o porto.

No quarto estavam dois homens, que iam sentar-se, em mangas de camisa, a uma mesa posta para o jantar. Em pormenor, pouco se pareciam; mas a descrição geral dada por Plunkett poderia aplicar-se com justeza a qualquer deles. Em altura, cor do cabelo, feitio do nariz, arcaboiço e modos, qualquer dos dois se lhe ajustava. Eram tipos normais do americano jovial, esperto, de vistas largas, que haviam gravitado um para o outro no isolamento de uma terra estranha.

"Olá, Bridger!", gritaram juntos, ao ver o cônsul. "Vem jantar conosco!" E quando repararam em Plunkett, que o seguia, avançaram com curiosidade hospitaleira.

"Meus senhores", disse o cônsul, cuja voz assumira um tom desusadamente formal, "apresento-lhes o sr. Plunkett. Sr. Plunkett — o sr. Reeves e o sr. Morgan".

Os barões do coco saudaram com alegria o recém-vindo. Reeves parecia ser um pouco mais alto que Morgan, mas o seu riso não era tão vibrante. Os olhos de Morgan eram de um castanho-escuro; os de Reeves eram pretos. Era Reeves o dono da casa, e ocupou-se desde logo em pedir mais cadeiras e em gritar à índia que pusesse mais talheres. Explicou-se que Morgan vivia numa cabana de bambus "lá prò outro lado", mas que todos os dias os dois amigos jantavam juntos. Enquanto se aprontavam as coisas, Plunkett conservara-se de pé, parado, olhando de um lado para outro com os seus olhos de um azul-pálido. Bridger parecia estar numa atitude de desculpa e de inquietação.

Por fim se puseram mais duas cobertas e se indicou a cada um o seu lugar. Reeves e Morgan estavam lado a lado, da banda da mesa oposta à das visitas. Reeves inclinou afavelmente a cabeça, em sinal de que todos se sentassem. Então, de repente, Plunkett levantou a mão com um gesto de autoridade. Estava fitando exatamente entre Reeves e Morgan.

"Wade Williams", disse, sem elevar a voz, "está preso por homicídio".

Reeves e Morgan trocaram logo um olhar rápido, vivo, cuja qualidade era a interrogação, com um tempero de surpresa. Então, ambos juntos, voltaram-se para quem falara, com um olhar comum de estranheza franca.

"Não percebemos nada, sr. Plunkett", disse Morgan com animação. "Foi *Williams* que disse?"

"Que piada é esta, Bridger?", perguntou Reeves, voltando-se a sorrir para o cônsul.

Antes que Bridger pudesse responder, Plunkett falou de novo.

"Eu explico", disse, com a mesma voz branda. "Um dos senhores não precisa da explicação, mas ela é para o outro. Um dos senhores é Wade Williams, do distrito de Chatham, Kentucky. Matou a sua mulher em 5 de Maio, há dois anos, depois de cinco anos de contínuas injúrias e maus-tratos. Tenho aqui na algibeira todos os documentos precisos para o levar para lá; e levo-o. Partiremos no vapor fruteiro que volta amanhã a esta ilha para deixar cá os inspetores. Confesso, meus senhores, que não sei qual dos dois é que é o Williams. Mas Wade Williams volta comigo amanhã para o distrito de Chatham. Desejo que se compenetrem disso."

Uma grande rajada de riso alegre rompeu de Morgan e de Reeves e saiu por sobre o porto calmo. Dois ou três pescadores na armada de chalupas ali ancoradas chegaram a olhar, pasmando, para cima, para casa dos *diablos americanos*.

"Meu caro senhor", exclamou Morgan, dominando o riso, "o jantar arrefece. Sentemo-nos e vamos a ele. Estou ansioso por meter a colher nesta sopa de peixe. O resto fica para depois".

"Sentem-se, meus senhores, façam favor", disse Reeves com afabilidade. "Estou certo de que o sr. Plunkett não se importará. Talvez até lhe sirva este bocado de tempo para identificar... o cavalheiro que ele quer prender."

"De modo nenhum; não me importo nada", disse Plunkett, caindo pesadamente na cadeira. "Também estou com fome. O que eu não queria era aceitar a hospitalidade dos senhores sem lhes fazer o aviso. É só isto."

Reeves pôs na mesa garrafas e copos.

"Aqui está conhaque", disse ele, "e anis, e *whisky*, e bagaço. Escolham à vontade".

Bridger escolheu bagaço, Reeves deitou para si três dedos de *whisky*, Morgan fez o mesmo. O regedor, apesar dos protestos gerais, encheu o copo da garrafa de água.

"Bebo", disse Reeves erguendo o copo, "ao apetite do sr. Williams!". O encontro do riso e da bebida de Morgan fizeram que este se engasgasse. Começaram todos a dar atenção ao jantar, que era bem cozinhado e saboroso.

"Williams!", chamou Plunkett, de repente e num tom seco.

Todos ergueram, pasmados, os olhos. Reeves deu com o olhar brando do regedor fito nele. Corou um pouco.

"Olhe lá!", começou com certa aspereza. "Chamo-me Reeves, e não quero que o senhor..." Mas chegou-lhe de repente o aspecto cômico do caso e acabou numa gargalhada.

"O sr. Plunkett sabe, naturalmente", disse Morgan, temperando com cuidado o seu prato, "que fará uma certa importação de arrelias para si em Kentucky se levar para lá um homem que não seja o que procura — isto é, se o senhor levar alguém?".

"Passava-me o sal, fazia favor?", disse o regedor. "Ah, alguém levo eu. Há de ser um dos senhores dois. Sim, sei que era cravado por perdas e danos se me enganasse. Mas vou ver se não me engano."

"Olhe, já sei o que o senhor deve fazer", disse Morgan, inclinando-se, com os olhos a sorrir. "Leve-me a mim. Vou sem dar incômodo. O negócio dos cocos correu torto este ano, e não se me dava extrair alguma massa aos seus fiadores."

"Isso não vale", interveio Reeves. "Não apanhei senão dezesseis dólares o milheiro pela minha última remessa. Leve-me a mim, sr. Plunkett."

"Hei de levar o Wade Williams", disse o regedor, pacientemente, "ou não hei de andar muito longe".

"É como estar à mesa com um espectro", observou Morgan, com um arrepio fingido. "É o espectro dum assassino, inda por cima! Passem aí os palitos à sombra do sr. Williams!"

Plunkett parecia tão despreocupado como se estivesse jantando à sua própria mesa, no distrito de Chatham. Era um bom garfo, e os pratos estranhos dos trópicos davam-lhe bem no paladar. Pesado, vulgar, quase indolente nos seus modos, parecia destituído de toda a astúcia e a vigilância do caçador. Deixou até de observar, com qualquer espécie de agudeza ou de discriminação esboçada, os dois homens, um dos

quais ele se tinha comprometido, com pasmosa confiança, a levar dali sob a acusação gravíssima de uxoricídio. Aí estava um problema, que, se o resolvesse mal, resultaria para ele num grave desconcerto, e, apesar disso, ali estava preocupado (segundo todas as aparências) só com o sabor, para ele novo, de uma costeleta de iguana feita na grelha.

O cônsul sentia um acentuado mal-estar. Reeves e Morgan eram seus amigos e camaradas; mas o regedor de Kentucky tinha um certo direito ao seu auxílio oficial e ao seu apoio moral. Por isso Bridger era o mais calado de todos àquela mesa, e tentava avaliar para si o sentido da situação. Chegou à conclusão de que Reeves e Morgan, espertos ambos, como ele sabia que eram, tinham ambos concebido, quando Plunkett se explicou, com a rapidez do relâmpago, a ideia de que talvez o outro fosse o réu Williams; e que qualquer deles tinha, nesse momento, decidido proteger lealmente o seu camarada do perigo que sobre ele impendia. Era esta a hipótese do cônsul, e, se fosse um tomador de apostas numa corrida de astúcias pela vida e pela liberdade, teria carregado as probabilidades contra o regedor paciente do distrito de Chatham, Kentucky.

Acabada a refeição, veio a índia e levantou a mesa, tirando a toalha. Reeves espalhou pela mesa magníficos charutos, um dos quais Plunkett, como os outros, acendeu com visível agrado.

"Pode ser que eu seja parvo", disse Morgan, sorrindo e piscando o olho a Bridger, "mas quero ter a certeza se sou ou não. Ora a minha ideia é que isto não é senão uma partida do sr. Plunkett, arranjada para assustar estes dois meninos da mata. Este Williamson vai ser preso a sério, ou não?".

"Williams", emendou Plunkett sem sorrir. "Nunca arranjei partidas na minha vida. E sei que não era capaz de viajar duas mil milhas para fazer uma partida tão estúpida como esta seria, se eu não levasse o Wade Williams comigo. Meus senhores", continuou o regedor, passando agora os seus olhos brandos, imparcialmente, de cada um dos presentes para outro, "vejam se acham alguma graça a este caso. O Wade Williams está aqui, ouvindo as palavras que estou dizendo; mas, por delicadeza, falarei dele na terceira pessoa. Durante cinco anos fez passar à mulher uma vida de cão... Não; retiro isso. Não há cão em todo Kentucky que fosse tratado como ela foi. Gastou dinheiro que ela lhe trouxe — gastou-o nas corridas, ao jogo, com cavalos e na caça. Era bom rapaz para os amigos, mas em casa um perfeito demônio, frio e duro. Fechou esses cinco anos de desprezo batendo na rapariga com a mão fechada

— uma mão dura como pedra —, quando ela estava doente e fraca de tanto sofrer. Ela morreu no dia seguinte, e ele raspou-se. É só isto. E é bastante. Nunca vi o Williams, mas à mulher dele conhecia-a. Não sou homem que conte metade. Ela e eu namorávamo-nos quando ela o encontrou. Foi a Louisville, numa visita, e ali é que o viu. Confesso que ele me levou a melhor quase em tempo nenhum. Eu vivia então ali ao pé das montanhas. Fui eleito regedor do distrito de Chatham um ano depois de o Wade Williams matar a mulher. O meu dever oficial manda-me vir aqui procurá-lo, mas confesso que há também uma razão pessoal. E ele volta comigo. Sr... ah!... Reeves, dava-me um fósforo, se faz favor?".

"Esse Williams foi muito imprudente", disse Morgan, pondo os pés ao alto, contra a parede, "em bater numa senhora de Kentucky. Parece-me ter já ouvido dizer que elas são levadas do diabo".

"Muito mauzinho, esse Williams", disse Reeves, deitando mais *whisky*.

Ambos falavam com ar ligeiro, mas o cônsul viu e sentiu a tensão e o cuidado que punham no que faziam e diziam. "Bons rapazes!", disse para si; "ambos têm razão. Cada um está a aguentar o outro como um muro de tijolo".

Então entrou um cão no quarto onde estavam sentados — um cão comprido, castanho e preto, de orelhas longas, lento, confiado em ser bem-vindo.

Plunkett voltou a cabeça e olhou para o animal, que parou, confiadamente, a dois passos da cadeira dele.

De repente, o regedor, com uma praga dura, saiu da cadeira e assentou no cão, com a bota pesada, um pontapé forte de maldade.

O cão, doido, assustado, de orelhas caídas e rabo retraído, deu um guincho agudo de dor e de surpresa.

Reeves e o cônsul ficaram sentados, nada dizendo, mas pasmados deste assomo de irritação no homem calmo do distrito de Chatham.

Mas Morgan, com a cara roxa de cólera, pôs-se de pé num pulo e ergueu por sobre o regedor um braço de súbita ameaça.

"Seu... bruto!", gritou com alma. "Por que é que você fez isso?"

As amenidades voltaram depressa. Plunkett deu uma desculpa imperceptível e voltou para a cadeira. Morgan, dominando a cólera com um esforço visível, voltou também para o seu lugar.

Então, Plunkett, com um pulo de tigre, torneou o canto da mesa e fechou um par de algemas sobre os pulsos de Morgan, paralisado.

"Amigo de cães e assassino de mulheres!", exclamou, "vai-te já preparando para outro mundo!"

Quando o Bridger acabou, perguntei-lhe:
"E acertou?"
"Acertou", disse o cônsul.
"Mas como é que ele soube?", perguntei, porque tinha ficado numa espécie de atarantação.
"Quando ele metia o Morgan na embarcação", respondeu Bridger, "no dia seguinte, para o levar para bordo do *Pájaro*, este tal Plunkett parou para se despedir de mim e eu fiz-lhe a mesma pergunta".
"Sr. Bridger", disse ele, "sou de Kentucky, e tenho visto muito em matéria de homens e de bichos. E ainda não vi um homem que gostasse muito de cavalos e de cães que não fosse cruel para as mulheres".

Os caminhos que tomamos
O. Henry

Vinte milhas para oeste de Tucson, o rápido parou ao pé de um depósito para tomar água. Além deste líquido, porém, a máquina daquele comboio adquiriu também outras coisas que lhe não convinham.

Enquanto o fogueiro estava baixando a mangueira de alimentação, o Bob Tidball, o Dodson Tubarão e um índio de raça cruzada chamado João Cão Grande treparam para a máquina e apresentaram ao maquinista os orifícios de três canos de revólver. As possibilidades desses orifícios a tal ponto impressionaram o maquinista, que ergueu logo ambas as mãos num gesto do gênero do que acompanha a exclamação: "Conta lá!"

À ordem brusca do Dodson Tubarão, que era o comandante da força, o maquinista desceu ao chão e desligou a máquina e o tênder. Então o João Cão Grande, empoleirado no carvão, sorriu por trás de dois revólveres apontados ao ajudante e ao fogueiro, lembrando que corressem a máquina cinquenta metros pela linha abaixo e ali aguardassem novas ordens.

O Dodson Tubarão e o Bob Tidball, desdenhando proceder à limpeza de minério tão baixo como os passageiros, dedicaram-se ao veio magnífico que era o vagão de valores. Encontraram o guarda envolto na crença firme de que a máquina não estava tomando nada mais forte que água pura. Enquanto o Bob lhe tirava esta ideia da cabeça por meio de uma coronha de revólver, o Dodson Tubarão ocupava-se em ministrar uma dose de dinamite ao cofre do vagão.

O cofre explodiu no sentido de trinta mil dólares, ouro e notas. Os passageiros espreitaram vagamente pelas janelas a ver de onde vinha a trovoada. O condutor puxou a correia, que lhe ficou lassa e caída na mão. O Dodson Tubarão e o Bob Tidball, com o espólio numa saca de lona forte, saíram do vagão e correram pesadamente, com suas botas altas, até a máquina.

O maquinista, amuado, mas prudente, correu velozmente a máquina, obedecendo a ordens, para longe do comboio parado. Mas antes que isto estivesse feito, o guarda do rápido, tendo despertado do argumento com que o Bob Tidball lhe tinha imposto a neutralidade, saltou do

vagão com uma Winchester e entrou no jogo. O sr. João Cão Grande, empoleirado no carvão, perdeu a vasa pelo processo involuntário de imitar perfeitamente um alvo. O guarda caçou-o. Com uma bala exatamente entre as espáduas, o cavalheiro de cor e indústria caiu para o chão, aumentando assim automaticamente em um sexto o quinhão de cada um dos camaradas.

A duas milhas do depósito, deu-se ordem ao maquinista que parasse.

Os ladrões gritaram um adeus de desafio e enfiaram pelo declive abaixo para os bosques que marginavam a linha férrea. Cinco minutos de caminho difícil através de uma mata de chaparral trouxe-os a um bosque mais aberto, onde estavam três cavalos, presos a ramos baixos. Um esperava o João Cão Grande, que nunca mais andaria a cavalo, de dia ou de noite. A esse animal tiraram os ladrões a sela e o freio, e puseram-no em liberdade. Montaram nos outros dois, estendendo o saco sobre a maçã da sela de um deles, e seguiram, depressa, mas discretamente, através da floresta e por uma garganta primitiva e solitária acima. Aqui, o animal que levava o Bob Tidball escorregou num pedregulho musgoso e partiu uma das pernas dianteiras. Mataram-no com um tiro na cabeça, e sentaram-se para realizar um conselho de fuga. Seguros por enquanto, em virtude do caminho tortuoso que haviam tomado, já a questão de tempo os não apoquentava tanto. Havia já muitas horas e léguas entre eles e a mais rápida perseguição que se pudesse organizar. O cavalo do Dodson Tubarão, de corda arrastada e freio caído, resfolegava e comia com agrado da erva à beira do riacho da garganta. Bob Tidball abriu o saco, tirou às mãos ambas maços de notas e um saco único de ouro, e riu com uma alegria de criança.

"Olha lá, meu grande pirata", disse ele, rindo para Dodson, "bem dizias tu que a coisa se conseguia. Tens uma cabeça de financeiro que deixa atrás tudo no Arizona."

"O que é que a gente vai fazer a respeito de um cavalo para ti, Bob? A gente não pode esperar aqui muito tempo. Logo de madrugada, com a primeira luz, os tipos estão na nossa pista."

"Oh, aquele teu bicho tem de levar dois um bocado", respondeu o Bob com otimismo. "Deitamos a mão ao primeiro bicho que encontrarmos por aí. Caramba, que fizemos bom negócio, hem? Aqui, pelos sinais nas cintas e no saco, temos trinta mil dólares — quinze mil a cada bicho!"

"É menos que eu esperava", disse o Dodson Tubarão, dando pontapés leves nos pacotes. Depois olhou meditativamente para os flancos suados da sua montada.

"O *Bolívar*, coitado, está quase que não pode mais", disse ele devagar. "Que pena que o teu bicho se estropiasse!"

"Ninguém tem mais pena do que eu", disse o Bob sem abatimento, "mas o que é que se há de fazer? O *Bolívar* é rijo, e pode bem com nós dois até arranjarmos outras montadas. Raios me partam, ó Tubarão, mas não me passa da ideia a piada que tem um tipo do leste, como tu, vir para aqui ensinar-nos a nós, do oeste, a dar cartas no negócio de salteador! De que parte do leste é que és?"

"Estado de Nova Iorque", disse o Dodson Tubarão, sentando-se num toro e mastigando um fio de erva. "Nasci numa herdade do distrito de Ulster. Fugi de casa quando tinha dezessete anos. Foi um acaso eu vir para oeste. Eu ia pela estrada fora com a roupa numa trouxa a caminho de Nova Iorque, da cidade. A minha ideia era ir para lá e ganhar muito dinheiro. Uma tarde cheguei a um ponto onde a estrada fazia garfo, e eu não sabia por que caminho havia de tomar. Estive para aí meia hora a estudar o caso, e depois tomei pelo da esquerda. Nessa noite mesmo fui dar ao acampamento de um circo do oeste que andava dando espetáculos nas várias terras, e segui para oeste com eles. Muitas vezes tenho pensado se não teria dado em qualquer coisa muito diferente se tivesse tomado o outro caminho."

"Hum, a minha ideia é que davas mais ou menos no mesmo", disse o Bob Tidball com uma filosofia alegre. "Não é os caminhos que a gente toma, é o que está dentro de nós que faz com que a gente dê no que vem a dar."

O Dodson Tubarão levantou-se e encostou-se a uma árvore.

"Tomara eu que aquela tua montada se não tivesse estropiado, Bob", tornou a dizer, com uma certa tristeza.

"E dois!", concordou o Bob. "Era um belo bicho. Mas o *Bolívar* tira-nos aos dois da alhada. Olha lá, e o melhor é a gente ir-se pondo a mexer, hem? Vou meter isto tudo outra vez no saco, e ala para outra terra!"

O Bob Tidball repôs o espólio no saco, e apertou a boca deste, com força, com uma corda. Quando levantou a cabeça, a coisa mais notável que viu foi o cano da pistola do Tubarão visando-lhe, sem tremer, o centro da testa.

"Deixa-te de piadas, rapaz", disse o Bob sorrindo. "A gente tem é de se pôr a mexer."

"Está quieto", disse o Tubarão. "Tu não te vais pôr a mexer para parte nenhuma, Bob. Tenho pena de to dizer, mas não há saída senão para um de nós. O *Bolívar*, coitado, está muito cansado, e não pode levar dois."

"Temos sido camaradas, eu e tu, Tubarão, há uns três anos", disse o Bob com sossego. "Muita e muita vez arriscou a gente a vida juntos. Sempre te tenho tratado às direitas, e julgava que eras um homem. Já ouvi coisas que contavam de ti, de como tinhas matado um ou dois homens de uma maneira esquisita, mas nunca acreditei. Ora agora, se estás a brincar comigo, desvia lã a pistola e vamo-nos embora. Mas, se queres atirar, atira, filho de um lacrau!"

A cara de Dodson Tubarão tinha uma expressão de profunda mágoa.

"Não imaginas que pena eu tenho", suspirou ele, "a respeito daquele desastre que aconteceu ao teu cavalo, Bob."

A expressão do rosto do Dodson mudou de repente para uma de ferocidade fria mista de inexorável cupidez. A alma do homem mostrou-se de repente uma cara sinistra à janela de uma casa honrada.

E, na verdade, nunca o Bob Tidball se poria mais a mexer para parte nenhuma. Falou a pistola do amigo falso, enchendo a garganta de um estrondo que os seus muros devolveram indignadamente. E o *Bolívar*, cúmplice inconsciente, levou depressa para longe o último dos salteadores do rápido, sem ter de "levar dois".

Mas, à medida que o Dodson Tubarão galopava, parecia que os bosques se esfumavam e desapareciam; o revólver na mão direita converteu-se no braço curvo de uma cadeira de mogno; a sela estava extremamente estofada, e ele abriu os olhos e viu seus pés, não em estribos, mas pousados alto na ponta de uma secretária rica.

Estou contando aos senhores que o Dodson, da firma Dodson & Decker, corretores de Wall Street, abriu os olhos. Peabody, o empregado de confiança, estava de pé a seu lado, hesitando em falar. Lá embaixo havia um ruído confuso de rodas, e ao pé o sussurro acariciador de uma ventoinha elétrica.

"Hum, Peabody", disse o Dodson, piscando os olhos. "Então não adormeci! Tive um sonho muito curioso. O que é que há?"

"É o sr. Williams, sr. Dodson, de Tracy & Williams, que está ali fora. Vem liquidar aquilo daquelas ações. A alta caiu-lhe em cima, lembra--se o sr. Dodson?"

"Sim, lembro-me. Como está isso cotado hoje, Peabody?"

"Cento e oitenta e cinco, sr. Dodson."

"Então é isso que ele paga."

"O sr. Dodson dá licença...", disse Peabody, com uma certa hesitação. "Desculpe-me falar nisso, mas estive a falar com o Williams. Ele é um velho amigo seu, e o sr. Dodson pode-se dizer que tem na mão todo este papel. Pensei se o sr...., isto é, pensei que o sr. talvez se não lembrasse que ele lhe vendeu o papel a noventa e oito. Se ele liquida ao preço do mercado, vai-se-lhe tudo quanto tem e ainda por cima, coitado, tem de vender a casa, e a mobília e tudo, para lhe poder entregar as ações."

A expressão no rosto do Dodson mudou de repente para uma de ferocidade fria mista de inexorável cupidez. A alma do homem mostrou--se de repente como uma cara sinistra à janela de uma casa honrada.

"Cento e oitenta e cinco é que ele paga", disse o Dodson. "O *Bolívar* não pode levar dois."

A DECISÃO DE GEORGIA
O. Henry

Se algum dos senhores alguma vez visitar a Repartição Geral das Terras, entre na sala dos desenhadores e peça que lhe mostrem o mapa do distrito de Salado. Um alemão lento — talvez o velho Kampfer mesmo — lho trará. Será quadrado, com um metro de lado, pouco mais ou menos, e feito em tela forte de desenho. Os dizeres e os algarismos estarão admiravelmente claros e visíveis. O título estará desenhado em estilo germânico, magnífico e indecifrável, carregado dos ornamentos teutônicos do costume — provavelmente Ceres ou Pomona encostada às iniciais com cornucópias despejando uvas. Nesta altura diga a quem trouxe o mapa que não é esse que deseja ver; peça que lhe tragam o antecessor oficial daquele. Então ele dirá *Ach, so!*, e aparecerá com um mapa de metade do tamanho do primeiro, imperfeito, velho, roto e descolorido.

Reparando bem para o canto de noroeste, verá os contornos gastos do rio Chiquito, e talvez, se tiver bons olhos, descobrirá a testemunha silente desta narrativa.

O Comissário da Repartição das Terras era do gênero antigo: a sua cortesia antiquada era formal demais para o tempo em que vivia. Trajava de bom preto, e havia qualquer coisa vagamente evocadora do romano no comprimento das abas do seu fraque. Os colarinhos que usava eram "pegados" (os camiseiros é que têm culpa da palavra); a gravata, que lhes sobrepunha, uma tira estreita e funérea, atada com o mesmo laço que os atacadores das suas botas. Seu cabelo branco era um pouco comprido demais, mas estava sempre arrumado. Tinha a cara toda rapada, como os estadistas de outrora. A maioria da gente achava a sua expressão um pouco dura, mas, quando despida da atitude oficial, alguns tinham encontrado um semblante inteiramente diferente. Especialmente terno e suave o acharam aqueles que estiveram junto dele quando foi da doença final da sua única filha.

Havia anos que o Comissário era viúvo, e a sua vida, fora dos seus deveres oficiais, tinha sido tão dedicada à sua pequenina Georgia, que se falava dessa vida como de uma coisa tocante e admirável. Ele era um homem reservado, de uma dignidade quase dura, mas a criança

tinha atravessado isso tudo e ido direito ao seu coração, de modo que quase não sentia a falta do amor materno que perdera. Havia entre pai e filha uma camaradagem enorme, pois ela tinha bastante do feitio dele, sendo séria e pensativa para além do que a sua idade faria esperar.

Um dia, estando ela de cama, com uma febre alta a arder-lhe nas faces coradas, disse de repente:

"Papá, eu queria fazer qualquer coisa de bom para uma grande quantidade de crianças!"

"O que é que queiras fazer-lhes, amor?", perguntou o Comissário. "Dar-lhes uma festa?"

"Não, não é essa espécie de crianças. Eu quero dizer as crianças pobres, que não têm casa, e que não têm ninguém para gostar delas e tratar delas como eu tenho. Olhe, papá!"

"O quê, amorzinho?"

"Se eu não melhorar, paizinho, eu deixo o paizinho a elas — não o *dou*, mas empresto-o, porque o paizinho tem que vir ter com a mamã e comigo quando morrer também. Se tiver tempo, o paizinho faz qualquer coisa para bem delas, se eu lhe pedir, não faz?"

"Sossega, filhinha, sossega", disse o Comissário, pondo a mão dela, que escaldava, contra a própria face; "tu estás melhor daqui a pouco, e depois nós dois veremos o que podemos fazer juntos para bem delas."

Mas, quaisquer que fossem os caminhos de benevolência, assim vagamente premeditados, que o Comissário pudesse trilhar, não haveria de ser neles acompanhado pela filha. Naquela mesma noite o pobre corpinho já não pôde resistir mais, e deu-se a saída de Georgia daquele grande palco onde mal tinha começado a dizer a sua pequena fala. Deve, porém, haver um diretor de cena que compreende. E ela tinha dado a deixa a quem haveria de falar a seguir.

Uma semana depois de ela ter desaparecido, o Comissário reapareceu na repartição, um pouco mais cortês, um pouco mais pálido e austero, com o eterno fraque preto pendendo um pouco mais solto do seu corpo muito alto.

A sua secretária estava apinhada de trabalho que se havia acumulado durante as quatro terríveis semanas da sua ausência. O adjunto tinha feito o que pudera, mas havia questões de direito, de decisões sutis a dar sobre a concessão de patentes, sobre a venda e aluguer de terras, sobre a divisão de novas terras, a conceder a colonos, em agrícolas e de pastagem, em regadas e florestais.

O Comissário entregou-se ao trabalho silenciosa e obstinadamente, recalcando o mais possível a sua dor, forçando seu espírito a prender-se no expediente complexo e importante da sua repartição. No segundo dia depois do seu regresso chamou o contínuo, apontou para uma cadeira de couro que estava ao pé da sua e mandou que a levasse para um quarto de arrumações que havia no sótão do edifício. Era naquela cadeira que Georgia sempre se sentava nas tardes em que vinha à repartição para sair com ele.

À medida que o tempo passava, o Comissário parecia tornar-se mais silencioso, mais solitário, mais reservado. Desenvolveu-se nele uma nova fase de espírito. Não podia suportar a presença de criança. Muitas vezes, quando, a barulhar, o filhinho de qualquer dos amanuenses entrava chilreando na sala grande ao lado do seu gabinete, o Comissário, erguendo-se sem ruído, ia e fechava a porta. Atravessava sempre a rua para não passar pelas crianças que vinham pelo passeio, em ranchos felizes, à saída dos colégios; e a sua boca firme fechava-se numa linha sem lábios.

Eram quase três meses depois que as chuvas tinham arrastado as últimas pétalas de sobre a pedra que cobria a pequenina Georgia, quando a firma Hamlin e Avery, "tubarões de terras", entregou o requerimento sobre o que lhe parecia a vaga mais "gorda" do ano.

Não se deve supor que todos aqueles a quem se chamava "tubarões de terras" merecessem realmente o nome. Muitos eram homens sérios, de boa reputação comercial. Alguns havia que podiam entrar nos concílios mais augustos do estado e dizer: "Meus senhores, queremos isto e aquilo, e as coisas têm que ir desta e daquela maneira." Mas, depois de uma seca de três anos e uma epidemia nos semeados, o Tubarão de terras era o que o Colono Real mais temia. O Tubarão de terras pairava na Repartição das Terras, onde se guardam os registros de todas elas, e espiolhava "vagas", isto é, extensões de terrenos públicos inapropriados, invisíveis em geral nos mapas, mas na realidade existentes. A lei dava o direito a quem quer que possuísse já certos títulos de posse a requerer a posse de quaisquer terras que ainda não estivessem legalmente apropriadas. A maioria dos títulos estava já nas mãos dos tubarões de terras. Assim, com o dispêndio de poucas centenas de dólares, eles muitas vezes obtinham terras que valiam, pelo menos, outros tantos milhares. Como é de supor, era constante e tenaz o espiolhamento das "vagas".

Mas muitas vezes, muitíssimas, as terras que assim obtinham, ainda que legalmente "inapropriadas", estavam ocupadas por colonos felizes e tranquilos, que levavam anos de trabalho a construir ali os seus lares, apenas para descobrir, no fim, que a sua posse era ilegal, e receber mandado de saída imediata. Assim se formou o ódio amargo, e não de todo justificável, que os pobres colonos trabalhadores sentiam para com os especuladores espertos, e muito poucas vezes misericordiosos, que frequentemente lhes arrancavam, de um dia para o outro, deixando-os sem lar e sem pão, os frutos inúteis do seu trabalho porfiado. A história do estado está cheia deste antagonismo. O Tubarão de terras raras vezes mostrava a cara nas "locações" de onde teria que despejar as pobres vítimas de um sistema territorial monstruosamente embrulhado; deixava que os seus emissários tratassem disso. Havia em todas as cabanas chumbo em balas para ele; muitos dos seus pares tinham enriquecido a erva com o seu sangue. A culpa vinha de trás.

Quando o estado era jovem, sentia a necessidade de atrair os recém-vindos, e de compensar aqueles primitivos colonos que já estavam adentro de suas fronteiras. Ano após ano se passaram patentes de terras — direitos de posse, concessões, doações de estado, patentes confederais; e passaram-se a companhias de caminho de ferro, a empresas de irrigação, a colonos em conjunto e isolados, enfim a toda a gente. Tudo que se exigia ao concessionário é que fizesse delimitar as terras, que lhe eram concedidas, pelo agrimensor do distrito ou da paróquia, e a terra assim apropriada tornava-se para sempre sua, e dos seus herdeiros ou legatários.

Nesses dias — e aí é que começou o mal — os domínios do estado eram por assim dizer inesgotáveis, e os antigos agrimensores, com liberalidade principesca, davam boa medida, e cheia a transbordar. Muitas vezes o homem de medidas e mensuras dispensava de todo os apetrechos do cargo. Montado num poldro que cobria pouco mais ou menos uma vara em cada passo, com uma bússola de algibeira para orientar o seu curso, fazia uma delimitação a trote, contando o bater das patas da sua montada, marcava os cantos, e escrevia as suas notas com a complacência produzida por um ato de dever bem cumprido. Às vezes — e quem é que o censuraria? — quando o poldro procurava pasto, talvez fosse levado mais para cima e para longe, e nesse caso o beneficiário da patente apanharia mais mil ou dois mil acres verificados do que a patente rigorosamente exigia. Mas o estado tinha léguas

sobre léguas de que dispor. O caso é que ninguém teve alguma vez que queixar-se de o poldro andar de menos. Quase todo o registro antigo no estado incluía um excesso de terras.

Em anos posteriores, quando o estado se tornara mais populoso, e o valor das terras subira, este trabalho imperfeito produzira inúmeras complicações, processos sem conto, um período de pirataria de terras e não poucas cenas de sangue. Os tubarões de terras caíram vorazmente sobre os excedentes ilegais dos antigos registros, e requeriam a patente de posse dessas extensões por serem domínio público inapropriado. Onde quer que fossem vagas as identificações das concessões primitivas, e os limites difíceis de estabelecer, a Repartição das Terras reconhecia como válidas as locações modernas, e passava títulos aos novos locadores. Aqui é que se dava o pior mal do sistema. Estes registros antigos, escolhidos do melhor das terras, estavam quase todos ocupados por colonos pacíficos e ingênuos, que viam de repente os seus títulos anulados, e tinham que escolher entre comprar de novo as suas terras a preço dobrado, ou sair delas, com as famílias e os seus parcos bens, imediatamente. Novos locadores de terras surgiam às centenas. O país era esquadrinhado para "vagas" à ponta do compasso. Centenas de milhares de dólares de magníficas terras foram arrancados aos seus compradores e possuidores inocentes. Começou então um hégira enorme de colonos expulsos, vagueando em carroças de toldos rotos, seguindo para parte nenhuma, rogando pragas à injustiça, sem destino, sem lar, sem esperança. Os filhos começavam a olhar muito para eles, a pedir-lhes pão e a chorar.

Era em virtude destas condições que Hamilton e Avery tinham requerido a posse de uma tira de terra de cerca de uma milha de largura e três de comprimento, compreendendo cerca de dois mil acres, que era o excesso do complemento do registro Elias Denny, de três léguas, sito sobre o rio Chiquito, em um dos distritos médios do ocidente. Diziam eles que estes dois mil acres de terra eram terra vaga, e que impropriamente se consideravam parte do registro Elias Denny. Baseavam esta alegação e o seu requerimento de posse em que os fatos mostravam que o limite inicial do registro Denny estava bem identificado; que as notas indicavam que depois corria 5.760 varas para oeste, indo depois ter ao rio Chiquito; que daí seguia para o sul, com meandros etc. e tal, e que o rio Chiquito era, no próprio terreno, bem uma milha a oeste do ponto atingido pelo curso e medição. Em resumo: havia dois mil acres de terra vaga entre o registro Denny, propriamente dito, e o Chiquito.

Num dia tórrido de estio o Comissário pediu os documentos relativos a esta nova locação. Trouxeram-lhos, um maço enorme deles que avultava sobre a secretária — notas de campo, declarações, desenhos, depoimentos, provas de campo —, documentos de todas as espécies que a astúcia e o dinheiro de Hamlin e Avery puderam chamar em seu auxílio.

A firma estava apertando o Comissário para que desse uma patente da sua locação. Tinham informações particulares de que em breve seria construída uma nova linha de caminho de ferro que não passaria longe dessas terras.

A Repartição Geral das Terras estava quietíssima quando o Comissário se estava inteirando daquela documentação toda. No telhado do velho edifício acastelado ouvia-se o movimento e o arrulhar das pombas. Os empregados mandriavam por toda a parte, nem sequer fingindo merecer os seus vencimentos. Cada som, por pequeno que fosse, ecoava oco e alto do chão vazio, de lajedo, das paredes caiadas, do teto com vigas de ferro. O pó de cal, impalpável, perpétuo, que não assentava nunca, branqueava uma tira de sol que atravessava o resguardo roto da janela.

Parecia que Hamlin e Avery não tinham encaminhado mal as coisas. O registro Denny estava maldefinido, até para um período em que tudo se definia mal. O seu limite inicial, ou de partida, era idêntico ao de uma concessão espanhola antiga, perfeitamente definida, mas no resto a delimitação era vaga até mais não poder ser. As notas de campo não continham objeto algum que ainda existisse, exceto o rio Chiquito, e aí havia um erro de uma milha. Segundo o precedente, a Repartição poderia com justiça fazer-lhe o complemento em curso e medida, declarando o resto vago, e não um simples excedente.

O colono primitivo estava inundando a repartição de protestos *in re*. Tendo um faro especial para os tubarões de terras, tinha logo percebido que andavam enviados deles a cheirar os limites do solo que ocupava. Investigou, e soube que o espoliador tinha atacado o seu lar; e então deixou o arado onde estava e lançou mão da pena.

Um dos protestos leu o Comissário duas vezes. Era de uma mulher, de uma viúva, neta do próprio Elias Denny. Contava ela que seu avô tinha vendido a maioria do resgistro, havia anos, a um preço irrisório — terra que hoje era um principado em extensão e valia. A sua mãe tinha também vendido uma parte, e ela mesma tinha herdado esta

porção a oeste, pelo rio Chiquito fora. Parte disto ela tinha tido que vender, para viver, e agora não era dona senão de uns trezentos acres, onde tinha sua casa. A carta acabava de um modo um tanto triste:

"Tenho oito filhos, o mais velho de quinze anos. Trabalho todo o dia e metade da noite para cultivar a pouca terra que tenho e para poder comprar roupas e livros para os meus filhos. Também sou eu que ensino a ler a eles. Os meus vizinhos são todos pobres e também têm muita família. A seca dá cabo de tudo de dois em dois, ou de três em três anos, e então a gente mal sabe como há de comer. Há dez famílias aqui nestas terras que os tubarões querem roubar-nos, e todas elas têm os títulos porque eu lhos passei. Vendi-os baratos e ainda não estão todos pagos, mas parte está, e se lhes tiram as terras eu morro. O meu avô era um homem de bem, e ajudou a fazer este estado, e ensinou os filhos a serem honrados, e então como é que eu havia de ficar para a gente que me comprou a mim? Senhor Comissário, se o sr. deixa aqueles tubarões tirarem a casa aos meus filhos e aos outros o pouco que eles têm para viver, então quem chamar grande a este estado ou ao seu governo não faz mais do que mentir com quantos dentes tem na boca."

O Comissário pôs de parte esta carta com um suspiro. Muitas e muitas cartas assim tinha ele recebido. Nunca o haviam ferido, nem alguma vez sentira que lhe eram dirigidas pessoalmente. Não era ele senão o servidor do estado; tinha que guiar-se por suas leis. Mas esta consideração, contudo, nem sempre, sem que soubesse por quê, conseguia eliminar um certo sentimento de responsabilidade que sobre ele pesava. De todos os funcionários do estado era ele o supremo na sua repartição, sem excluir o Governador. Seguia, é certo, as linhas gerais das leis sobre as terras; mas tinha uma grande latitude nas decisões sobre casos particulares. Aí, mais que às leis, seguia as decisões — as decisões e os precedentes da Repartição. Nas questões novas e complexas, que surgiam pelo desenvolvimento do estado, raras vezes alguém apelava da decisão do Comissário. Até os tribunais as sustentavam quando elas eram absolutamente justas.

O Comissário foi até a porta e dirigiu-se a um dos empregados que estava na sala do lado — dirigiu-se-lhe, como sempre, como se falasse com um príncipe de sangue:

"Sr. Weldon, quererá fazer-me o favor de pedir ao sr. Ashe, o avaliador de terras, para vir aqui falar comigo logo que lhe seja possível?"

Ashe veio depressa da mesa grande onde estava coligindo os seus relatórios.

"Sr. Ache", disse o Comissário, "o sr. trabalhou, não é verdade?, pelo rio Chiquito fora, no Distrito de Salado, na sua última volta. Tem alguma ideia do registro de três léguas chamado Elias Denny?"

"Conheço perfeitamente", respondeu o agrimensor brusco e afável. "Atravessei-o até quando ia ver o talhão H, que é para o norte dele. A estrada vai ao lado do rio Chiquito, pelo vale fora. O registro Denny tem uma frente de três milhas para o Chiquito."

"Alega-se", continuou o Comissário, "que chega só até uma milha do rio".

O avaliador encolheu os ombros. Era por nascimento e instinto um colono real, e portanto inimigo nato do Tubarão de terras.

"Sempre se supôs que ia até o rio", disse secamente.

"Mas não é esse o ponto que desejo discutir", disse o Comissário. "Que espécie de terras é que são essas do vale que formam parte, vá, do Denny?"

O espírito do colono real brilhou nos olhos de Ashe, e em todo o seu rosto.

"Lindas", disse com entusiasmo. "Um vale tão igual como este chão, só com uma pequena ondulação, assim como o mar, e rico a mais não poder ser. Só o mato bastante para abrigar o gado de inverno. Terra preta, muito boa, até seis pés; depois calcário. Rega-se bem. Há lá uma dúzia de casitas engraçadas, com moinhos e quintais. A gente é pobrezita, creio eu — está longe do mercado — mas parece não se dar mal. Nunca vi tanto miúdo na minha vida."

"O quê? Gado miúdo?", perguntou o Comissário.

"Não, não", riu o agrimensor. "Quero dizer miúdos de dois pés; de dois pés, e pernas nuas, e cabelo louro."

"Ah, crianças! Sim, crianças!", meditou o Comissário, como se tivesse de repente uma nova visão das coisas. "Há lá muitas crianças."

"É um lugar isolado, sr. Comissário", disse o agrimensor. "Só têm isso para se entreter."

"E suponho eu", continuou o Comissário, devagar, como alguém que tira cuidadosamente conclusões de qualquer teoria nova e estupenda, "que nem todas serão louras. Não será absurdo, sr. Ashe, creio eu, supor que há algumas delas que tenham cabelo castanho, ou até preto".

"Claro: castanho e preto", disse Ashe. "Há de tudo: ruivo também."

"Sem dúvida", disse o Comissário. "Bem, muito lhe agradeço as suas informações, sr. Ashe. Não lhe tirarei mais tempo."

Mais tarde, já muito tarde, apareceram Hamlin e Avery, homens bem-parecidos, amáveis, lentos de movimentos, vestidos de cotim branco e com sapatos baixos. Deixavam por toda a repartição uma atmosfera de prosperidade afável. Ao atravessar por entre os empregados ficava um rastro de saudações amigas e de charutos dados.

Eram a aristocracia dos tubarões de terras, que se dedicava só a grandes negócios. Cheios de confiança serena em si mesmos, não havia corporação, sindicato, companhia ou procurador-geral que fosse grande demais para os afrontarem. O fumo especial dos seus grandes charutos raros pairava nos gabinetes de todas as repartições do estado, em todas as salas de comissões do Congresso, em todos os gabinetes de gerência dos bancos e em todas as salas de combinação política da capital do estado. Sempre afáveis, sempre sem pressa, parecendo sempre dispor de tempo infinito, admirava-se a gente de quando é que eles davam atenção às muitas grandes empresas em que se sabia que estavam metidos.

Daí a pouco entraram os dois vagarosamente, e como por acaso, no gabinete do Comissário, e repousadamente se encostaram nas grandes poltronas de couro. Numa voz arrastada, queixaram-se do tempo que fazia, e Hamlin contou ao Comissário um caso magnífico que aquela manhã tinha ouvido ao Secretário de Estado.

Mas o Comissário sabia por que é que eles ali estavam. Tinha quase prometido dar nesse dia a decisão relativa ao requerimento deles.

O adjunto trouxe um maço de certidões em duplicado, para o Comissário assinar. Ao traçar a assinatura larga, "Hollis Summerfield, Comm. Rep. Geral das Terras", em cada exemplar, o adjunto, de pé, retirava-o com jeito e passava o mata-borrão.

"Reparo", disse o adjunto, "que o sr. tem estado a examinar aquele caso do Distrito de Salado. O Kampfer está acabando um mapa novo de Salado, e parece-me que está agora mesmo fazendo essa parte do distrito".

"Vou ver", disse o Comissário. E daí a uns momentos dirigiu-se para a sala dos desenhadores.

Ao entrar viu cinco ou seis desenhadores agrupados em torno da secretária do Kampfer, gargarejando uns para os outros em alemão gutural, e olhando para qualquer coisa que estava em cima da mesa. Ao ver

chegar o Comissário, espalharam-se para os seus lugares. Kampfer, um alemão pequenino e mirrado, de cabelo louro quase frisado e olhar líquido, começou a balbuciar qualquer espécie de desculpa, relativa, supôs o Comissário, à congregação dos seus colegas em torno da secretária.

"Não faz mal", disse o Comissário. "Quero ver o mapa que o senhor está fazendo"; e, dando a volta ao velhote, sentou-se no banco alto de desenho. Kampfer continuou a escangalhar inglês num esforço de explicação.

"Herr Comissário, asseguro pastante que não foi de brobósito, que belas notas tinha que sair assim. Faz fafor de fer. Das notas do gampo estafa assim, faz fafor de fer: Sul, 10 graus oeste 1.050 faras; sul, 10 graus leste, 300 faras; sul, 100; sul, 9 oeste, 200; sul, 40 graus oeste, 400 — e assim bor teante... Sr. Comissário, nunca eu me lempraria..."

O Comissário ergueu em silêncio uma mão muito branca. Kampfer deixou cair o cachimbo e fugiu.

Com uma mão em cada face e os cotovelos sobre a mesa, o Comissário ficou fitando o mapa que ali estava aberto e preso, ficou fitando o perfil suave e nítido da pequenina Georgia ali perfeitamente delineado — o seu rosto sério, delicado e infantil, ali exposto num contorno exatíssimo.

Quando, por fim, aplicou seu espírito ao exame de como isso teria acontecido, viu que fora, como Kampfer dissera, feito sem propósito. O velho desenhador estivera traçando o registro Elias Denny, e o retrato de Georgia, apesar da grande parecença, era formado apenas pelos meandros do rio Chiquito. De resto, o livro de esboços do Kampfer, onde o trabalho preliminar estava feito, mostrava bem o cuidado com que tinha seguido as notas, os sinais claros das pontas do compasso com que medira. Depois, sobre o traço leve, a lápis, que resultara desse estudo, o Kampfer tinha traçado a tinta da china, com pena cheia e firme, a semelhança do rio Chiquito, e então desabrochara de repente, misteriosamente, o perfil suave e triste da criança.

Durante meia hora o Comissário esteve sentado ali, com o rosto entre as mãos, fitando, fitando, e ninguém ousou aproximar-se dele. Depois levantou-se e saiu da sala. Na sala de fora demorou-se só o tempo bastante para pedir que lhe trouxessem ao gabinete o processo do registro Denny.

Encontrou Hamlin e Avery ainda reclinados nas poltronas, aparentemente esquecidos de negócios. Estavam discutindo, numa conversa

indolente, a ópera de verão, pois era seu hábito — e talvez seu orgulho — parecerem sobrenaturalmente indiferentes sempre que tinham em risco grandes interesses. E neste caso tinham mais a ganhar que muita gente poderia supor. Tinham informações confidenciais de que, dentro de um ano, uma nova linha-férrea cortaria este mesmo vale do Chiquito, produzindo uma alta imediata nos valores das terras por onde passasse. Menos que trinta mil dólares de lucro nesta locação — um só dólar a menos —, se conseguissem obtê-la, seria uma desilusão para eles. Por isso, enquanto conversavam de assuntos sem importância, e esperavam que o Comissário se manifestasse, havia em seus olhos um brilho rápido, oblíquo, um desejo de ver claro o seu título àquelas boas terras sobre o Chiquito.

Um dos empregados trouxe o processo. O Comissário sentou-se, e escreveu nele qualquer coisa em tinta encarnada. Depois ergueu-se, e ficou de pé, hirto, olhando para fora, pela janela. A Repartição das Terras estava no cimo de uma colina alta. Os olhos do Comissário passaram por sobre os telhados de muitas casas, engastados no verde-escuro dos arvoredos, cortado tudo por tiras de ruas de um branco que feria a vista. O horizonte, onde parou seu olhar, subia a um alto arborizado, sarapintado de pontos de branco brilhante. Era o cemitério, onde estavam muitos já de todo esquecidos, e alguns cuja vida não fora vã. E ali jazia alguém, ocupando muito pouco espaço, cujo coração de criança tinha sido grande bastante para desejar, quando ia deixar de bater, o bem dos outros. Os lábios do Comissário mexeram-se ao de leve, e murmurou para si: "Foi o seu último desejo, o seu testamento, e eu tanto me tenho esquecido!"

Os charutos grandes e escuros de Hamlin e Avery estavam já apagados, mas eles ainda os conservavam entre os dentes, apertadíssimos, enquanto pasmavam da expressão abstrata no rosto do Comissário.

De repente este falou.

"Meus senhores, acabo de endossar para patente o registro Elias Denny. Esta Repartição indefere o vosso requerimento, e não considera legítima a vossa posse." Parou um momento, e depois, estendendo a mão como o faziam os bons oradores dos velhos tempos, anunciou o espírito daquela decisão que havia de jugular para sempre os tubarões de terras e pôr o selo da paz e da segurança sobre as portas de dez mil lares.

"Esta Repartição faz mais", continuou, com uma expressão luminosa a pairar-lhe na face. "De hoje em diante esta Repartição decidirá

que, quando um registro de terras feito sobre certidão passada por este estado aos homens que primeiro as ocuparam e cultivaram e as defenderam das tribos selvagens — feito de boa-fé, aceite de boa-fé, e transmitido de boa-fé aos seus filhos e a compradores inocentes —, quando esse registro, ainda que exceda o seu complemento exato, tenda para um limite natural visível aos olhos dos homens, até esse limite se terá por feito, e até esse limite será firme e válido. E os pequeninos deste estado poderão deitar-se de noite sossegados, e sossegados dormir, sem que a sombra dos usurpadores de títulos possa perturbar o seu sono. Porque", concluiu o Comissário, "deles é o Reino dos Céus".

No silêncio, que se seguiu, uma gargalhada subiu da sala das patentes, lá embaixo. O homem que levara o processo Denny estava mostrando a última folha a todos os empregados.

"Vejam vocês", dizia ele a rir, "o chefe já não sabe o seu nome. Olhem o que ele escreveu: Passe-se a patente ao concessionário original; e depois assinou Georgia Summerfield, Comm."

O discurso do Comissário pouca mossa fez a Hamlin e Avery. Sorriram, levantaram-se sem deselegância, falaram de coisas de menos monta, e acabaram por afirmar com afinco que já corria algum ar. Acenderam novos charutos, e, despedindo-se afavelmente, desapareceram. Mas mais tarde, apelando, deram novo salto de tigre nos tribunais. Estes, porém, segundo um relato jornalístico, "assaram-nos no espeto", e sustentaram a decisão do Comissário.

E esta decisão se tornou um precedente, e o Colono Real pô-la numa moldura e ensinou os filhos a lê-la, e passou a haver sono tranquilo, de noite, em todos os lares, dos pinheirais às árvores do sul e do chaparral até o rio grande que passa no norte.

Mas creio, e estou certo de que o Comissário outra coisa não cria, que, quer o Kampfer fosse um instrumento esquisito e mirrado do Destino, quer os meandros do Chiquito por acaso ou não formassem aquele perfil suave e memorável, realmente resultou "qualquer coisa de bom para uma grande quantidade de crianças", e esse resultado deve chamar-se "a Decisão de Georgia".

CONHEÇA OS TÍTULOS DA COLEÇÃO CLÁSSICOS DE OURO

132 crônicas: cascos & carícias e outros escritos — Hilda Hilst
24 horas da vida de uma mulher e outras novelas — Stefan Zweig
50 sonetos de Shakespeare — William Shakespeare
A câmara clara: nota sobre a fotografia — Roland Barthes
A conquista da felicidade — Bertrand Russell
A consciência de Zeno — Italo Svevo
A força da idade — Simone de Beauvoir
A força das coisas — Simone de Beauvoir
A guerra dos mundos — H.G. Wells
A idade da razão — Jean-Paul Sartre
A ingênua libertina — Colette
A mãe — Máximo Gorki
A mulher desiludida — Simone de Beauvoir
A náusea — Jean-Paul Sartre
A obra em negro — Marguerite Yourcenar
A riqueza das nações — Adam Smith
As belas imagens — Simone de Beauvoir
As palavras — Jean-Paul Sartre
Como vejo o mundo — Albert Einstein
Contos — Anton Tchekhov
Contos de terror, de mistério e de morte — Edgar Allan Poe
Crepúsculo dos ídolos — Friedrich Nietzsche
Dez dias que abalaram o mundo — John Reed
Física em 12 lições — Richard P. Feynman
Grandes homens do meu tempo — Winston S. Churchill
História do pensamento ocidental — Bertrand Russell
Memórias de Adriano — Marguerite Yourcenar
Memórias de um negro americano — Booker T. Washington
Memórias de uma moça bem-comportada — Simone de Beauvoir
Memórias, sonhos, reflexões — Carl Gustav Jung
Meus últimos anos: os escritos da maturidade de um dos maiores gênios de todos os tempos — Albert Einstein
Moby Dick — Herman Melville
Mrs. Dalloway — Virginia Woolf
O amante da China do Norte — Marguerite Duras
O banqueiro anarquista e outros contos escolhidos — Fernando Pessoa
O deserto dos tártaros — Dino Buzzati
O eterno marido — Fiódor Dostoiévski
O Exército de Cavalaria — Isaac Bábel
O fantasma de Canterville e outros contos — Oscar Wilde
O filho do homem — François Mauriac
O imoralista — André Gide
O muro — Jean-Paul Sartre
O príncipe — Nicolau Maquiavel
O que é arte? — Leon Tolstói
O tambor — Günter Grass
Orgulho e preconceito — Jane Austen
Orlando — Virginia Woolf
Os 100 melhores sonetos clássicos da língua portuguesa — Miguel Sanches Neto (Org.)
Os mandarins — Simone de Beauvoir
Poemas de amor — Walmir Ayala (org.)
Retrato do artista quando jovem — James Joyce
Um homem bom é difícil de encontrar e outras histórias — Flannery O'Connor
Uma fábula — William Faulkner
Uma morte muito suave (e-book) — Simone de Beauvoir

DIREÇÃO EDITORIAL
Daniele Cajueiro

EDITOR RESPONSÁVEL
André Seffrin

NOTAS DESTA EDIÇÃO
Rosa Amanda Strausz

PRODUÇÃO EDITORIAL
Adriana Torres
Laiane Flores
Ian Verçosa

REVISÃO
Luíza Côrtes
Ana Grillo

CAPA
Victor Burton

DIAGRAMAÇÃO
Filigrana

Este livro foi impresso em 2022
para a Nova Fronteira.